Freche Mädchen, große Liebe

Sabine Both

Freche Mädchen, große Liebe

Doppelband

Bassermann

Impressum

Sabine Both lebt und arbeitet als freie Autorin in Köln. Eine rebellische Pubertät und ein paar turbulente Jahre als Sozialarbeiterin haben genügend Stoff für jede Menge frecher Jugendromane angehäuft. Wenn Sabine Both nicht gerade auf den Spuren frisch verliebter Mädchen oder hormongesteuerter Jungen ist, schreibt sie Bücher für die Kleinen und die ganz Großen.
Birgit Schössow, geboren in Hamburg, gibt den frechen Mädchen ihr farbiges Gesicht. Neben der Gestaltung der Frechen-Mädchen-Bücher macht sie Bilderbücher, Presseillustrationen und Trickfilme.

ISBN: 978-3-8094-3512-9

1. Auflage

Umschlagillustration- und gestaltung: Birgit Schössow
Umschlaggestaltung dieser Ausgabe: Atelier Versen, Bad Aibling
Innentypografie: Marlis Killermann
Satz: KCS GmbH, Buchholz/Hamburg
Druck und Bindung: GGP Media GmbH, Pößneck
Printed in Germany

FSC www.fsc.org
MIX
Papier aus verantwortungsvollen Quellen
FSC® C014496

Verlagsgruppe Random House FSC® N001967
Gedruckt auf dem FSC®-zertifizierten Papier
Super Snowbright

Inhalt

Herzkribbeln im Gepäck

Der Nebenbuhler

»Ich bin so sauer«, regte ich mich auf und grunzte zur Bekräftigung wie ein wild gewordener Elch während der Brunftzeit in den Telefonhörer.

Jan ließ am anderen Ende der Leitung einen tiefen Seufzer hören. Der Arme. Er hatte es wirklich nicht leicht mit mir im Moment. Seit Tagen versprühte ich diese mörderische Laune. Und seit Tagen rief ich Jan alle fünf Minuten an, um ihm mein Leid zu klagen. Okay, beste Freunde müssen so was aushalten, aber Jan hatte wirklich einen Orden verdient. Den Orden der übermenschlichen Megageduld.

»Lana, sieh es doch mal positiv ...«, säuselte er in einem Ton, der vielleicht gut war, um aufgescheuchte Hühner zu besänftigen. Bei mir allerdings wirkte er schon längst nicht mehr.

»Positiv??? Wie um alles in der Welt soll ich das positiv sehen? Ich darf ja nicht mal dabei sein! Schon bevor es da ist, werde ich links liegen gelassen! Ab heute bin ich in dieser Familie so nebensächlich wie Handarbeitslehre in der Schule!«

Während ich Jan weiter die Ohren volljammerte, versuchte ich durchs Schlüsselloch das Wohnzimmer zu überblicken. Ich konnte aber nur einen ganz kleinen Ausschnitt sehen, durch den mein Vater wie ein flüchtender Schwerverbrecher hin- und hersauste. Einmal hatte er eine Duftkerze in der Hand, dann einen Stoß Sofakissen, dann eine Flasche Holunderbeersaft. Aber egal, was er auch herbeitrug, es schien nie das Richtige zu sein.

»Was siehst du?«, wollte Jan wissen.

»Nicht viel. Sie haben alles ganz schummrig gemacht. Meine Mutter liegt auf einem Stapel Decken wie die Prinzessin auf der Erbse. Ich sehe aber nur ihre Füße. Und davor hockt diese bescheuerte Hebamme und glotzt. Ich hasse diese Tante. Die ist von morgens bis abends gut gelaunt. Als ob Babys auf die Welt bringen das Tollste überhaupt wäre. Hebamme ist der bescheuertste Beruf, den es gibt. Lieber würde ich zur Müllabfuhr gehen, als Hebamme zu werden.«

»Und was sagen sie?«

»Ich kann nichts verstehen. Die haben laut Musik laufen. Nur damit ich nichts mitkriege. Und weißt du was? Am liebsten würde ich sowieso gar nichts mitkriegen. Am liebsten würde ich meine Koffer packen und in ein Heim ziehen. Oder sonst wohin. Ganz egal.«

»Meine Mama hat gesagt, so eine Geburt ist nichts für Kinder. Vielleicht ist es gar nicht gegen dich gerichtet.«

Musste Jan denn jetzt so vernünftig daherreden? Konnte er nicht einfach sagen: Lana, du hast ja so recht. Deine Eltern sind Banane. Du wirst ungerecht behandelt. Dein Leben ist eine Katastrophe. Musste er immer so diplomatisch sein? Okay, meine Eltern hatten mir vor ein paar Tagen in einem dieser »Komm-mal-aufs-Sofa-Gespräche« tatsächlich erklärt, dass eine Geburt zwar eine ganz natürliche Sache, für Kinder aber eine Überforderung sei. Deshalb sollte ich eigentlich zu Mamas Freundin Carola, wenn es so weit war. Da es aber erst übermorgen so weit sein sollte, war Mamas Freundin Carola nicht da, als es losging. Und weil es schneller losging, als man gucken konnte, hatte Papa keine Nerven mehr gehabt, jemand anderen für mich zu finden. Und deshalb hatte er mich in mein Zimmer verfrachtet, mir Kopfhörer aufgesetzt und die Drei ??? in den Kassettenrekorder gesteckt. Für wie unterentwickelt hielten die mich eigentlich? Ich hörte schon seit zwei Jahren keine Drei ??? mehr. Und schon gar nicht in so einer Situation.

»Und dass meine Mutter vorgestern mindestens zwei Minuten gebraucht hat, um sich an meinen Namen zu erinnern, das ist wohl auch nicht gegen mich gerichtet. Das ist wohl auch zu meinem Besten? La... La... La... Meine eigene Mutter vergisst die letzten zwei Buchstaben meines Namens. Na, herzlichen Dank!«

»Lana, das sind sicher die Hormone. Schwangere Frauen haben jede Menge Hormone.«

»Hormone. Hormone. Ich hör nur noch Hormone. Meine Mutter ist voll davon. Und in der Schule drehen alle Mädchen durch, gackern rum und sind zu keinem normalen Gespräch mehr in der Lage. Und alles wegen der Hormone. Ich hab ja schließlich auch keine Hormone.«

»Du kriegst bestimmt auch noch welche.«

»Ich werde keine Hormone bei mir reinlassen, das schwör ich dir!«

»Okay. Du bist der einzige Mensch, der von Hormonen verschont bleibt.« Jan seufzte wieder.

Und mir knurrte laut der Magen. »Außerdem habe ich Hunger. Ich könnte verhungern, es wäre denen total egal. Sie haben ja bald einen Ersatz.«

Jans Seufzen ging in ein Stöhnen über, fast so ein gequältes Stöhnen, wie das meiner Mutter, als es plötzlich so weit war.

»Sei mal still, Jan, ich glaub, ich hör was.«

Zwischen dem Trommelrhythmus auf Mamas dämlicher Chakra-Platte hörte ich jetzt ganz komische Geräusche.

»Hört sich an wie der Bernhardiner von meiner Großtante nach 'nem 100-Meter-Lauf in brütender Hitze.«

Meine Mutter hechelte. Nicht dass ich dieses Gehechel nicht schon kannte. Schließlich hechelte Mama schon seit Monaten in ihrem Geburtsvorbereitungskurs und zur Übung bei jeder unpassenden Gelegenheit: während des Essens, auf der Toilette, beim Fernsehen und wenn sie mich von der Schule abholte. Aber dieses Hecheln hatte absolut nichts mit dem leichten Ein- und Ausatmen der letzten Monate zu tun. Dieses Hecheln ließ einem das Blut in den Adern gefrieren.

»Was passiert?«, fragte Jan ungeduldig.

»Ich weiß nicht. Die Hebamme sieht ganz irre aus und fuchtelt an Mama rum ... Jetzt macht sie ein ganz böses Gesicht und schreit Mama an. Irgendwas von Pressen … Und jetzt guckt sie, als habe sie in die Hose gemacht … Und jetzt … Oh mein Gott!«

»Lana? Lana? Bist du noch da?«

»Jan. Das ist ja widerlich!«

»Was denn? Was ist widerlich?«

Wenn ich gewusst hätte, was es wäre, hätte ich es Jan ja gerne gesagt. Aber ich war mir nicht sicher. Die Hebamme hielt etwas in der Hand. Etwas ganz eklig Bläuliches. Und noch bevor ich entscheiden konnte, ob es ein Alien war oder nicht, hatte sie es aus meinem Blickfeld genommen. Jetzt sah ich nur noch die Füße von meiner Mutter, die sich immer im Kreis bewegten. Mamas Füße bewegen sich dann im Kreis, wenn sie Weihnachtsgeschenke auspackt, wenn sie Mousse au Chocolat isst und wenn Papa ihr den Nacken massiert. Warum um alles in der Welt bewegten sie sich jetzt im Kreis, wo Mama ein ekliges bläuliches Ding präsentiert bekam?

»Lana?«

»Ich schätze, es ist da«, sagte ich resigniert.

Und im selben Moment kam auch schon Papa in mein Zimmer gelaufen.

»Finn ist da!«

Nicht ohne meinen besten Freund

In den nächsten Wochen breitete sich in meiner Familie der Babywahn aus wie eine Epidemie. Kein Mensch außer mir sprach mehr deutsch, alle lallten nur noch in der Duddi-Duddi-Sprache. Nur ich war immun gegen diese Süüüß-Viren. Alle anderen strahlten wie verseuchte Honigkuchenpferde.

Dabei schrie Finn von morgens bis abends. Doch das rief bei meinen Eltern nicht etwa einen Nervenzusammenbruch hervor, sondern brachte sie noch penetranter dazu, sich um ihn zu kümmern.

»Ist er nicht zum Fressen?«, kreischte Mama.

Und Papa, Oma, Uroma und alle Menschen, die bei uns zur Babybesichtigung ein und aus gingen, stimmten mit ein.

»Zum Auffressen!«

Ich war in Versuchung, Pfeffer und Salz aus der Küche zu holen, aber eine innere Stimme sagte mir, dass das nicht so gut angekommen wäre. Auffressen war, was Babys anging, etwas anderes, als wenn es um Waffeln mit Schlagsahne ging. Auffressen hieß so was wie »nicht wissen, wohin mit der Liebe«. Ich wusste ganz gut, wohin mit der Liebe für meinen

Bruder. Sie passte locker unter den abgekauten Nagel meines kleinen Fingers.

Ich wollte mit diesem ganzen Palaver nichts zu tun haben. Aber das schien niemanden zu interessieren. Überhaupt interessierte sich keiner mehr für mich. Egal, ob ich eine Eins in Mathe mit nach Hause brachte oder einen Eintrag ins Klassenbuch beichten musste, meine Eltern quittierten alles mit dem immer gleichen abwesenden Lächeln.

Die einzige Funktion, die ich noch zu haben schien, war die der Auskunft. Das Telefon klingelte in einer Tour. Ich fühlte mich wie eine Mitarbeiterin der Telekom. *Hier werden Sie geholfen.*

»Hat er Haare?«

»Wie viel wiegt er?«

»Sieht er dir ähnlich?«

Er ist kahl wie Homer Simpson, wiegt wahrscheinlich so viel wie ein Weihnachtsbraten und sieht mir ganz und gar nicht ähnlich!, hätte ich am liebsten geantwortet, überraschte aber mit detaillierten Fakten.

»Ein bisschen Flaum, hellgelb, acht Pfund, nein, er kommt nach einem entfernten Onkel.«

Wie sollte etwas völlig Verschrumpeltes auch Ähnlichkeit mit mir haben? Ich hatte mich ein paarmal an seine Wiege gestellt und ihn genauer betrachtet. Wer weiß, dachte ich, vielleicht hast du ja was übersehen. Aber bei aller Mühe konnte ich nicht das Geringste an ihm finden. Es war stinklangweilig in seiner Gesellschaft. Man konnte ihm nichts erzählen, er verstand keine Witze, er konnte nicht sitzen, geschweige denn stehen, geschweige denn Basketball spielen. In der Regel sabberte oder schrie er. Wenn ich Jan nicht gehabt hätte, ich wäre bekloppt geworden.

»Lass uns was machen, was nicht mit B oder F anfängt«, sagte ich ihm entschieden.

»B wie Baby? F wie Finn?«, fragte Jan clever nach.

Ich nickte.

»Lana, bist du sicher? Was ist dann mit unserer Lieblingsbeschäftigung? Die fängt auch mit B an.«

Ups. Das hatte ich nicht bedacht. Ich änderte schnell die Regeln. »Wir sind schließlich in Deutschland. Da heißen diese kleinen Dinger nicht Baby, sondern Säugling. Also, nichts mit S und F. Basketball geht klar!«

Basketball mit Jan war schließlich die beste Medizin gegen schlechte Laune, verursacht durch Ss und Fs.

»Überraschung!«, tönte Papa an einem Sonntagmorgen in aller Herrgottsfrühe, während er mit einem grausamen Ruck meinen Rollladen hochzog und mich aus dem Reich der babyfreien Träume in die Schnuller-Realität holte.

Ich konnte es auf den Tod nicht ausstehen, wenn mich jemand am frühen Morgen mit einer Überdosis guter Laune weckte. Und ich konnte es noch viel weniger ausstehen, wenn jemand über meinen Kopf hinweg bestimmte, wann ich am Wochenende aufstehen sollte. Ich war schließlich kein Baby mehr und sehr wohl in der Lage, selbst zu entscheiden, wann ich wie viel schlafen, essen und trinken wollte. Aber seit der Schreihals da war, hatte sich offensichtlich unser aller Biorhythmus zu ändern.

»Lana, aufwachen! Wir haben eine tolle Neuigkeit. Komm! Komm!«

Zu allem Überfluss fing Papa jetzt auch noch an, unter die Bettdecke zu greifen und nach meinen Füßen zu schnappen. Ob ich wollte oder nicht, mein Kreislauf geriet vor lauter Wut ganz von allein in Wallung.

»Ja doch!«

Mühsam quälte ich mich aus dem Bett und schlich in die Küche, wo Mama schon mit Finn an der Brust wartete und genauso schrecklich guter Stimmung war wie Papa.

»Wir haben heute Nacht beschlossen, dass wir in den Ferien doch nicht zu Hause bleiben«, verkündete Papa.

»Wir mieten ein Häuschen in Holland am Meer. Das geht auch mit Finn. Die frische Luft wird ihm guttun«, fügte Mama hinzu.

»Nur wir vier. Mal richtig ausspannen. Dann kannst du dich mehr mit deinem Brüderchen beschäftigen. Das hebt sicher deine Laune«, beendete Papa den Vortrag.

Zwei Wochen Holland mit meinen geistig umnebelten Eltern und dem kleinen Schreihals sollten meine Laune heben?

»Wieso werde ich eigentlich nie gefragt?«

Mama und Papa waren völlig verdutzt.

»Willst du denn nicht in Urlaub fahren?«, fragte Papa verwirrt.

»Wen interessiert schon, was ich will!«

»Lana, du weißt, dass wir deine Meinung immer mit einbeziehen.«

Mama brauchte jetzt gar nicht so sozialpädagogisch daherkommen.

»Ach ja? Und habt ihr mich auch nach meiner Meinung gefragt, als es um den da ging?« Ich zeigte auf Finn, der laut juchzte, als wolle er sagen: Ist mir doch schnuppe.

Mama und Papa hatte es sichtlich die Sprache verschlagen. Keiner sagte ein Wort. Ich fühlte mich in der absolut überlegenen Position. Ich war im Recht. Und das würde Mama auch nicht wegdiskutieren können.

Als die Ruhe gerade anfing unerträglich zu werden und ich mich fragte, ob ich wirklich so ganz und gar im Recht war, setzte Finn an, wie am Spieß zu brüllen. Das war die Gelegenheit, einen theatralischen Abgang zu machen. Während Mama und Papa sich über Finn beugten, schnappte ich mir meine Jacke und rauschte ab.

»Ich will nicht mit in Urlaub fahren. Was soll ich denn da?«, fragte ich Jan.

»Wir fahren gar nicht weg«, sagte Jan, »weil Papa ein neues Auto will.«

Das sah Jans Papa wieder mal ähnlich. Jans und meine Eltern waren so unterschiedlich, wie man nur unterschiedlich sein konnte. Während meine Eltern von einem Trommelkurs zum nächsten rannten, sich gegenseitig Tarotkarten legten, mir zum Einschlafen Mantras vorsummten und wochenlang diskutiert hatten, wer wann Erziehungsurlaub nehmen sollte, hatte Jans Papa immer einen Schlips an und träumte von einem Mercedes der Extraklasse, Jans Mutter hatte einen verbitterten Zug um den Mund und an den Wänden ihres Wohnzimmers hingen tote Rehköpfe.

Aber so unterschiedlich wie unsere Eltern waren, so ähnlich waren wir uns. Wir waren beste Freunde. Seelenverwandte. Blutsbrüder. Und Erben. Jan war in meinem Testament der Erbe und ich in seinem.

»Das ist ja blöd.« Ich boxte Jan sanft in die Rippen.

»Ja. Jetzt hab ich die Wahl zwischen Ferien zu Hause und Ferien bei meinen Großeltern. Herzlichen Dank. Du kennst ja meine Oma. *Nein, Jan, nicht auf das Kissen setzen. Das ist doch nur ein Zierkissen.*«

Ich hatte Jans Oma ein paarmal live erlebt. Sie war wirklich schrecklich.

»*Nein, Jan, nicht auf den Klodeckel setzen. Das ist doch nur ein Zierdeckel*«, flötete Jan weiter.

Ich schüttelte mich vor Lachen. »*Nein, Jan, nicht von den Keksen essen, das sind doch nur Zierkekse!*«, fügte ich hinzu.

»*Nein, nicht die Luft atmen, das ist doch nur Zierluft!*«

Wir warfen uns die Bälle zu, rutschten von Spruch zu Spruch weiter vom Bett auf den Boden und krümmten uns am Ende vor Lachen.

Plötzlich hatte ich die absolut gigantische Eingebung. »Fahr doch mit uns!«

Jan hatte sofort kapiert. »Du meinst, das geht?«

»Es muss gehen!« Ich war so angetan von meiner

Idee, dass ich keine Sekunde länger mehr warten wollte, um sie wahr werden zu lassen.

Wie von der Tarantel gestochen flitzten wir zu Jans Mama ins Wohnzimmer und plapperten beide durcheinander.

»Darf ich?«

»Darf er?«

»Biiitteee!«

Jans Mama schaute uns über ihren Brillenrand hinweg streng an. So viel Unruhe konnte sie gar nicht gut ertragen wegen ihrer Migräne. Also rissen wir uns zusammen. Jetzt nur niemanden verärgern!

»Da musst du deinen Vater fragen«, sagte sie dann zu Jan.

Das war bei Jans Eltern so. Irgendwie hatte der Vater mehr zu sagen als die Mutter. Und alle wichtigen Entscheidungen traf er.

Jan sah nicht glücklich aus. »Er sagt bestimmt Nein.«

Jans Vater sagte aus Prinzip meistens Nein. Man hatte das Gefühl, dass er nicht mal genau mitbekommen hatte, um was es eigentlich ging, da hatte er in der Regel schon Nein gesagt.

Ich grübelte. »Dann muss ich zuerst meine Eltern überreden. Wenn sie deinen Vater persönlich fragen, kann er nicht Nein sagen.«

Zu Hause erwarteten mich nicht gerade die besten Voraussetzungen für eine große Bitte. Mama und Papa waren sauer, dass ich einfach so abgehauen war. Einfach so abhauen war bei uns nicht angesagt. Schließlich konnte man doch über alles reden.

»Wenn du was auf dem Herzen hast, kannst du doch mit uns reden«, fing Papa dann auch gleich an.

Sie verstanden einfach nicht, dass ich, wenn mich die Wut überkam, nicht reden konnte und nicht reden wollte.

»Es tut uns sehr leid, wenn du im Moment zu kurz kommst«, sagte Mama versöhnlich.

Das war meine Gelegenheit. Wenn Mama ein schlechtes Gewissen hatte, sollte ich das ausnutzen.

»Ihr könnt es ganz leicht wieder gutmachen«, sagte ich zuckersüß.

»So?«, fragte Papa misstrauisch.

»Ja, ich hab nur einen ganz kleinen Wunsch. Darf Jan mit in Urlaub?«

Mama und Papa wechselten einen langen Blick. Es kam mir vor, als würden Stunden vergehen. Ob sie in telepathischer Verbindung miteinander standen? Jedenfalls schienen sie sich irgendwie über die Sache verständigt zu haben, denn Papa nickte schließlich.

»Einverstanden.«

Ich flog ihm sofort um den Hals und Mama gleich auch noch. »Ihr seid die Besten!«

Wenn sie nicht gerade die schrecklichsten Eltern von der ganzen Galaxie waren und Schreihälse in die Welt setzten, waren sie wirklich die Besten.

»Da wäre nur noch eine Kleinigkeit. Jans Vater …«

Jans Vater wurde Opfer von Mamas unschlagbaren Argumenten und ihrer vertrauensvollen Art. Er sagte zu.

Ich war happy.

Blindgänger trifft Hinterkopf

»Wow!«

Wir sprangen aus dem völlig überladenen Auto und liefen aufgeregt um unser Feriendomizil herum. Es war der Hammer. Eine alte Bauernkate mit einem verwilderten Garten, gleich hinter den Dünen.

Drinnen war alles ganz urig und gemütlich eingerichtet. Es gab einen langen Esstisch, einen offenen Kamin, der wohl eher im Winter angesagt war, zwei Schlafzimmer und eine nigelnagelneue Sauna zwischen all dem antiken Kram.

Jan und ich kaperten uns das Zimmer mit dem schönsten Ausblick.

»Ich nehme das Bett am Fenster!«

»Nein, das will ich!«, kreischte ich und rannte mit voller Wucht gegen Jan, der auf das Bett fiel und versuchte, mich in den Schwitzkasten zu nehmen.

Aber so leicht machte ich es ihm nicht. Wir legten einen eins a Ringkampf hin, bei dem keiner siegte, weil wir nach zehn Minuten beide völlig außer Atem waren.

»Unentschieden. Wir schieben die Betten einfach zusammen. Dann sind wir beide nah am Fenster«, sagte ich.

»Abgemacht.«

Wir ließen voneinander ab und ich blieb schlapp wie eine Flunder auf Jans Bauch liegen. Erst jetzt sah ich, dass Mama im Türrahmen stand und uns kritisch musterte.

»Was ist?«, fragte ich. »Du hättest es sicher ausdiskutiert, was? Aber bei uns läuft das anders!«

Jan und ich lachten. Mama nicht.

»Ach, nichts«, sagte sie gedankenverloren und ging aus dem Zimmer.

»Was hat die denn?«, fragte Jan.

»Keine Ahnung. Aber ich find es raus«, antwortete ich und schlich hinter Mama her.

Die setzte sich in ihrem Schlafzimmer aufs Bett und beobachtete Papa beim Wäscheeinräumen. Ich lugte vorsichtig um die Ecke.

»Ich muss mal mit dir reden.« Mamas Stimme hörte sich an, als habe sie ein echtes Problem.

Papa setzte sich zu ihr. »Was ist?«

»Hältst du es für eine gute Idee, wenn Lana und Jan in einem Zimmer schlafen?«

»Wieso?«

Das fragte ich mich allerdings auch. Was sollte daran denn keine gute Idee sein?

»Sie ist 13. Und Jan schon 14.« Mama schaute Papa sorgenvoll an.

»Du glaubst ... Nein!«, erwiderte Papa. »Das kann ich mir nicht vorstellen. Sie sind doch Kumpel. Ich meine ... sie sind wie Bruder und Schwester ... also, du weißt schon. Lana ist selbst eher wie ein Junge.«

»Ja, wahrscheinlich hast du recht. Trotzdem. Mir

ist nicht ganz wohl bei der Sache. Unsere Tochter ist kein Kind mehr.«

Wahnsinn. So wie es aussah, unterhielten sich meine Eltern gerade darüber, ob es eine pikante Situation sein könnte, wenn Jan und ich in einem Zimmer schliefen.

So ein Unfug! Wir hatten schon tausendmal in einem Bett geschlafen.

Ich hatte genug gehört und rannte zurück zu Jan, um Bericht zu erstatten.

»Du wirst es nicht glauben. Die denken, wir könnten es miteinander machen.«

Um das Ganze in seiner Absurdität zu verdeutlichen, legte ich den Arm um Jans Hals und biss ihm gespielt leidenschaftlich in den Nacken.

»Nimm mich!«, hauchte ich so verrucht, wie ich es hinkriegte.

Ich hatte damit gerechnet, dass Jan voll auf meine kleine schauspielerische Einlage eingehen würde, aber nichts da. Irgendwie schien sich in meiner kurzen Abwesenheit Jans Humorzentrum im Gehirn verstopft zu haben.

Mit einer unwilligen Bewegung zupfte er meinen Arm von seiner Schulter und schubste mich weg. »Sehr witzig.«

»Ja, ich fand das allerdings witzig. Was ist denn los mit dir? Du benimmst dich, als hättest du jetzt auch Hormone«, sagte ich neckisch.

Aha. Jetzt schien die Verstopfung beseitigt zu sein. Jan grinste.

Mit der flachen Hand klatschte er sich auf die Wange. »Da war ein Hormon. Ich hab es gerade noch rechtzeitig gekriegt.« Dann ging er auf mich los. »Oh, Lana, alles voller Hormone!«

Nachdem wir alle Hormone erfolgreich abgewehrt hatten und völlig erschöpft auf den Betten lagen, fiel mir ein, dass ich das Wichtigste fast vergessen hatte.

»Ich muss das Meer begrüßen!«

»Hä?«

»Das ist so was wie mein Urlaubsanfangsritual. Absolut wichtig! Ich geh zum Meer und sag Hallo. Egal, ob es das Mittelmeer, die Ostsee, der Atlantik oder die Nordsee ist. Und ohne einem Meer zu nahe treten zu wollen, muss ich sagen, dass die Nordsee mir das allerliebste ist. Also, bis gleich!«

Ich raste die Dünen hoch und als ich am obersten Punkt angelangt war, sog ich tief den Meergeruch in die Lungen. Dann rannte ich im Sturzflug mit ausgebreiteten Armen und geschlossenen Augen runter zum Strand. Ah, war das schön ...

»Aua!«

Tat das weh! Ich war mit vollem Karacho gegen einen Widerstand gerannt. Und als ich benommen die Augen aufschlug, fand ich mich vis-à-vis mit einem Jungen wieder, der ebenso wie ich durch den Zusammenprall rücklings auf den Hosenboden gefallen war.

»Kannst du nicht aufpassen?«, fauchte er. Er rieb sich die Nase. Offensichtlich hatte ich ihn hart getroffen.

»Entschuldigung. Ich hab dich nicht gesehen.«

»Kunststück. Mit geschlossenen Augen würde ich

auch nichts sehen.« Er rappelte sich hoch, drehte sich um und klopfte sich den Sand von den Klamotten.

Er war einen Kopf größer als ich und braun gebrannt. Seine schwarzen Haare waren superkurz geschnitten. Kein Wunder. Er hatte einen total schönen Hinterkopf.

»Du hast einen total schönen Hinterkopf«, hörte ich jemanden sagen.

Und dieser Jemand war ich. Wieso um alles in der Welt hatte ich das gesagt?

Der Junge schaute mich angewidert an. »Und du hast nicht alle Tassen im Schrank.«

Er drehte sich um und stapfte hinterkopfschüttelnd weg. Da saß ich nun im Sand und war nicht in der Lage aufzustehen. Wie paralysiert starrte ich dem Hinterkopf nach. Was war nur los mit mir? Hatte ich eine Gehirnerschütterung? Oder hatte ich am Ende wirklich nicht mehr alle beisammen?

Als ich zum Haus zurückkam, war schon alles eingeräumt und Papa kochte Spaghetti. Jan hatte meine Klamotten in den Schrank gehängt, meine Zahnbürste in den Becher gestellt und war bester Laune.

»Was hast du denn da?« Jan fasste vorsichtig mit dem Zeigefinger an meine Stirn.

»Autsch.«

»Das ist 'ne echt heftige Beule«, stellte er ganz chefarztmäßig fest.

»Das weiß ich auch.«

»Wie ist denn das passiert? Hat das Meer zugeschlagen, als du Hallo gesagt hast?«

Diesmal war mein Humorzentrum verstopft. »Sehr witzig. Ich bin ...« Ich zögerte. Ich hatte keine Lust, von dem Hinterkopf zu erzählen. Ich musste schnell irgendeine Geschichte erfinden. »Ich bin mit einer Möwe kollidiert.«

Jan schaute mich ungläubig an. »Mit 'ner Möwe?«

»Ja!« Ich sprang aufs Bett. »Ich renne die Düne runter, denke an nichts Böses und plötzlich ...« Ich breitete die Arme aus und sauste wie eine Monstermöwe über die Matratze. »... kommt diese abartig große Möwe direkt auf mich zu und knallt mit ihrem harten Schnabel an meine Stirn.« Ich ließ mich aufs Bett fallen. »Ich war total ausgeknockt. So was hast du noch nie gesehen.«

Jan hatte sich von meiner dramatischen Vorstellung beeindrucken lassen. »Hab noch nie gehört, dass Möwen Menschen angreifen.«

»Das war bestimmt 'ne Killermöwe.«

Beim Essen diskutierten alle über Killermöwen. Und nachdem ich meine abstruse Geschichte zum dritten Mal zum Besten gegeben hatte, glaubte ich sie fast selbst. Den peinlichen Zusammenprall mit dem Hinterkopf hatte ich fast vergessen.

Was soll's auch, dachte ich. Den Hinterkopf siehst du nie wieder. Soll er doch von dir denken, was er will.

Wahrscheinlich hatte ich so was wie eine Minigehirnerschütterung gehabt. Da redete man schon mal wirres Zeug.

Ich war schon fest eingeschlafen, als mich Finns Gekrähe wieder aufweckte. Und weil ich mich so ärgerte, war an wieder Einschlafen nicht mehr zu denken.

Ich malte mir eine Weile aus, wie eine Killermöwe im Sturzflug an den Strand geschossen kam, Finn wie ein Storch an der Windel packte und ihn für immer wegflog. Irgendwo in der Südsee würde sie ihn abliefern und da hätte er dann ein schönes Leben mitten unter Kokosnüssen und Korallenriffen.

Als die Geschichte mich nicht mehr so sehr amüsierte, starrte ich an die Decke und versuchte Schäfchen zu zählen. Eins. Zwei. Drei.

Was war das für ein Schäfchen? Es war viel zu groß: Und es ging auf zwei Beinen. Und es hatte einen wunderschönen Hinterkopf. Und statt über einen Zaun zu springen, stellte es sich frech vor mein inneres Auge und zeigte mir einen Vogel.

Verdammt! Hatte ich nicht beschlossen, den Vorfall zu vergessen? Vor lauter Wut schlug ich mit der Faust auf die Bettdecke. Das heißt, ich wollte auf die Bettdecke schlagen. Stattdessen traf ich Jan. Gott sei Dank wachte er nicht auf. Er wälzte sich unruhig auf die andere Seite und brummte irgendwas. Ich lauschte angestrengt.

»Alles Arschlöcher«, murmelte er.

Ich musste an mich halten, um nicht laut loszulachen. Das war zu komisch. Wahrscheinlich träumte er gerade von einem Basketballspiel und beschimpfte die gegnerische Mannschaft. Ich lauschte weiter. Aber außer einem unverständlichen Brummen kam nichts mehr.

Ich drehte mich auf die Seite und schloss die Augen. Jetzt würde ich einschlafen können. Und als ich es fast geschafft hatte, drang doch noch etwas zu mir vor.

»Lana«, seufzte Jan im Schlaf.

Sicher hatte ich in seinem Traum gerade einen wunderbaren Korb geworfen.

Schreihals

Am nächsten Morgen packten wir alle unsere Strandklamotten zusammen und zogen zum Meer. Papa baute umständlich einen überdimensionalen Windschutz auf.

»Der Kleine darf sich nicht erkälten.«

Mama cremte sich dick ein und legte sich in die Sonne. »Das hab ich mir verdient.«

Und Jan und ich schlüpften in die Schwimmsachen und stürzten uns in die Wellen. Es war herrlich. Wir tauchten wie die Robben, ließen uns von der Strömung wegziehen und schwammen um die Wette. Blau gefroren und mit roten Salzwasseraugen kamen wir wieder zum Windschutz zurück und wickelten uns in unsere Handtücher.

Zu Mittag gab es eine Riesenportion Pommes frites vom Strandpavillon und danach wollten Mama und Papa einen Verdauungsspaziergang am Meer machen.

»Mal eine halbe Stunde nur für uns. Wir lassen Finn bei euch. Er ist gerade gestillt und dürfte jetzt schlafen. Bis später.«

»Alles klar«, sagte Jan.

Mir blieben die Worte im Mund stecken. Gar

nichts klar!, dachte ich. Ich will mit dem Schreihals nicht alleine sein. Doch ehe ich was sagen konnte, waren Mama und Papa schon Hand in Hand verschwunden.

Ich versuchte mich zu entspannen, schnappte mir eine Zeitschrift und blätterte darin rum. Aber als ginge von dem schlafenden Wesen in seinem Lager aus Decken und Handtüchern eine magnetische Anziehung aus, konnte ich mich nicht konzentrieren. Ich starrte immer wieder zu Finn. Hatte er sich bewegt? Hatte ich was gehört? Das nervte vielleicht.

»Ich geh noch mal ins Wasser.« Jan sprang auf und schnappte sich die Luftmatratze.

»Du kannst mich mit dem Baby doch nicht alleine lassen!«, flehte ich unwillkürlich.

Jan schüttelte nachsichtig den Kopf. »Aber sonst alles im grünen Bereich, Lana?«

Ich nickte schnell und grinste. »Wollte nur gucken, ob du drauf reinfällst«, sagte ich schnell.

Er hatte ja recht. Ich benahm mich lächerlich. Was war schon dabei, ein paar Minuten alleine mit einem Baby hinter einem Windschutz zu liegen? Nicht das Geringste war dabei.

»Auf dich fall ich nicht so schnell rein!«, rief Jan und rannte los Richtung Meer.

Ich versuchte mich wieder auf den Artikel über Snowboarder in der Schweiz zu konzentrieren. Doch ich las den ersten Satz bestimmt fünf Mal, ohne zu kapieren, was er bedeutete.

Und dann passierte es. Ohne jede Vorwarnung fing Finn wie am Spieß an zu schreien. Mist! Was sollte ich jetzt tun? Ich krabbelte zu ihm und schaute in sein rot aufgepumptes Gesicht. Er sah aus, als würde er jeden Moment platzen.

»Pst«, sagte ich und legte den Finger auf die Lippen.

Das nützte gar nichts.

»Sei still«, versuchte ich es mit der unsanften Methode.

Er brüllte nur noch mehr.

»Duddi duddi«, machte ich.

Das funktionierte bei Mama und Papa immer. Bei mir nicht.

»Was willst du denn?«, fragte ich schließlich völlig hilflos. »Sag mir gefälligst, was ich tun soll!«

Auf Finns Stirn bildeten sich komische wurmartige Adern. Er war jetzt so dunkelrot wie eine überreife Tomate. Konnten Babys platzen?

Panisch blickte ich zum Meer, aber Jan trieb weit draußen auf seiner Luftmatratze und bekam nichts mit von meiner Katastrophe.

»Wenn du jetzt still bist, schenke ich dir meine Aufklebersammlung«, stammelte ich. »Sei leise und du kriegst auch noch meine Inliner.«

Verdammt. Finn war unbestechlich und unermüdlich. Sein Gebrüll hallte in meinem Kopf wie ein Tornado. Und plötzlich ging bei mir eine Sicherung durch.

»Hilfe!«, schrie ich aus Leibeskräften. »Hilfe!!!«

Ehe ich mich versah, kam eine Frau auf mich zugerannt. In Windeseile überblickte sie die Situation, nahm Finn auf und schaukelte ihn in ihrem Arm hin und her. Augenblicklich war er still. Ich hockte wie ein armer Sünder auf dem Boden und kämpfte schwer mit den Tränen.

Die Frau lächelte mich an. »Er brauchte nur ein bisschen Zuwendung«, sagte sie freundlich. »Nimm du ihn doch.« Und schon wollte sie mir Finn in den Arm drücken.

Ich wandte mich sofort ab. »Nein. Nein. Ich bin allergisch gegen Babys. Und außerdem ... er ist gar nicht mein Bruder. Er ist ... er ist ...«

Die Frau schaute mich amüsiert an. »Simon war auch so alt wie du, als wir noch mal Nachwuchs bekamen. Glaub mir, am Anfang ist es hart. Aber irgendwann wirst du feststellen, wie lieb du dein Brüderchen hast.«

Hatte sie mir nicht zugehört? Ich hatte doch gerade gesagt, dass das gar nicht mein Bruder war. Und was wusste sie schon? Wer auch immer ihr Simon war, mit mir hatte er nichts gemeinsam. Ich würde den Schreihals ganz sicher nie lieb haben.

Die Frau legte Finn zurück auf sein Lager. Er schlummerte sofort ein. Und ich ließ ein Stoßgebet zum Himmel fahren, dass er nicht wieder aufwachte, bis meine Eltern zurück waren.

»Simon!«, rief die Frau.

Aus dem benachbarten Windschutz lugte ein Hinterkopf hervor. Oh mein Gott. Das war nicht irgendein Hinterkopf. Diesen Hinterkopf kannte ich.

»Komm doch mal.«

Simon kam näher, erkannte mich und sein Lächeln wich schlagartig aus dem Gesicht.

»Das ist ...«, setzte die Frau an und wartete, dass ich den Satz beendete.

»Lana«, brummte ich.

»Und das ist Simon. Ihr könnt euch doch mal über kleine Geschwister unterhalten.« Sie zwinkerte mir zu und ließ mich dann mit Simon alleine stehen.

Seine Nase war irgendwie röter als der Rest des Gesichts. Ich tippte an meine Beule und grinste, Marke Kollege.

Simon grinste nicht. »Ich halte das für keine so gute Idee mit dem Austauschen«, sagte er und drehte sich weg.

»Nee, ich auch nicht«, sagte ich schnell ganz lässig und drehte mich auch weg.

In meinem Bauch stülpte sich etwas um, kroch die Kehle hoch und drückte wie wild. Ich flüchtete unter den Windschutz und steckte mein Gesicht tief ins Handtuch. Jetzt nur nicht laut losschreien! Es gab ja auch gar keinen Grund laut loszuschreien. Ein fremder Junge mit einem zufällig wohlgeformten Hinterkopf fand es keine gute Idee, mit mir über kleine Geschwister zu sprechen. Na und? Schließlich wollte ich mich auch nicht über Finn unterhalten. Und außerdem, es musste einen ja nicht jeder nett finden. Es gab genug Leute, die ich nicht ausstehen konnte. Und diesen Simon konnte ich auch nicht ausstehen. Ganz und gar nicht. Also durfte er mich auch hassen. Das war doch nur gerecht.

Ich spuckte dreimal heftig in den Sand und atmete tief durch. Wieso funktionierte das nicht? Wenn ich sonst dreimal spuckte, hatte ich immer das Gefühl, alles ausgespuckt zu haben, was ich nicht mehr in meinem Kopf haben wollte. Aber diesmal blieb alles drin.

Wie machte Mama das immer? »Mein linker Arm ist gaaanz schwer. Ich fühle mich entspannt und denke an nichts.« Ich hatte mich immer gewehrt, dieses dumme autogene Training mitzumachen. Aber im Moment war mir jedes Mittel recht, um mich wieder in den Griff zu kriegen.

Ich legte mich flach auf mein Handtuch und versuchte meinem Arm klarzumachen, dass er schwer zu werden hatte. Tat er aber nicht. Stattdessen wurde er nur immer nervöser und ich mit ihm. Wie verrückt ziepten unsichtbare Sandflöhe an meinem Körper.

Dann erschrak ich zu Tode. Irgendwas Kaltes, Nasses hüpfte über meine Haut. Als ich die Augen aufriss, sah ich, dass es nichts weiter als Jan war, der seine nassen Haare über mir ausgeschüttelt hatte.

»Erde an Lana. Du bist aber schreckhaft heute.«

»Ich dachte, es wären Hormone«, sagte ich.

»Na dann. Gegen die bist du ja als einziger Mensch auf der Welt immun«, lachte Jan und ließ sich auf sein Handtuch fallen.

Ich beschloss, ihm von Finns Schreianfall und den Folgen einfach nichts zu erzählen. Und auch Mama und Papa würde ich nichts sagen. Sonst müsste ich ja erklären, woher ich Simon kannte, und zugeben, dass die Killermöwe in Wirklichkeit einen schönen Hinterkopf hatte. Das war alles viel zu kompliziert.

Alberne Maskerade

Am nächsten Tag wollte ich nicht mit zum Strand.

»Ich will mal den Garten genießen«, sagte ich so ungezwungen wie möglich.

Tatsache war, dass ich diesem Simon auf keinen Fall begegnen wollte. Schließlich fand ich ihn abartig. Ich wollte mir nicht den Tag von seinem Anblick verderben lassen. Das war doch verständlich.

»Ich bleib mit hier«, entschied Jan.

Wir setzten uns auf die Terrasse und spielten Bauernskat miteinander. Die Sonne brannte uns auf den Nacken. Und weil ich gestern schon einen kleinen Sonnenbrand bekommen hatte, wollte ich mich eincremen.

»Da kommst du doch gar nicht dran«, sagte Jan und nahm mir die Tube aus der Hand. »Ich mach das.«

Jan nahm viel zu viel Sonnencreme und begann, mir ausgiebig den Rücken einzuschmieren. Das war richtig schön. Jan merkte wohl, dass ich das gut leiden konnte, und fuhr fort mich zu massieren.

»Oh, ja. Da unten. Da ist es besonders schön«, seufzte ich.

Jan hatte eine mächtige Ausdauer. Er knetete den

Nacken. Er knetete die Schultern. Er knetete die Arme.

»Wenn es mit dem Basketballspielen nichts wird, kannst du ja Masseur der Nationalmannschaft werden«, plapperte ich. »Oder du wirst mein Privatmasseur, wenn ich zur Spielerin des Jahres ernannt werde.«

In Gedanken sah ich mich schon ein Interview geben. *Ich wusste bereits mit acht Jahren, dass Basketball mein Leben ist. Kinder? Nein, Kinder wollte ich nie. Wissen Sie, ich hatte einen kleinen Bruder. Nach dieser Erfahrung weiß man, dass Babys die Pest sind. Mein Masseur? Ja, das ist mein bester Freund. Wir kennen uns schon seit Jahren.*

»Fertig.« Jan rieb sich die Hände an der Hose ab. »Und jetzt cremst du mich ein.«

Ich klatschte ihm schnell ein bisschen Sonnencreme auf den Rücken. »Fertig. Lass uns weiterspielen.«

Aber da hatte ich mich geschnitten. Aus welchem Grund auch immer war Jan plötzlich schlecht gelaunt und wollte lesen. Dann eben nicht!, dachte ich.

Bis drei Uhr schaffte ich es, einfach an nichts zu denken. Dann kamen Mama und Papa mit Finn im Gepäck zurück.

»Wir haben eine ganz nette Familie kennengelernt. Die Schneiders. Ein Lehrerehepaar mit einem zweijährigen Mädchen und einem Jungen in Jans Alter. Sie kommen heute Abend zum Grillen zu uns.«

Bitte nicht! Lieber Gott, mach, dass es nicht DIE Familie ist. Mach, dass der Junge in Jans Alter einen ganz eingedellten Hinterkopf hat.

»Der Sohn heißt Simon«, sagte Mama, als habe sie meine Gedanken erraten. »Du hast ihn ja schon kennengelernt, Lana, nicht?«

Jemand mit dem absoluten Gehör hätte sicher den Kloß gehört, der wie ein Erdrutsch in meinen Magen plumpste.

Den Rest des Nachmittags war ich völlig neben der Spur. Ich hatte keine Lust zu lesen, keine Lust, beim Grillanschmeißen zu helfen, keine Lust auf gar nichts. Ich verzog mich ins Schlafzimmer und stöberte unmotiviert im Schrank herum.

Es gab so viele Menschen am Strand. Wieso mussten meine Eltern ausgerechnet mit Simons Eltern in Kontakt kommen? Und wieso mussten meine Eltern so schrecklich aufgeschlossen sein? Wieso mussten sie jeden gleich zum Grillen einladen? Konnten sie nicht zu der Sorte Eltern gehören, die mit Fremden nichts zu tun haben wollen? So wie Jans Eltern. Die luden nie jemanden ein. Und schon gar nicht spontan.

Nachdem ich meinen Kleiderschrank durchwühlt hatte, begann ich schließlich Mamas Klamotten zu inspizieren. Nicht dass ich irgendwas suchte. Ich wusste nur einfach nicht, wie ich sonst die Zeit totschlagen sollte.

Ich fand den Minirock, den Mama zu Hause nie anzog und im Urlaub auch nur Papa zuliebe.

»Er ist mir viel zu eng. Außerdem bin ich keine zwanzig mehr«, hatte sie gesagt.

Ich fand Miniröcke doof. Überhaupt fand ich jede Art von Rock doof. Die waren viel zu unpraktisch. Ich zog Mamas Minirock aus dem Schrank und schlüpfte hinein. Albern. Und viel zu weit. Extrem albern.

Mein Blick fiel auf Mamas Schminktasche. Schminken fand ich auch doof. Ich holte einen Lippenstift heraus und malte mir die Lippen an. Albern. Ich sah aus, als hätte ich statt vor die Stirn eins aufs Maul bekommen. Extrem albern.

Ich spitzte die Lippen. Küssen fand ich blöd. Küssen musste man Tanten, wenn man olle Seife zum Geburtstag bekam. Wenn in einem Film geküsst wurde, langweilte ich mich immer zu Tode und wartete sehnsüchtig auf die nächste Actionszene. Küssen war albern. Ich küsste meinen Handrücken. Nur so zum Spaß, um zu sehen, wie meine Lippen geformt waren. Extrem albern.

In dem Moment kam Mama zur Tür herein. »Kommst du? Was …?«

Ich hatte den Lippenstift hinterm Rücken versteckt, aber das war natürlich Unfug, weil meine Lippen blutrot waren.

Mama lächelte. »Das sind ja ganz neue Seiten an dir.«

Bitte nicht die Tour. Ich hasse es, wenn ich mich ertappt fühle. Aber wobei fühlte ich mich überhaupt ertappt? Ich hatte mal ein bisschen Lippenstift probiert und einen Rock angezogen. Und ich hatte festgestellt, dass ich es nach wie vor total albern fand. War das so was Aufregendes?

»Steht dir gut«, sagte Mama verschwörerisch.

»Ist doch albern«, entgegnete ich barsch und wischte mir den Lippenstift ab.

Mama schien zu grübeln. »Für wen wolltest du dich denn so schick machen?«

»Ich wollte mich nicht schick machen!«

Mama schien mit meiner Antwort nicht zufrieden.

»Ich wollte Jan schocken mit meinem albernen Anblick«, fügte ich schnell hinzu.

»Du wolltest dich für Jan schön machen?«

»Schocken, nicht schön machen!«

Hörte sie mir denn gar nicht zu? Aber dann fiel es mir wie Schuppen von den Augen und ich erinnerte mich an das Gespräch zwischen Mama und Papa, das ich belauscht hatte. Mama fühlte sich offensichtlich gerade in ihren schlimmsten Befürchtungen bestätigt. Wenn sich das Töchterchen schon für ihren Freund schminkt und einen Rock anzieht, dann ist der erste Kuss nicht weit und dann …

»Sag mal, Lana, du und Jan …«, setzte Mama dann auch gleich vorsichtig an.

»Mama«, unterbrach ich sie schnell. »Ich weiß, was du denkst. Nein, da läuft nichts. Wir sind Freunde. Und das bleiben wir auch. Und ich steh nicht auf diesen ganzen Mädchen-Jungs-Küssen-Gacker-Schlaflose-Nächte-Quatsch!«

Mama schien erleichtert. »Aber falls …«

»Ja, Mama, falls sich da was ändert, komm ich zu dir und frag nach der Pille.«

Mamas Gesichtsausdruck verrutschte wie eine Schneelawine. Auf so was war sie nicht gefasst gewesen. Ich lachte mir ins Fäustchen. Sie war so leicht zu schocken.

»Ja, ist gut«, sagte sie schnell und ließ mich alleine.

Ich kicherte vor mich hin. Als wenn ich jemals die Pille nehmen würde! Da waren jede Menge Hormone drin!

Ich schlüpfte aus dem Rock und stieg in meine Jeans. Manchmal verstand ich mich selbst nicht. Hatte ich nichts Besseres zu tun, als mich zu verkleiden?

Diese bescheuerten Hormone

Ich kriegte keinen Bissen runter und alle anderen amüsierten sich prächtig. Papa und Herr Schneider tauschten Grillanekdoten aus. Mama und Frau Schneider palaverten über die Horoskope ihrer Nesthäkchen. Finn und Suse Schneider lagen einträchtig auf einem Lammfell und strampelten um die Wette. Und Simon Schneider und Jan hatten innerhalb von fünf Minuten festgestellt, dass sie auf dieselbe Basketballmannschaft standen, und zählten alle Spieler auf. Nur mit mir unterhielt sich keiner. Ich drehte mein Würstchen auf dem Teller hin und her, spießte es auf und stellte mir vor, es wäre Simon und das Ketchup eine Blutlache. Ich konnte ihn immer weniger ausstehen. So ein ignoranter Blödmann.

»Lana spielt auch super«, sagte Jan.

Er schien gemerkt zu haben, dass ich wie bestellt und nicht abgeholt herumsaß, und versuchte mich in das Gespräch mit einzubeziehen.

»Aha«, sagte Simon tonlos, ohne auch nur eine Sekunde Notiz von mir zu nehmen.

Du arroganter Schnösel, dachte ich. Du widerliche elende Bohnenstange! Du … du … Ich war so sauer, dass ich Angst hatte, jeden Moment laut loszubrüllen. In meiner Beule pochte das Blut.

Mama lachte in meine Richtung. »An Lana ist ein Junge verloren gegangen. Ein Widder, wie er im Buche steht. Wild und eigensinnig. Nicht, Lana?«

Ich merkte, wie meine Beule bedenklich anschwoll.

»Sie hat nie mit Puppen gespielt. Immer Autos und Bälle. Mit hübschen Kleidchen hat sie rein gar nichts anfangen können. Am liebsten hat sie im Dreck gematscht.«

In meiner Beule explodierten mit einem Mal jede Menge Knallfrösche.

»Du weißt doch gar nicht, wer ich bin!« Ich griff nach meinem blutüberströmten Würstchen, riss es auseinander und pfefferte die beiden Hälften meiner Mutter an den Kopf.

Ich konnte nicht mehr denken. Meine Beine machten sich selbstständig und rannten los. Undeutlich hörte ich noch, dass Finn anfing zu brüllen. Dann gab es nur noch Rauschen in meinen Ohren.

Ich rannte zum Strand, warf mich in den Sand und heulte aus Leibeskräften. Was war nur mit mir los? Wieso heulte ich? Ich heulte doch sonst nie. Ich war auch sonst nicht so komisch wie heute. Ich war durchaus in der Lage, auf einen blöden Spruch Kontra zu geben. Und außerdem, was hatte Mama schon Schlimmes gesagt? Sie hatte recht. Ich fand ja selbst, dass ich mehr wie ein Junge war. Und eigensinnig und wild war ich auch. Und stolz darauf. Ich war so durcheinander wie noch nie in meinem ganzen Leben. Mein Kopf schwirrte und mein Herz pochte wie wahnsinnig.

Ich wollte gerade aufspringen und ins Meer rennen, um mich mit einem Kalt-Wasser-Schock wieder in den Griff zu kriegen, da hörte ich eine Stimme.

»Herzblatt.«

Mama.

»Was ist denn los?«

Sie hatte meine Jacke mitgebracht. Mir war tatsächlich furchtbar kalt. Der Gedanke an das kalte Wasser machte es nur noch schlimmer. Meine Zähne klapperten schon aufeinander. Mama nahm mich in den Arm und rubbelte mir über den Rücken. Das tat gut.

»Entschuldige«, wimmerte ich.

»War ja nur Ketchup«, sagte Mama und zeigte auf einen großen roten Fleck auf ihrem T-Shirt, der an ein Einschussloch im Krimi erinnerte.

Wir mussten lachen.

»Habe ich dich gekränkt mit dem, was ich gesagt habe?«, fragte Mama weiter.

Ich zuckte die Schultern. Aber sie hatte ins Schwarze getroffen, denn meine Tränen kullerten in doppeltem Tempo.

»Kann es sein, dass sich gerade was bei dir verändert? Ich meine, was das Mädchensein angeht.«

Und wieder Treffer versenkt. Mit einem Mal sah ich alles ganz klar. Ja, es hatte sich was verändert. Und wie sich da was verändert hatte. Nicht nur dass mir Haare an den unmöglichsten Stellen wuchsen, dass ich einmal im Monat Panik hatte, diese blöden Bindenviecher würden beim Basketballspielen verrutschen, es hatte sich auch innerlich alles verdreht. Ich hatte es mir nur nicht eingestehen wollen.

»Nichts ist mehr da, wo es hingehört«, schluchzte ich und fand den Satz im selben Moment total doof. Es hörte sich an, als hätte jemand mein Zimmer aufgeräumt und mein eigenes System damit durcheinandergebracht.

»Liebes, das ist ganz normal in deinem Alter. Das sind die Hormone. Du wirst jetzt eine Frau«, sagte Mama und streichelte mir über den Kopf. »Das ist am Anfang schrecklich verwirrend, aber mit der Zeit wirst du feststellen, wie aufregend und schön es ist.«

»Ich kann da nichts Schönes dran finden«, heulte ich. »Und diesen dämlichen Hormonen habe ich nicht erlaubt, in mich reinzukriechen!«

Mama konnte sich ein Lachen nicht verkneifen. Sie hatte ja recht. Ich wusste, dass Hormone im Körper gebildet wurden. Aber ich konnte einfach nicht verstehen, warum mein eigener Körper sich gegen mich verschworen hatte.

Ich schnäuzte mir die Nase. »Die denken doch jetzt alle, ich bin völlig durchgeknallt«, sagte ich verzweifelt.

Mama lächelte mich an. »Sagen wir mal, etwas überspannt.«

Ich musste lachen, ob ich nun wollte oder nicht.

»Ist es dieser Simon?«, fragte Mama.

Ich schaute sie überrascht an.

»Er gefällt dir, oder?«

In meinem Bauch mischte sich ein Haufen Kartoffelsalat mit Zement. Oh mein Gott. Sie hatte recht.

»Sein Hinterkopf«, sagte ich tonlos. »Es ist eigentlich nur sein Hinterkopf.«

»Kann ich verstehen«, schmunzelte Mama.

»Eigentlich mag ich ihn gar nicht«, versuchte ich die schreckliche Wahrheit mit einem letzten Aufbäumen wegzuwischen.

»Nein?« Mama grinste.

Ich schüttelte schlapp den Kopf. Was sollte das Lügen noch? Lana, sagte ich mir, sieh der Realität ins Auge. Du hasst ihn nicht, du findest ihn toll. Frag nicht, warum, nimm es einfach als Tatsache hin.

»Wenn du es dir eingestehst, ist es gar nicht mehr so schlimm«, sagte Mama. »War doch klar, dass du dich früher oder später verlieben würdest.«

Ja? War das klar gewesen? Mir nicht! Im Traum hätte ich nicht gedacht, dass mir so was jemals passieren würde.

Mama wuschelte mir durch die Haare. »Wer weiß. Vielleicht lässt du dir ja bald die Haare lang wachsen.«

Sie wusste, dass sie diesen Spruch nicht ungestraft von sich geben durfte. Mama hatte sich immer gewünscht, dass ich meine Locken lang wachsen lassen würde. Und ich hatte ihr immer gesagt, lieber würde ich mit Vollglatze durch die Gegend rennen, als mir von ihr Zöpfchen und Affenschaukeln frisieren zu lassen.

Ich stürzte mich auf sie und wir kullerten wie die Robben durch den Sand. Irgendwann hatte ich die Oberhand gewonnen, hockte auf meiner kreischenden Mutter und hielt ihre Handgelenke auf den Boden gepresst.

»Erbarmen!«, lachte sie.

»Wenn du unbedingt ein Kind mit langen Haaren haben willst, kannst du ja Finn für den Rest seines Lebens verbieten, zum Frisör zu gehen!«, sagte ich gespielt drohend.

Dann ließ ich Mama frei. Durch den kleinen Kampf hatte ich die Hormone wenigstens wieder so weit im Griff, dass ich die Herrschaft über mich zurückbekam.

»Mama, sag keinem was davon, dass ich verliebt bin, ja? Es ist mir peinlich.«

»Okay. Bleibt unter uns Frauen.«

»Und schon gar nicht Jan! Der hält mich sonst für total panne.«

Als wir zurückkamen, waren die Schneiders schon gegangen. Papa und Jan wuschen das Geschirr ab.

Jan kam sofort auf mich zu. »Alles okay?«

»Ja. Alles paletti. War wohl so 'ne Art Sonnenstich.«

»Ich dachte schon, du hast 'nen Schlag weg wegen deinem Killermöwen-Erlebnis«, grinste Jan.

»Haha. Haben die anderen was gesagt?«

»Nix.«

»Nix?«

Ich konnte es gar nicht glauben. So verrückt, wie ich mich benommen hatte, musste doch jemand was gesagt haben.

»Simon fand deine Aktion cool.«

»Cool?« Ich merkte, wie sich mein Herz selbstständig machte. Bum. Bum. Bum. Hatte er wirklich gesagt, dass er mich cool fand?

»Er meinte, du wärst echt ein Terminator.«

Oh mein Gott! Von allen Vergleichen dieser Welt war das der Schlimmste. Hallo, darf ich vorstellen? Lana, der Terminator. Sie ist eigentlich ein Junge, macht sich gerne dreckig und wirft mit Würstchen um sich.

Es war einmal ein Basketballstar

»Simon fragt, ob wir mit zum Basketballspielen kommen.«

Im ersten Moment wusste ich nicht, ob ich noch träumte oder schon wach war. Ich war wohl irgendwas dazwischen.

»Wir?«, brummte ich.

»Ja, wir«, sagte Jan. »Du und ich. Erde an Lana. Aufwachen. Ich warte unten. Beeil dich. Simon ist schon vorgegangen.«

Aufwachen. Beeilen. Das hörte sich alles ziemlich kompliziert an. Simon wartete? Um Gottes willen! Das war für den frühen Morgen eine Portion Schock zu viel. Mein Bauch fing augenblicklich an zu arbeiten. Das tat er sonst eigentlich immer erst nach dem Frühstück. Hatte Verlieben am Ende auch was mit der Verdauung zu tun? Und hatte man nicht mal am frühen Morgen auf nüchternen Magen Ruhe vor diesem Verliebtsein?

Ich schleppte mich ins Bad und glotzte in den Spiegel. Schreck lass nach! Ich sah so aufgequollen wie eine fette Kröte aus. Heulen hatte bei mir verheerende Folgen. Ich schwor mir, in meinem ganzen Leben keine einzige Träne mehr zu vergießen.

Nach fünf Minuten Beschuss mit eiskaltem Wasser konnte man meine Gesichtsform wieder erahnen. Trotzdem sah ich aus, als wäre ich in der Nacht Frankenstein zum Opfer gefallen, der mir mal schnell aus ein paar alten Lappen ein neues Gesicht gebastelt hatte. So konnte ich unmöglich rausgehen.

Ich stöberte in Mamas Kulturbeutel, fand erleichtert die Antifaltencreme und las die Hinweise auf der Tube. *Glättet Fältchen. Strafft die Haut. Beseitigt Schwellungen.* Perfekt! Genau das brauchte ich jetzt. Ich nahm gleich einen ganzen Haufen und verteilte ihn im Gesicht.

Es passierte gar nichts. Ich schaute angestrengt in den Spiegel, aber meine Haut wollte weder seitlich noch nach oben oder unten verrutschen, geschweige denn abschwellen. Sie bewegte sich nicht im Geringsten. Ich schmierte mir noch eine Portion auf die Wangen. Kein Wunder, dass alte Frauen alt werden, dachte ich, egal, wie viel von dem Zeug sie sich draufschmieren, es nützt ja gar nichts.

Doch dann spürte ich was.

»Aua!«

Plötzlich fing mein ganzes Gesicht an zu spannen, zu jucken und zu brennen. Ich bekam Panik. Das Zeug war gerade dabei, aus mir ein Skelett zu machen. Wie sollte ich bitte Simon davon überzeugen, dass ich durchaus verliebenswert war, wenn ich nur noch aus Knochen bestand? Ich rubbelte wie blöd an meinem Gesicht rum und schäumte minutenlang mit Seife, bis auch der letzte Rest Faltencreme weg war.

Ich traute mich kaum wieder in den Spiegel zu

schauen. Wie viel von mir würde noch übrig sein? Vorsichtig lugte ich zuerst mit einem Auge. Meine Gesichtsform konnte ich jedenfalls noch erkennen. Aber als ich mich traute, auch das andere Auge zu öffnen, traf mich fast der Schlag.

Meine Haut hatte die Farbe von Peperoni angenommen. Absolute Feuerqualle. Ich sah aus, als wäre mir mein ganzes Leben peinlich und die Schamesröte hätte beschlossen, zum Dauerzustand zu werden. Ich sah aus wie Finn nach fünf Minuten Schreikrampf. So konnte ich das Badezimmer auf keinen Fall verlassen. Was tun?

Ich schaute mich gehetzt um und entdeckte Mamas Make-up. Okay. Ich hatte keine Ahnung, wie viel von diesem Make-up-Zeugs man nehmen musste, um ein Desaster wie in meinem Gesicht zu bändigen. Ich entschied, dass ein Handteller voll reichen würde.

Ich kam mir vor wie im Kunstunterricht. Zentimeter für Zentimeter deckte ich meine Haut mit Beige ab, bis kein Rot mehr zu erahnen war. Mama streute über das Make-up meistens noch Puder. Ich wollte alles richtig machen, griff nach der Quaste und wedelte wild damit im Puderdöschen. Eine gigantische Staubwolke hüllte das Bad ein und ich musste schrecklich niesen. Als der Nebel sich gelichtet hatte, schaute ich mich zufrieden an. Ja, so würde es gehen.

Jan hatte mich auf dem Weg ein paarmal irritiert von der Seite angeguckt, aber nichts gesagt. Ich hoffte, das bedeutete, dass er meine Maskerade nicht bemerkt hatte und das auch sonst keiner tun würde. Vor allem nicht Simon. Ich wollte eine gute Figur machen. Ich wollte ihm beweisen, dass ich kein Terminator war. Und auch kein Blindgänger.

Als wir am Basketballfeld ankamen, sackten mir augenblicklich die Beine weg. Hups. Was war jetzt schon wieder los? Hatte die Antifaltencreme sich in mein zentrales Nervensystem durchgefressen?

Im nächsten Augenblick musste ich mir eingestehen, dass ich nicht Opfer einer Vergiftung war, sondern einzig und alleine von Simons Anblick Wackelpuddingbeine bekam. Er hatte kein T-Shirt an und sein Oberkörper glänzte in der Sonne. Er hechtete wie ein junger Gott mit dem Ball zum Korb empor und ließ dabei alle Muskeln spielen, die so ein Jungenkörper vorzuweisen hat. Mir war nie aufgefallen, dass es so viele waren.

Es ist nicht nur sein Hinterkopf, schoss es mir durchs Gehirn. Es ist … es ist … einfach alles. Von den Füßen bis zum Scheitel. Ich drohte wie Softeis zu zerschmelzen und rüttelte mich schnell wach. Reiß dich zusammen! Du brauchst deine Beine! Du brauchst deinen Kopf. Du musst jetzt Basketball spielen!

Simon kam auf uns zu. »Da seid ihr ja endlich.«

»Da sind wir ja endlich«, echote ich.

Gott, wie dämlich.

Außer Simon waren noch zwei Jungs und ein Mädchen da. Mit einem Blick hatte ich entschieden, dass ich das Mädchen nicht leiden konnte. Sie hatte affig lange Haare, mit denen sie sich den Po hätte abputzen können, und eine Nase, die so zierlich war, dass man sie sich eigentlich auch hätte sparen können. Unter keinen Umständen konnte man damit etwas riechen, geschweige denn atmen. Und ihre Klamotten! Wieso um alles in der Welt zog sie zum Sport was Bauchfreies an? Waren wir vielleicht auf einem Modelcontest?

Die Jungs sahen einigermaßen sportlich aus und hatten sonst keine besonderen Merkmale.

Simon teilte die Mannschaften ein. »Piet, Florian und Lana in die eine Mannschaft. Silvie, Jan und ich in die andere. Los geht's.«

Deutlicher konnte Simon mir keine Abfuhr erteilen. Er wollte nichts mit mir zu tun haben, nicht mal in seiner Mannschaft wollte er mich haben. Aber was hatte ich auch erwartet? Model gegen Terminator, wer würde da wohl das Herz des Prinzen erobern?

Ich musste mich schrecklich zusammenreißen, um meine Mundwinkel davon abzuhalten, neben meinen Füßen auf dem Boden zu schleifen. Ich fühlte mich völlig fertig, wie nach vierzehn Tagen Grippe mit vierzig Fieber, wie nach drei Jahren ohne Vitamin C.

Piet und Florian schauten mich kritisch von oben bis unten an.

»Du kannst doch Basketball spielen, oder?«, fragte Florian skeptisch.

Das hatte mir gerade noch gefehlt. Ich fühlte mich sowieso schon wie ein zertrampelter Wurm. Jetzt kam dieser Heini auch noch und zweifelte an meinen sportlichen Qualitäten.

»Schnall dich an«, sagte ich barsch.

Ich würde es ihnen zeigen! Allen voran Simon. Ich war gut. Ich war sogar sehr gut. Ich traf fast immer den Korb und war schnell wie ein Wiesel. Wenn ich eins konnte, dann Basketball spielen. Eine unsichtbare Vitamin-C-Spritze pumpte mir neue Lebensgeister in die Muskeln. Ich war bereit.

»Bist du blind?«, blaffte mich Florian an.

Ich hatte irgendwie nicht mitgekriegt, dass das Spiel angefangen hatte, und völlig übersehen, dass Piet mir den Ball zugepasst hatte. Was konnte ich aber auch dafür, dass Simon sich mit einer Flasche Wasser begossen hatte und die Tropfen auf seinem Körper so verwirrend glitzerten? Das war ein Foul. Das war Täuschen und Ablenken des Gegners. Das war Schiebung!

»Sie ist ziemlich blind«, lachte Simon. »Meistens hat sie die Augen ganz zu.«

Grrr. Du wirst schon noch Augen machen!, dachte ich. Ich gab mein Bestes. Ich rannte um mein Leben. Ich kämpfte. Aber irgendwie war der Wurm drin. Ich traf keinen einzigen Korb. Der Ball war wie ferngesteuert, sobald ich ihn in der Hand hatte. Irgendwie stand immer Simon im Weg und irgendwie rutschte mir bei seinem Anblick jedes Mal die Kraft aus den Armen und der Ball flog, wohin er wollte. Kaum hatte ich ihn zurückerobert, luchste Simon ihn mir ohne jede Anstrengung wieder ab. Es kam mir fast vor, als würde ich ihm den Ball freiwillig geben. Hier, bitte schön, nimm ihn, wenn du mich nur dafür magst.

Ich hatte so etwas Schreckliches noch nie erlebt. Ich kam mir vor, als wäre mein Wille aus meinem

Kopf rausgerutscht. Und je mehr ich mich anstrengte, desto schlimmer wurde es. Piet und Florian hatten schon aufgegeben zu motzen, warfen sich genervte Blicke zu und passten mir den Ball nach zehn Minuten Katastrophenbasketball einfach nicht mehr rüber. Na, super! Was sollte ich jetzt tun? Ich versuchte mich anzubieten, mich freizulaufen.

»Hier! Ich bin hier!«

Aber es nützte nichts. Ich hatte meine Chance verspielt. Wenn ich Piet und Florian gewesen wäre, ich hätte auch einen Teufel getan, mir weiterhin den Ball anzuvertrauen. Trotzdem rannte ich weiter. Hin und her über das Spielfeld. Ich schwitzte wie blöde. Und in meinem Kopf hämmerte es: Blamage! Blamage!

Jan, Simon und Silvie waren ein Traumteam. Sie spielten, als wären sie seit Jahren aufeinander abgestimmt. Durch seine Größe und die vielen Muskeln war Simon unschlagbar. Jan war ohnehin ein superguter Spieler. Und diese Silvie. Verdammt. Die war einfach klasse. Ein verdammtes Model, das Basketball spielte wie ein Profi. Nicht dass sie unter normalen Umständen auch nur einen Funken besser gewesen wäre als ich. Sie hatte allerdings den verflixten Vorteil, nicht komplett die Kontrolle über ihren Körper verloren zu haben.

Ich war unendlich froh, als das Elend endlich ein Ende hatte. Simon, Jan und Silvie gewannen haushoch. Und ich fiel in ein brunnentiefes Loch.

»Normalerweise …«, versuchte ich mich bei Piet und Florian zu rechtfertigen, sie ließen mich aber gar nicht erst aussprechen.

»Nee, is klar«, motzte Piet. »Geh stricken!«

Bitte, liebe Terminatoren da oben im Weltall, kommt mit euren Raumschiffen und holt mich. Ich bin eine von euch. Und hier auf der Erde kann ich unmöglich eine Sekunde länger bleiben.

Jan klopfte mir auf die Schulter. »War nicht dein Tag. Mach dir nichts draus.«

Er meinte es gut, aber ich konnte das jetzt nicht ertragen. Jan wollte den Arm um meine Schultern legen, aber ich ließ ihn nicht.

»Lass mich!«

»Wir sollten öfter in einem Team spielen.«

Silvie hörte nicht auf, Jan daran zu erinnern, dass sie zusammen gewonnen hatten. Sie kicherte und gackerte in einer Tour.

»Und jetzt?«, fragte Simon.

»Schwimmen«, sagte Jan. »Ich bin total durchgeschwitzt.«

Ich schlich einfach hinterher, den Blick auf Simons Hinterkopf geheftet, der wie eine Boje war, ohne die ich wahrscheinlich total die Orientierung verloren hätte. Was ging in diesem Hinterkopf gerade vor? Dachte er an Silvie? Dachte er daran, wie toll sie Basketball gespielt hatte? Dachte er darüber nach, wie er ihr wann seine Liebe gestehen konnte?

»Was ist das denn für ein Brei in deinem Gesicht?« Silvie schaute mich irritiert an.

»Was?«

»In deinem Gesicht ist irgendeine Pampe.«

Ich griff mir an die Wange und zu meinem Entsetzen hatte ich einen teigigen Matsch an den Fingern. Oh Gott. Die drei Tonnen Schminke hatten sich durch das Schwitzen aufgelöst und zu frischem Zement verwandelt.

»Das trägt man jetzt so«, fauchte ich, nahm die Beine in die Hand, überholte die Jungs und warf mich mitsamt Klamotten in die Fluten.

Wie eine Irre rubbelte ich mir die Pampe vom Gesicht. Blamage! Blamage!, schoss es mir durch den Kopf. Sollte ich einfach im Meer hocken bleiben und nie wieder an Land gehen? Vielleicht wuchsen einem ja irgendwann Flossen, wenn man nur lange genug Salzwasserkontakt hatte. Und wenn ich erst Flossen hatte, würde ich eben als Terminator-Meerjungfrau leben. Vielleicht würde sich irgendein Pottwal erbarmen und sich in mich verlieben.

Als ich dann doch ans Ufer zurückkam, stand Simon in seiner vollen Pracht vor mir und schaute mich kopfschüttelnd an.

»Du bist wirklich hammerhart«, sagte er und ging dann an mir vorbei ins Wasser.

Er hatte ja so recht. Während Silvie in einem total schönen Bikini ins Wasser stolzierte, stand ich wie ein begossener Pudel in Shorts und T-Shirt am Ufer. Während alle anderen ganz normale Teenager waren, bildeten sich in meinem Gesicht Pampen, vergaß ich von jetzt auf gleich, was ein Basketballkorb war, und warf mit Würstchen um mich. Terminator. Eindeutig. Hormonverseuchter Terminator.

»Du bist so still. Was ist denn los?«, fragte Jan, ohne dass die anderen was mitkriegten. Wir lagen zum Trocknen in der Sonne.

»Nichts.«

»Ist dir schlecht?«

»Nein.«

»Soll ich dir ein Eis holen?«

»Nein.«

»Fritten?«

»Nein. Lass mich einfach in Ruhe.«

Na toll! Ich hatte meinen besten Freund ohne jeden Grund angemotzt. Er versuchte mir etwas Gutes zu tun und ich schlug ihn vor den Kopf. Terminator. Eindeutig Terminator.

»Ich geh«, sagte ich.

»Ich komm mit«, beeilte sich Jan.

»Nein. Ich … ich … will allein sein.«

Ich drehte mich einfach um und ging. Wozu sollte ich noch länger bleiben? Um mich noch mal lächerlich zu machen? Um noch einen Beweis dafür zu liefern, dass ich hammerhart war? Nein danke.

Ich schleppte mich nach Hause, schlich ungesehen an Mama und Papa vorbei, die gerade dabei waren, Finn zu wickeln, und kroch ins Bett.

Der Deal

Ich schüttelte über mich selbst den Kopf. Draußen schien die Sonne und ich lag im Bett, jammerte und schwitzte. Zu was für einem Schlappi hatten mich diese dämlichen Hormone bloß gemacht? Fiel mir gar nichts anderes mehr ein als Heulen und Zähneknirschen? Musste ich, nur weil ich jetzt eine Frau wurde, den ganzen Tag depressiv sein? Das war ja wohl nicht einzusehen!

Ich schlug die Decke zurück, streckte mich und führte ein ausgiebiges Selbstgespräch: »Also, Lana. Fassen wir mal zusammen: Du bist, ob du es nun willst oder nicht, mitten in der Pubertät gelandet. Pech gehabt. Dachtest wohl, es würde ausgerechnet dich verschonen. Pustekuchen. Und, was gehört zu so einer Pubertät dazu? Die Tatsache, dass man sich verliebt. So weit, so gut. Nun gibt es aber außer dir noch andere weibliche Wesen auf diesem Planeten. Konkurrenz nennt man das, Lana. Konkurrenz belebt das Geschäft, sagt Papa immer. Also, kein Grund, den Kopf in den Sand zu stecken. Wie wäre es mit ein bisschen Kampfgeist? Noch ist nichts entschieden! Noch hast du eine reelle Chance! Es ist wie bei den Bundesjugendspielen. Auch wenn du weit hinten liegst, kannst du noch all deine Reserven mobilisieren und aufholen ... Es gibt da nur ein Problem. Du kannst nur aufholen, wenn du im Training bist. Und das bist du nicht. Du bist absolute Anfängerin. Du hast keinen blassen Schimmer, wie sich Mädchen verhalten. Du brauchst jemanden, der dir diesen ganzen Schlamassel erklärt. Du brauchst einen Trainer. Und zwar schnell. Okay, da hast du wieder ein Problem. Du bist nicht zu Hause. Du kannst nicht einfach ein Mädchen aus deiner Klasse auf die Seite ziehen und dich coachen lassen. Du musst ... du musst ... oh mein Gott ... du musst etwas echt Abgefahrenes tun, Lana! Du musst in die Höhle des Löwen. Du musst den Champion zum Trainer machen.«

»Hi.«

Silvie schaute mich an wie ein Bagger, ließ mich aber eintreten.

»Hi. Was ...?«

»Ich dachte, wo wir hier nun schon die einzigen Mädchen in unserem Alter sind und jetzt zu so was wie einer Clique gehören, da könnten wir uns doch auch mal alleine treffen.«

Super Anfang, stöhnte ich innerlich. Wieso hatte ich nicht gleich gesagt, ich finde dich zwar total bescheuert und wünsche dich dahin, wo der Pfeffer wächst, aber meine Hormone treiben mich dazu, dich in deiner Funktion als geübtes Mädchen in Anspruch zu nehmen.

Silvie schaute mich prüfend an. »Bist du eigentlich immer so ... so ...«

»Verspannt? Nein. Gar nicht. Ich hab …«

»Deine Tage?«

»Genau.«

Gelogen. Aber zum ersten Mal, seit ich vor einem halben Jahr meine Periode bekommen hatte, war ich froh, dass es sie gab. Für Silvie schienen meine Tage Grund genug zu sein, dass ich mich verspannt benahm.

Sie lächelte verständnisvoll. »Als Frau hat man es nicht leicht.«

Wenn sie wüsste, wie recht sie da hatte!

Sie zwinkerte mir zu. »Aber Tampons sei Dank, was?«

»Ja, echt«, bestätigte ich schnell.

Wieder gelogen. Ich hatte in meinem ganzen kurzen Leben mit Periode noch nie einen Tampon benutzt. Ich hatte einen Heidenrespekt vor diesen Dingern. Und wenn ich ehrlich war, hatte ich auch einen Heidenrespekt vor Mädchen, die Tampons benutzten.

»Du, Silvie. Also, Basketball kannst du echt gut. Bist du im Verein?«

»Ja.«

»Ich auch.«

»Hm. Viel hat man davon ja heute nicht gesehen.«

Ich beschloss, Silvie weder an die Gurgel zu springen noch groß und breit zu erklären, dass das heute eine absolute Ausnahme gewesen war.

Ich blieb sanft wie ein Osterlamm und versuchte Konversation zu machen. »Jan ist auch im Verein.«

Hups. Silvie bekam mit einem Mal rote Ohren

und glotzte mich an, als hätte ich ihr ein Sahnetörtchen angeboten.

»Wie alt ist Jan eigentlich?«, fragte sie.

»Vierzehn.«

»Und welches Sternzeichen.«

»Waage.«

»Und Aszendent?«

»Was weiß ich.«

Was sollte diese Fragerei?

»Hat er denn eine Freundin?«

»Nein, hat er nicht.«

Auf Silvies Gesicht breitete sich Entspannung aus. War das Verhör jetzt beendet?

»Das ist doch schon mal was«, sagte sie und schnalzte mit der Zunge.

Im Zeitraffer schepperte in meinem Gehirn etwas und dann kapierte ich die Lage. Oh mein Gott. Silvie Supermodel war scharf auf Jan. Ich konnte es nicht fassen!

»Auf was für Mädchen steht er denn so?«

Eindeutig. Sie war völlig närrisch nach ihm. Und das nach einem einzigen Nachmittag. Die inneren Werte konnten es da wohl nicht sein, oder? Ich rief mir schnell mal ein Bild von Jan auf die Mattscheibe und checkte es ab. Straßenköterblonde normal lange Haare, grüne Augen, lange Wimpern, 'ne Haut wie ein Babypopo (von Babypopos hatte ich immerhin eine Ahnung), breite Schultern, Waschbrettbauch, muskulöse Beine ... Ich konnte das natürlich nicht so sehen, aber objektiv betrachtet war Jan keine schlechte Partie. Trotzdem. Dass sich jetzt Supermodels in ihn verguckten, kam mir spanisch vor.

Und dass sich Supermodels in ihn verguckten, obwohl Simons Hinterkopf zum Greifen nah war, kam mir sogar portugiesisch vor.

»Sag schon! Eher auf blond? Oder braun?«

Silvie ließ nicht locker. Aber woher sollte ich das wissen?

»Jan hat mit Mädchen nix am Hut … nur rein freundschaftlich.«

Silvie lachte sich schlapp.

»Was ist so lustig?«, fragte ich unwillig.

»Ich kenne die Jungs. Und eins kannst du mir glauben: Jan interessiert sich für Mädchen. Ganz eindeutig.«

Was wusste die schon? Wer war hier seit Jahren täglich mit Jan zusammen? Wer kannte sich in seinem Inneren besser aus als in seiner eigenen Hosentasche? Wer war hier der Blutsbruder? Oder vielmehr die Blutsschwester.

»Ich kenn ihn ein bisschen besser als du.«

Silvie zuckte die Schultern, sie schien sich ihrer Sache ziemlich sicher zu sein. »Jedenfalls ist er echt süß. Kannst du nicht mal nachhorchen, was er von mir hält?«

Ich verzog genervt das Gesicht.

Silvie legte den Kopf schief und klimperte mit den Augenlidern. »Dann helfe ich dir auch mit Simon.«

Verdammt! Trug ich etwa ein Schild auf der Stirn? *SIMON, I LOVE YOU?* Oder wieso konnte das jeder sehen, zumindest jedes weibliche Wesen?

»Ähm …«

»Also, was sagst du? Wir helfen uns gegenseitig. Frauen müssen doch zusammenhalten.«

Tja, wie sollte ich da noch widersprechen? Tatsächlich brauchte ich Silvies Hilfe. Ich hatte allerdings nicht damit gerechnet, in Gegenleistung treten zu müssen. Aber wenn man sich die Situation mal genau anschaute, hatte ich allen Grund zur Freude. Wenn Silvie sich nicht für Simon interessierte, musste ich sie nicht aus dem Feld räumen. Dann konnte ich all meine Energien darauf verwenden, meinen Trainingsrückstand aufzuholen.

»Abgemacht.«

Silvie schüttete uns Cola ein und prostete mir zu. »Hast du schon mal geküsst?«

Ich verschluckte mich, musste schrecklich husten und schüttelte den Kopf.

»Gar nicht?«

»Nee, gar nicht.« Wenn die wüsste, dass ich bis vor ein paar Tagen nicht mal Hormone hatte. »Hast du schon?«

»Klar.«

Klar. Dumme Frage. Natürlich hatte sie schon geküsst. Sie nahm ja sogar Tampons.

Ich beschloss, nicht weiter um den heißen Brei herumzureden. »Ich glaube, ich bin nicht so … ähm … geschickt, was … na ja … die weibliche Raffinesse angeht. Ich … ähm …«

»Du benimmst dich wie ein Junge.«

Danke! Besser hätte ich es auch nicht zusammenfassen können.

»Du bist ein bisschen zu sehr wie ein Bauarbeiter«, überlegte Silvie jetzt mit krauser Stirn.

»Terminator«, rutschte es mir raus.

»Na ja, ganz so schlimm ist es nicht.« Silvie schaute mich prüfend an. »Dabei bist du eigentlich ganz hübsch. Ein bisschen längere Haare stünden dir gut.«

»Ich wollte sie ohnehin wachsen lassen.«

Ich konnte nicht glauben, was ich da gesagt hatte. Verlor man denn mit dem Einzug der Hormone jegliche Prinzipien?

Silvie klatschte unternehmungslustig in die Hände. »Also. Als Allererstes: dein Gang.«

»Wie, mein Gang?«

»Bauarbeiter.«

»Ich finde meinen Gang okay!«

»Willst du, dass Simon sich für dich interessiert, oder nicht?«

Ja, das wollte ich. Ich riss mich am Riemen und atmete tief durch. Koste es, was es wolle. Von mir aus auch meinen Gang!

»Also gut.«

Und dann stolzierte Silvie eine halbe Stunde vor mir auf und ab. Und kurz bevor sie völlig verzweifelte, hatte ich kapiert, wie das mit dem mädchenhaften Gang funktionierte.

Ein heimlicher Poet

»Hast du was am Fuß?«, fragte Mama beiläufig, als ich zurückkam.

Ich antwortete nicht. Sie würde sich schon an meinen neuen Gang gewöhnen.

»Ich hab Hunger.«

»Essen steht auf dem Tisch.«

Mama hatte mir die Reste vom Abendessen aufbewahrt. Ich stopfte mir den Mund voll. Dieses Mädchenwerden war verdammt anstrengend und verbrauchte offenbar massig Kalorien.

Jan saß auf der Veranda und schrieb irgendwas. Mit einem Kotelett in der Hand setzte ich mich ihm gegenüber. Sofort steckte er den Zettel in die Hosentasche.

»Was schreibst du denn Geheimes?«, fragte ich neugierig.

»Was wolltest du denn bei Silvie?«, konterte er.

»Frauensache. Also, was hast du geschrieben?«

»Privatsache.«

Das war ja ein sehr geistreiches Gespräch. Ich versuchte etwas Witziges zu sagen, aber mir fiel nichts ein. Es herrschte eine unangenehme Stille und ich fragte mich, was los war. Seit ich Jan kannte, war uns noch nie der Gesprächsstoff ausgegangen. Und wenn wir mal nichts sagten, dann war die Stille nie unangenehm gewesen. Wir hatten allerdings auch noch nie Geheimnisse voreinander gehabt. Ich überlegte, ob ich ihn jetzt nach seiner Meinung zu Silvie ausfragen sollte, kam aber nicht dazu.

»Ist alles in Ordnung zwischen uns?«, fragte Jan.

»Was soll denn sein?«

»Weiß nicht.«

»Ich auch nicht.«

»Also ist nix.«

»Genau. Ist nix.«

Das Gespräch wurde nicht gerade geistreicher. Und die Stille wurde auch nicht gerade erträglicher.

Jan hatte den rettenden Einfall. Er schnappte sich den Basketball und warf ihn mir zu.

»'ne Runde?«

»Klar.«

Beim Basketball muss man wenigstens nicht reden, dachte ich erleichtert. Während wir Körbe warfen und uns gegenseitig den Ball abluchsten, ratterte es in meinem Gehirn allerdings weiter. Was hatte Jan geschrieben?

Als Jan zum Duschen im Bad verschwunden war, schlich ich mich in unser Zimmer und stöberte in seiner Jeans nach dem Zettel. Nichts. Ich schaute in seinem Nachttisch nach und im Schrank. Nichts. Als ich gerade Jans Matratze hochhob, kam Mama ins Zimmer.

»Was machst du denn da?«

»Lüften. Jan pupst immer so in die Matratze.«

Mama lachte mich ungläubig an. Dann streckte sie mir etwas entgegen. »Lag unter Finns Lammfell.«

Ich nahm ihr einen Zettel aus der Hand. Jans Zettel. Die Neugierde zuppelte an mir wie ein tollwütiger Dackel.

Kaum war Mama aus der Tür, faltete ich das Blatt auf und las mit zunehmendem Unglauben.

Deine Haare sind so weich wie Wolle.
Ich mag dich ganz dolle.
Deine Augen strahlen wie die Sterne.
Ich hab dich so gerne.
Wenn du Basketball spielst wie ein Star.
Find ich dich einfach so wunderbar.
So wie du sollten alle Mädchen sein.
Aber dich möchte ich für mich ganz allein.
Wie soll ich es dir bloß sagen?
Ich kann dich doch nicht einfach fragen.
Du würdest sicher lachen.
Ich will mich nicht lächerlich machen.

Ich war wie vom Donner gerührt. War das die Möglichkeit? Hatte ich nicht vorhin bei Silvie noch Stein und Bein geschworen, dass Jan sich nicht für Mädchen interessierte? Blutsschwester hin, Blutsbruder her, so konnte man sich irren. Hormone machten es möglich! Jan war verliebt.

Ich musste mich erst mal hinsetzen. Ich hatte irgendwie wackelige Beine. Jan schrieb Liebesgedichte. Das war eine so verrückte Neuigkeit, dass mir der Kopf schwirrte. Und dieses Gedicht war auch noch unglaublich schön. Man hätte es irgendwo einschicken können und es wäre unter Garantie veröffentlicht worden.

Ich las es gleich noch einmal und schüttelte fassungslos den Kopf. Kein Wunder, dass es zwischen uns eben komisch war, dachte ich. Wir waren beide verschossen. Ich in Simon. Jan in Silvie. Und beide hatten wir es dem anderen nicht sagen wollen. Bei so vielen Geheimnissen konnte schon mal eine merkwürdige Stille auftreten.

Ich las das Gedicht noch ein drittes Mal und musste immerzu seufzen. Jan hatte es im Gegensatz zu mir verdammt gut. Silvie liebte Jan und Jan liebte Silvie. Er bekam alles auf dem Silbertablett serviert. Er brauchte keine Trainingsstunden. Verflucht, war das Leben ungerecht! Wieso konnte Simon mir nicht solche Gedichte schreiben? Aber was sollten das schon für Gedichte sein?

Wie du neben die Körbe wirfst die Bälle, verursacht bei mir eine Liebeswelle? Oder: *Wie dir die Pampe vom Gesicht tropft, so hat mein Herz für dich geklopft?*

Um einen Jungen zu poetischen Ergüssen zu inspirieren, musste man schon wie Silvie sein. Einen Gang haben. Tampons nehmen. Lange blonde Haare vorweisen, die man sich hinter die Ohren schieben konnte. Terminatoren jedenfalls bekamen keine Liebesgedichte gewidmet.

Ich hörte Jan unter der Dusche pfeifen. Er hörte sich an wie immer und doch war alles anders. Ich musste mich wohl damit abfinden, dass ich ab jetzt nicht mehr die Nummer eins in seinem Leben sein würde. Die Vorstellung, dass Jan von nun an lieber mit Silvie Basketball spielen würde, tat ein bisschen weh, aber ich wollte schließlich auch lieber mit Simon Basketball spielen, wenn ich denn irgendwann in hundert Jahren wieder in der Lage sein würde, Basketball in Simons Gegenwart zu spielen.

Wenn Jan wüsste, was ich wusste, dachte ich. Irgendwie war es ja richtig, dass ich als beste Freundin ihm die glorreiche Nachricht überbringen würde.

Ich probte schon mal meinen großen Auftritt. »Jan, deine Gefühle werden erwidert.« Oder lieber: »Jan, du wirst es nicht glauben, aber deine Angebetete liebt dich auch.« Oder noch besser: »Jan, dein Leiden hat ein Ende, denn du wirst dich nicht lächerlich machen.«

Ich hörte die Badezimmertür ins Schloss fallen. Jan kam mit nassen Haaren ins Zimmer und wäre beinahe rückwärts wieder rausgelaufen. Sein Gesicht sah aus, als hätte er eben den Weltuntergang gesehen.

Er deutete auf den Zettel in meinen Händen und stotterte: »Du-du-du hast es-es-es gelesen?«

»Ja, Mama hat es gefunden. Es ist schön.«

Jans Augen strahlten mit einem Mal. »Findest du echt?«

»Ja, sehr. Hättest du mir ruhig freiwillig zeigen können.«

Jan schaute mich an, als habe er mich noch nie zuvor gesehen. Irgendwie sah er fast ein bisschen gaga aus. »Und du bist nicht …?«, fragte er, ohne den Satz zu beenden.

»Eifersüchtig?«, schlug ich vor. »Doch, ein bisschen schon.« Ich grinste und boxte Jan in die Rippen. »Aber Liebe und Freundschaft sind nun mal zwei verschiedene Sachen. Und dass du Silvie liebst, heißt ja nicht, dass ich nicht weiter deine beste Freundin sein kann, oder?«

Jan antwortete nicht, sondern glotzte mich verwirrt an.

»Oder?«, fragte ich noch mal.

»Silvie?«, stammelte Jan.

Oje. Bei Jungs schienen Hormone noch verheerendere Folgen zu haben als bei Mädchen.

»Ja, ich weiß schon, was dir an ihr gefällt«, sagte ich einfühlend. »Sie ist ein richtiges Mädchen. Nicht so ein Terminator wie ich. Aber ich werde jetzt auch ein richtiges Mädchen.« Zum Beweis machte ich ein paar Schritte in meinem neuen Gang. Ich wollte jetzt keine Geheimnisse mehr vor Jan haben. Auch er sollte wissen, wie es um mich bestellt war. »Und dann schreibt mir Simon vielleicht auch so ein schönes Gedicht.«

»Simon?«

Jan schien die Liebe wirklich aufs Sprachzentrum geschlagen zu sein.

»Ja, meinst du, ich habe eine Chance bei ihm? Wenn ich mir so richtig Mühe gebe?«

»Chance?«

»Ist schon komisch, oder? Da trifft es uns beide zur selben Zeit. Wo ich hätte schwören können, wir würden für immer von diesen Liebesdingen verschont bleiben. Tja, was diese Hormone so alles anrichten können.«

Ich lachte. Jan nicht. Warte nur, bis ich dir die frohe Botschaft überbracht habe, dachte ich. Dann hörst du gar nicht mehr auf zu lachen.

Ich stellte mich in Positur und räusperte mich salbungsvoll. »Jan, ich muss dir was sagen …«

Aber dazu kam ich nicht.

»Ich will nix hören«, motzte Jan, drehte sich weg und ließ mich einfach stehen.

Unverschämtheit! Was fiel ihm denn ein? Das ging nun wirklich zu weit. Wenn Silvie jetzt die Nummer eins in seinem Leben war, dann konnte Silvie sich auch mit Jans Launen beschäftigen. Ich jedenfalls stand dafür ab sofort nicht mehr zur Verfügung. Das fiel nun wirklich nicht mehr in meinen Zuständigkeitsbereich. Ich schnaufte vor Empörung.

»Find doch selber raus, dass Silvie in dich verschossen ist«, grummelte ich. »Mir doch egal, ob du glücklich wirst.«

'ne dicke Lippe riskieren

Beim Frühstück sagte ich keinen Ton. Jan sagte auch keinen Ton. Mama und Papa wechselten jede Menge Blicke. Doch ehe einer von beiden dumme Fragen stellen konnte, klopfte es an der Tür und ich stapfte ohne den geringsten Gedanken an meinen formvollendeten Gang hin und öffnete.

»Hi.«

Vor mir im Türrahmen standen Silvie und Simon. Mein Herz machte einen Salto mortale und aus meinem Hals hüpfte ungefragt und ungebremst ein fetter Rülpser.

Für einen Moment versteinerte die Zeit und ich konnte nur eins denken: Wieso springt mir nicht gleich eine schleimige warzige Kröte aus dem Mund?

Simon schaute mich mit angewidert hochgezogener Augenbraue an und Silvie atmete tief durch. Wahrscheinlich dachte sie in diesem Moment, dass bei mir alle Nachhilfe der Welt vergeblich war.

»Wir haben uns am Strand getroffen und wollten mal gucken, was ihr vorhabt«, sagte sie und schaute mich eindringlich an.

»Oh«, erwiderte ich knapp. Ich hatte Angst, den

Mund auch nur eine Sekunde länger offen zu lassen. Wer wusste, was als Nächstes aus ihm herauskommen würde?

Den Weg zurück zur Küche legte ich so elfengleich stolzierend zurück, wie ich nur konnte. Das war gar nicht so einfach mit puddingweichen Knien und Simons eisigem Blick im Rücken.

»Nicht weit von hier gibt es einen Minigolfplatz«, flötete Silvie in Jans Richtung. »Sollen wir da nicht mal hin?«

Wir spazierten los. Silvie hielt mich nach ein paar Metern zurück.

»Und? Hast du schon was rauskriegen können?«

»Nee, leider nicht«, log ich. »Ich hab mal unauffällig das Thema auf dich gelenkt, aber er ist nicht drauf eingestiegen.«

Silvie war enttäuscht. Ich werde einen Teufel tun, für euch den Amor zu spielen, dachte ich.

»Ich kann ja schlecht mit der Tür ins Haus fallen, oder?«, fragte ich scheinheilig.

»Nee, bloß nicht. Bleib unauffällig.« Silvie atmete noch einmal tief durch und setzte dann ein gut gelauntes Gesicht auf. »Und nun zu dir.« Sie hielt mir unauffällig ein Lipgloss hin. »Glänzende Lippen sind total erotisch ... Wenn man nicht gerade rülpst.«

»Meinst du, ich mach das extra?!«, fauchte ich.

»Du hast dich einfach nicht unter Kontrolle.«

Silvie drückte mir das Gloss in die Finger und ich schmierte es mir auf die Lippen. Bah, war das eklig klebrig. Egal, dachte ich. Silvie nahm Tampons und hatte Jungs geküsst. Ich musste ihr vertrauen.

»Und dazu die passende Schmolllippe.« Silvie schürzte die Unterlippe und sah aus, als habe sie eine dicke Lippe riskiert und heftig eins aufs Maul bekommen.

Ich zeigte ihr einen Vogel. »Das sieht komplett bescheuert aus.«

Silvie zuckte die Schultern. »Seit Brigitte Bardot stehen die Männer auf Schmolllippen.«

Ich kannte diese Brigitte Bardot nicht und ich konnte mir beim besten Willen nicht vorstellen, was Männer an so einer Monsterlippe finden sollten.

Aber gut. Tampons. Jungs geküsst. Ich klappte meine Unterlippe vor.

»Ja, gar nicht schlecht. Und jetzt ...« Silvie legte den Kopf schief, als habe sie einen Genickbruch und schaute mit dümmlichen Hundeaugen von unten zu mir hoch.

»Was um alles in der Welt soll das denn nun?«, fragte ich fassungslos.

»Hast du noch nie einen Liebesfilm gesehen? Da machen die das immer so.«

Ich protestierte nicht länger, legte den Kopf schief und machte einen auf gehirnamputierten Terrier. »Ich komm mir blöd vor.«

Silvie seufzte. »Und dann musst du dem Jungen immer Komplimente machen. Sie lieben es, wenn man sie anhimmelt.«

»Das ist doch Schwachsinn.« Ich hatte Jan noch nie Komplimente gemacht und er hatte sich noch nie beschwert.

Silvie zuckte wieder die Schultern. »Ich beweise es

dir«, sagte sie, legte selbst noch einmal Lipgloss auf und stolzierte zu den Jungs.

Ich pirschte mich näher heran und beobachtete alles genau. Silvies Lippe schwoll an, ihr Hals knickte ein und sie schaute zu Jan hoch, als wolle sie jeden Moment bellen.

»Du kannst sicher total gut Minigolf spielen. Ach, was rede ich. Du kannst wahrscheinlich jeden Sport total gut, bei den Muskeln.«

Gott im Himmel war das überzogen! Da mussten Jan doch alle Liebesgefühle eingehen wie eine vertrocknete Tulpenzwiebel. Aber nichts da.

»Na ja. Ich bin nicht gerade unsportlich. Aber du ja auch nicht. Bei der Figur.«

Mir wurde ein bisschen schlecht. Bestimmt, weil ich zum Frühstück keinen Bissen runtergekriegt hatte. Vielleicht aber auch, weil bei den beiden alles so einfach war und bei mir alles so aussichtslos.

Lana, wie war das mit dem Kampfgeist?, dachte ich schnell. Die Masche mit der dicken Lippe und den Komplimenten zog offensichtlich, also nichts wie ran an den Speck.

Ich brachte mich im formvollendeten Gang auf gleiche Höhe mit Simon, legte den Kopf schief und schürzte die Unterlippe, so gut ich konnte. Simon würdigte mich keines Blickes.

Komplimente! Komplimente!, dachte ich angestrengt. Aber was für Komplimente sollten das sein? Ich konnte ihm doch kein Kompliment über seinen Hinterkopf machen. Das war schon einmal gründlich schiefgegangen. Okay, damals hatte ich ihn kurz zuvor umgerannt, hatte weder die Lippen geschürzt noch den Kopf schief gelegt, aber selbst wenn ich das jetzt tun würde, käme das Hinterkopfkompliment sicher trotzdem nicht gut.

Also, was wollten Jungs gerne hören?

Du bist so intelligent.

Du bist so gut angezogen.

Du hast eine klasse Frisur.

Du bist genau richtig groß.

Das war doch alles albern.

Als wir den Minigolfplatz erreicht hatten, hatte ich noch immer keinen Ton gesagt, geschweige denn ein Kompliment von mir gegeben. Konnte ich auch gar nicht. Mein ganzer Mund war voller Spucke. Mit so einer Monsterlippe war es einfach unmöglich, ordentlich zu schlucken.

»Wir spielen gemischtes Doppel. Ich mit Jan und Lana mit Simon.« Silvie zwinkerte mir zu.

Simon stöhnte leise.

War das schrecklich! Der Junge, dessen Herz ich gewinnen wollte, bekam schon Bauchkrämpfe, wenn er nur mit mir zusammen Minigolf spielen sollte.

Okay, sagte ich mir, jetzt zeigst du ihm, dass du kein Komplettausfall bist. Wenn ich schon beim Basketball versagt hatte, wollte ich jetzt wenigstens glänzen.

Leider hatte ich aber nicht damit gerechnet, wie schwer es war, mit schief gelegtem Kopf ein Ziel anzuvisieren. Ich traf immer als Letzte das Loch.

Simon stöhnte. »Wie blind bist du eigentlich?«

Es war zum Verzweifeln. Ich beobachtete Silvie,

um herauszufinden, wie sie den schiefen Kopf und Minigolfspielen übereinbrachte.

Zu meiner Überraschung traf Silvie auch kein einziges Loch. Ich fasste es nicht. Wenn sie es zuließ, unter den Augen ihres Schwarms so zu versagen, dann war sie am Ende doch nicht die richtige Trainerin für mich. Aber im nächsten Moment kapierte ich, dass die unfähige Nummer zu Silvies perfektem Plan dazugehörte.

»Jan, kannst du es mir nicht zeigen?«, säuselte sie.

Jan stellte sich bereitwillig neben Silvie und machte ihr vor, wie sie den Minigolfball am besten anschlagen sollte.

»Hm. Ist das kompliziert«, hauchte Silvie, als sei sie ohne Kopfinhalt auf die Welt gekommen. »Kannst du mir nicht helfen?«

Sie stellte sich kurzerhand vor Jan, griff nach seiner Hand und brachte ihn dazu, mit ihr zusammen den Schläger zu führen. Dabei drückte sie sich ganz nah an ihn ran. Und als der Ball auf diese Art und Weise tatsächlich sein Ziel erreichte, drückte sie ihm einen Kuss auf die Wange und jubelte, als habe sie im Lotto gewonnen. Jan wurde ganz rot.

Verdammt, sie war einfach eine Weltmeisterin. Sollte ich Simon jetzt auch fragen, ob er mal Hand anlegen könnte? Ich brachte es einfach nicht fertig. Stattdessen mühte ich mich weiter ab, bis mir der Schweiß auf der Stirn stand.

Simon kochte. »Kauf dir mal 'ne Brille.«

Auf der letzten Bahn schleuderte er entnervt seinen Schläger ins Gebüsch. »Ätzend.«

Jan und Silvie hatten gewonnen. Mein Nacken tat

höllisch weh. Meine Laune war auf dem Tiefpunkt. Und als ich mit letzter Kraft versuchte, mit dicker Lippe ein Eis zu lutschen, landete das Eisbällchen mit einem flutschenden Geräusch auf meinem T-Shirt. Na bravo, dachte ich resigniert, ich bin ätzend und ein hoffnungsloser Fall.

Aus dem Abseits mit der Abseitsregel

»Was soll ich tun?«, wisperte ich Silvie verzweifelt zu.

»Reiß dich zusammen.«

»Ich reiß mich ja zusammen. Aber es klappt einfach nicht«, krächzte ich hilflos. »Sag mir, was ich machen soll. Es muss doch irgendwas geben. Ein Geheimrezept.«

Silvie schüttelte den Kopf, runzelte die Stirn, schüttelte wieder den Kopf und nickte schließlich. »Okay. Deine letzte Chance. Versau sie also nicht. Finde irgendein Thema und tu so, als hättest du von nix 'ne Ahnung. Dann kann er angeben. Das machen Jungs gerne.«

Das sollte meine letzte Chance sein? Ich hatte noch nie mitgekriegt, dass Jungs besonders gerne angaben. Jan jedenfalls tat das nie. Oder gaben Jungs nur vor Mädchen gerne an, die nicht ihr bester Kumpel waren? Ich beschloss, dass der Vergleich Jan und Simon nichts taugte und es meine letzte Rettung war, mich an Silvies Rat zu halten.

Ein Thema musste also her. In meinem Gehirn fand sich aber kein Thema, sondern ein Haufen Sperrmüll. Ich wollte Silvie schnell nach dem ultimativen Thema fragen, aber die hing schon wieder an Jans Seite und war mit ihrem eigenen Thema beschäftigt. Ich musste also wohl oder übel selbst kreativ werden.

Das Wetter?

Aber wieso um alles in der Welt sollte ich vom Wetter keine Ahnung haben? Schließlich konnte doch jeder sehen, dass die Sonne schien. Beim Thema Wetter gab es wirklich keine noch so kleine Möglichkeit anzugeben.

Die Schule?

Genauso blöd. Ich war in der Schule. Simon war in der Schule. Jeder war in der Schule.

Ich wollte gerade verzweifeln, als ich wie vom Blitz getroffen eine Eingebung hatte. Ja, das konnte klappen! Nur Mut!

Schnell hastete ich zu Simon und quatschte ihn an, bevor mich mein von Sekunde zu Sekunde schrumpfendes Mütchen wieder verlassen konnte.

»Weiß auch nicht, wie ich da jetzt draufkomme, aber ich hab mich immer schon gefragt, wie diese Abseitsregel beim Fußball funktioniert«, sagte ich dann spontan.

Natürlich wusste ich, wie das Abseits geregelt ist, aber ich wusste auch, dass Jungs gerne darüber sprachen.

Simon schaute mich an, als wolle er mich mit Blicken ins Jenseits befördern, räusperte sich dann aber und begann gedehnt, mir die Abseitsregel zu erklären.

Ich nickte in einer Tour und versuchte so zu gucken, als würde Franz Beckenbauer persönlich über hochkomplizierte Spielstrategien referieren. Simons Stimme wurde immer lebendiger. Er redete sich so richtig in Fahrt. Und ich stellte mich so richtig dumm.

»Ich kapier das einfach nicht.«

Simon nahm einen Stock vom Boden auf und kratzte mit ein paar Strichen ein Fußballfeld in den Dreck. Ich verkniff mir unter großer Anstrengung ein Gähnen und säuselte hier und da ein paar Worte vor mich hin.

»Interessant.«

»Was du alles weißt.«

»Das ist ja kompliziert.«

»So gut hat es noch keiner erklärt.«

»Jetzt hab selbst ich es verstanden.«

Dieses Dummstellen war ein absolutes Zaubermittel. Von Simons Groll gegen mich war nichts mehr übrig. Er strahlte mich an.

Jungs sind so einfach strukturiert, dachte ich. Einmal Abseits erklärt und schon ist man raus aus dem Abseits.

»Mädchen können halt nicht so abstrakt denken«, sagte er zufrieden.

»Stimmt. Sie sind zu einfach strukturiert«, sagte ich süß.

Als wir nach Hause zurückkamen, sah mich Papa mitleidig an.

»Du siehst ganz fertig aus. Im Urlaub soll man sich doch erholen.«

»Ich bin erholt«, sagte ich schnell, aber das stimmte nicht.

Ich war tatsächlich völlig fertig. Nach fünf Stunden Genickstarre, Schluckbeschwerden und Sich-dumm-Stellen war ich reif fürs Sanatorium.

»Ich geh in die Sauna«, sagte Papa. »Wollt ihr mit?«

»Ja«, sagte Jan sofort.

Ich wollte auch zusagen. Wohlige Wärme für die angespannten Muskeln und das trübe Gehirn wäre jetzt genau richtig. Aber ich schluckte die Antwort runter. Irgendwie hatte ich mit Jan zusammen keine Lust. Sollten sie doch Männerwirtschaft machen und sich beim Schwitzen über Autos unterhalten.

Jan und ich waren immer noch quasi im Streit. Den ganzen Nachmittag über hatten wir kaum ein Wort miteinander gewechselt. Wie auch? Silvie und Jan turtelten die ganze Zeit rum. Und ich hatte schließlich Simons Aufmerksamkeit auf mich lenken müssen. Trotzdem. Ich fand, Jan schuldete mir noch eine Entschuldigung für sein blödes Benehmen von gestern Abend. Zumindest eine ganz kleine.

Ich setzte mich mit letzter Kraft zu Mama auf die Terrasse.

»Und? Wie war der Nachmittag?«, fragte sie.

»Ganz gut«, gähnte ich. »Aber Frausein ist verdammt anstrengend!«

»Wieso?«

Wieso? Das lag doch wohl auf der Hand. Mochte ja sein, dass man sich nach fünfzehn Jahren Ehe das Kopf-schief-Legen sparen konnte, aber Mama musste sich doch daran erinnern, wie anstrengend es früher gewesen war.

»Weil man die ganze Zeit aufpassen muss, dass man nichts falsch macht.«

Mama schaute mich verwirrt an. »Was sollst du denn falsch machen können?«

»Na, alles. Jungs kann man ja nicht angucken, anquatschen und anbaggern, wie einem der Schnabel gewachsen ist.«

»Nicht?«

Stellte sie sich extra blöd?

»Nein, nicht! Das ist ein ausgeklügeltes System. Da gibt es schrecklich viel zu beachten.«

Mama schüttelte ernst den Kopf. »Lana, jetzt hör mal zu: Verstell dich nicht, weil andere das vielleicht für richtig halten. Du musst immer du selbst sein.«

Was sollte das denn jetzt? Mama war wirklich hinterm Mond. Mit »Wie ich selbst bin« hatte ich es ja nun versucht und das war gründlich in die Hose gegangen. Man konnte heutzutage nicht einfach man selbst sein, wenn man was erreichen wollte.

»Mama, du hast keine Ahnung.«

Mama zuckte die Schultern. »Du musst deine eigenen Erfahrungen machen. Ich will dir nur eines sagen: Du bist wunderbar, so wie du bist.«

Ja, für dich vielleicht, dachte ich genervt. Dir kann es egal sein, ob ich ein Terminator bin oder nicht. Du sollst dich auch nicht in mich verlieben. Manchmal wünschte ich mir, meine Mutter hätte ein bisschen mehr Sinn für Realität und würde nicht immer alles durch ihre esoterische rosa Brille sehen. *Ich bin okay – du bist okay* und wie die ganzen Bücher hießen. Man sollte sie ihr wegnehmen und ihr dafür mal die raue Realität pubertierender Mädchen zeigen.

Als Jan und Papa aus der Sauna kamen, konnte ich

kaum mehr die Augen aufhalten vor Müdigkeit. Einen Vorteil hatte das. Wenn man so müde war, war man nicht mehr ganz so verliebt. Ich musste nur noch alle fünf Minuten an Simons Lächeln denken. Er hatte mich im Laufe des Tages ziemlich oft angelächelt. Einmal nach der Abseitsregel. Einmal nachdem er erzählt hatte, welche Urkunde er bei welchen Bundesjugendspielen der letzten acht Jahre gewonnen hatte. Einmal nach einer minutiösen Nacherzählung seines letzten Basketballturniers. Einmal … Ich wusste es nicht mehr so genau. Ich wusste nur ganz genau, dass es ein wunderschönes Gefühl war, von Simon angelächelt zu werden, und dass ich alles dafür tun würde, immer und immer wieder in diesen Genuss zu kommen.

»Du bist also richtig verknallt in Simon?«, fragte Jan, als wir ungestört waren.

Ich entschied, dass diese Frage einer Entschuldigung verdammt nahekam, und nickte. »Ja, mindestens so wie du in Silvie.«

Jan schwieg und sah irgendwie bedrückt aus. Okay, dachte ich, ich will mal nicht so sein. Silvies Ratschläge hatten mir heute sehr genützt, jetzt war ich an der Reihe, etwas Gutes zu tun.

»Ich weiß etwas, was du nicht weißt.«

Jan schaute auf. »Und das ist was?«

»Und das ist blond«, sagte ich keck.

»Hä?«

»Eigentlich hast du es ja nicht verdient, weil du immer so ätzend zu mir bist. Aber ich sag's dir trotzdem.«

»Was denn nun?«

»Silvie hat mir gesagt ...«, ich legte eine künstlerische Pause ein, in der Jan fast die Augen aus dem Kopf ploppten, »... dass sie in dich verknallt ist. Das bedeutet, wenn du mich fragst: Du bist in sie verliebt und sie in dich. Nach Adam Riese steht also nix im Weg. Nix wie ran.« Ich grinste breit.

Jan nicht. »Du meinst, ich soll sie fragen, ob sie mit mir ...«

»Aber ja. Das liegt doch auf der Hand. Einer muss den ersten Schritt tun. Und in der Regel macht das der Mann. Sie wartet nur darauf.« Ich tönte rum, als hätte ich die Weisheit in Sachen Liebe mit Löffeln gefressen.

Jan schien vor lauter Verliebtheit zu nichts mehr in der Lage zu sein. Statt sich wie wild über die Neuigkeiten zu freuen, knabberte er an den Fingernägeln.

»Und du willst das wirklich?«, fragte er völlig zusammenhangslos.

»Mensch, Jan. Wen interessiert, ob ich das will? Du willst es doch.«

»Ich will es doch«, echote Jan.

»Jan an Erde. Es wird Zeit, dass ihr euch küsst, sonst drehst du noch völlig ab.«

Trockenübung

Am nächsten Morgen wachte ich ganz früh auf und war schrecklich nervös. Es standen furchtbar viele entscheidende Dinge an. Jan würde Silvie fragen. Und was würde dann geschehen? Würde Jan sie küssen? Ich konnte mir das beim besten Willen nicht vorstellen. Konnte Jan überhaupt küssen?

»Kannst du überhaupt küssen?«

Ich wusste aus eigener Erfahrung, dass es nicht toll war, mit einer so komplizierten Frage geweckt zu werden, aber sie brannte mir einfach unter den Nägeln.

»Was ist das denn für eine bescheuerte Frage?« Jan zog die Bettdecke über den Kopf und grunzte.

»Das ist keine bescheuerte, sondern eine verdammt wichtige Frage. Immerhin wirst du sie küssen müssen. Wenn man mit jemandem zusammen ist, dann küsst man sich ja wohl. Also, kannst du es?«

Jan rührte sich nicht unter seiner Bettdecke. Ich hüpfte auf seinem Bett auf und ab, dass die Federn quietschten und Jan hin und her geschüttelt wurde.

»Kannst du es oder kannst du es nicht?«, trällerte ich zu der Musik von *Daylight In Your Eyes*.

Das wirkte.

»Gott im Himmel, Lana, du bist die Pest! Nein, ich kann es nicht. Das weißt du ganz genau. Aber so schwer wird es wohl nicht sein. Außerdem, wer sagt, dass man sich immer gleich küssen muss?«

Mein armer Jan. Er wusste wirklich gar nichts. Was sollte man sonst tun, wenn man mit jemandem zusammen war? Und wieso sollte man zusammen sein, wenn man es nicht tat?

»Du bist ja bloß nervös, weil du selbst noch nie geküsst hast und dich fragst, ob du es kannst!«, knallte mir Jan an den Kopf.

Das hatte gesessen. Und zu meinem Ärger musste ich feststellen, dass Jan richtig lag. Ich ließ mich mit einem Plumps aufs Bett fallen.

»Stimmt. Wir sitzen in einem Boot. Also, wie geht's?«

Jan zuckte die Schultern. »Lippen aufeinander, Mund auf, Zunge raus und dann irgendwie rummachen«, murmelte er.

Ich hob meine Hand zum Mund und folgte Jans emotionslosen Anweisungen. Lippe auf Handrücken, Mund auf, Zunge raus und dann rummachen. Innerhalb von einer Sekunde war meine Hand pitschnass.

»Nee, so geht das bestimmt nicht!«

Jan zückte seine eigene Hand. »Du machst es ja auch viel zu sabberig und viel zu schnell.«

Jan drückte seine Lippen auf seinen Handrücken und fuchtelte mit der Zunge herum. Das sah auch nicht gerade nach Hollywood aus. Ich machte es ihm trotzdem nach.

»So ungefähr«, sagte Jan. Für ihn war das Thema damit erledigt.

Für mich nicht.

»Jan, du musst mir unbedingt danach sagen, wie es war«, drängelte ich.

Jan ging ins Bad, um seine Ruhe vor mir zu haben. Ich ließ mich zurück in die Kissen fallen und seufzte. Was man alles wissen musste. Nicht genug damit, den Jungen erst mal mit allen Tricks auf seine Seite zu ziehen. Wenn man ihn an seiner Seite hatte, musste man auch noch küssen können.

Aber so weit war ich ja noch nicht. Und mein Vorteil war, dass Jan auf alle Fälle vor mir reif sein würde. Und da Silvie schon küssen konnte, würde sie es Jan zeigen und er dann mir. Guter Plan!

Am Strand war es verdammt windig. Mama und Papa gingen mit Finn sofort wieder zum Haus zurück. Für Babys war so viel Wind viel zu gefährlich. Gut so, dachte ich. Andererseits, vielleicht hätte so eine ordentliche Windböe ja Finn einfach nach Pusemuckel befördern können.

Jan und ich bauten den Windschutz auf. Allerdings streckten wir uns beide nicht in die Sonne, sondern blickten in alle Richtungen auf den Strand. Wo blieben Simon und Silvie?

Statt unseren beiden Angebeteten kamen Piet und Florian über den Strand auf uns zu geschlendert.

»Ducken!«, fauchte ich. Ich zog Jan hinter den Windschutz und stülpte schnell ein Handtuch über uns.

»Was ist denn?«, fragte Jan irritiert.

»Da kommen Piet und Florian. Ich will nicht, dass die uns sehen.«

»Oh, gut reagiert«, sagte Jan.

»Findest du wirklich?«

»Ja. Die sind total bescheuert.«

»Die haben ungefähr die Ausstrahlung von Parkuhren«, sagte ich.

»Von abgelaufenen Parkuhren«, fügte Jan grinsend hinzu.

»Von defekten Parkuhren.«

Wir mussten loslachen. Und mitten in unser Gegacker hinein hörten wir eine pikierte Stimme.

»Seid ihr da drunter?«

Mit einem Rutsch hatten wir das Handtuch von uns gerissen und glotzten wie zwei enttarnte Verbrecher aus der Wäsche. Aber nicht Piet und Florian hatten uns ertappt, sondern Simon. Er guckte uns unverständig an.

»Wir haben nur für den Fall eines Killermöwenangriffs geübt«, sagte ich schnell.

Jan kicherte.

Simon nicht. »Es gibt keine Killermöwen, soweit ich informiert bin«, sagte er.

Verdammt. Ich kam mir mit einem Mal schrecklich albern vor. Schnell legte ich den Kopf schief und lächelte mein dicklippigstes Lächeln. »Du hast recht. Es gibt wohl keine Killermöwen. Du weißt diese Dinge einfach besser als ich.«

Simon grinste. Ich hatte ihn gerade eben noch mal besänftigt. Jan schaute mich an, als wolle er jeden Moment sagen: Aber sonst tickst du noch ganz sauber. Er wusste ja nicht, wie schwierig es war, einem Jungen zu gefallen. Er hatte solche Probleme nicht. Er war ja ein Junge.

»Was mir noch eingefallen ist«, sagte Simon und setzte sich neben mich. »Bei dem letzten Turnier machten wir den Ausgleich doch nicht in der sechzehnten Minute, sondern ...«

Was erzählte er da? Es war mir völlig egal, wann er welche Bälle wohin geworfen hatte.

»Echt? Ach, gut, dass es dir noch eingefallen ist«, säuselte ich enorm interessiert. »Und dann, was ist dann passiert?«

Während Simon mir erzählte, welche Entscheidung der Schiedsrichter wann wie falsch gegeben hatte und ich mich schrecklich über diese bodenlose Ungerechtigkeit ereiferte, stocherte Jan schlecht gelaunt mit einer Muschel an seinen Füßen rum. Er war sicher traurig, weil Silvie noch nicht aufgetaucht war. Oder machte er sich Sorgen über seine Küssqualitäten? Gott sei Dank kam Silvie in dem Moment über den Strand gehüpft.

»Hallooo!«, flötete sie und wedelte mit einem Zettel. »Guckt mal, was wir heute Abend machen!«

Auf dem Zettel war eine Discoveranstaltung im Strandpavillon angekündigt. Am Abend um 19 Uhr – für Jugendliche. Disco? Ich war noch nie in 'ner Disco gewesen. Und ehrlich gesagt hatte ich auch keine Lust, es auszuprobieren. Ich wollte schnell vorschlagen, statt Disco doch 'ne Runde Basketball zu spielen, auch wenn ich nicht sicher war, ob ich mich nicht wieder schrecklich blamieren würde. Aber besser noch ein zweites Mal schlecht Basketball spielen, als ein erstes Mal nicht zu wissen, wie man sich in einer Disco zu benehmen hatte.

»Coole Idee«, sagte Simon.

»Spitze«, sagte ich. »Disco ist super!«

»Ich find Disco blöd«, raunzte Jan.

Silvies Gesicht verdüsterte sich. »Echt?«

Jan nickte stur. Meine Güte, war er ungeschickt. Da wollte seine Angebetete in die Disco und er outete sich als Partymuffel. Hatte er denn keine Ahnung, dass das nicht gerade liebesförderlich war?

»Oh, bitte!«, säuselte Silvie. »Wenn es doof ist, können wir ja früh wieder gehen und was anderes machen. Bitte, Jan. Ohne dich macht es keinen Spaß.«

Jan seufzte. »Von mir aus.«

Und schon wieder hatte ich etwas dazugelernt. Jungs müssen sich ganz anders komisch benehmen, um Mädchen zu gefallen, als Mädchen, um Jungs zu gefallen.

Der Tag verging im Nu mit Mau-Mau-Spielen, Kopfschief-Legen und Dumme-Fragen-Stellen.

»Simon, was war noch mal, wenn man eine Sieben hat?«

Wenn ich mich gerade mal nicht dumm stellte, beobachtete ich Jan. Der schien sich vor lauter Aufregung kaum zu trauen, Silvie auch nur anzugucken, geschweige denn die Initiative zu ergreifen.

Ich überlegte kurz, ob ich das Elend beenden und Silvie zuflüstern sollte, dass Jan ebenfalls in sie verknallt war. Vielleicht hätte sie mal ein Auge zugedrückt und die Initiative übernommen, obwohl sie das Mädchen und Jan der Junge war. Aber ich entschied mich dagegen. Ich hatte mit dieser Information einen riesigen Trumpf in der Hand. Und den konnte ich nicht einfach ungenutzt verspielen.

Ich beugte mich zu Silvie vor. »Ich hätte da was mit dir zu besprechen.« Ich setzte mein verschwörerischstes Lächeln auf. »Unter vier Augen.«

Partyqueen und Discodussel

Silvie trippelte aufgeregt hinter mir her. »Was denn? Was musst du mit mir besprechen?«

Ich schaute sie streng an. »Ich werde es dir verraten. Aber vorher musst du mich für die Disco fit machen. Ich will mich nicht blamieren. Du kannst mir glauben, die Information ist es in jedem Fall wert!«

Silvie war jetzt vollends aus dem Häuschen. »Das ist gemein.«

Ja, es war wirklich gemein von mir. Aber ich blieb hart.

Als wir bei Silvie angekommen waren, schien sie sich mit ihrem Schicksal abgefunden zu haben und begann ihre Lektion in Sachen Discotauglichkeit.

»Also, es gibt drei Dinge, die bei einem Discoabend von absoluter Wichtigkeit sind«, sagte sie. »Das Outfit, das Tanzen und die Kommunikation ohne Worte.«

»Und das alles sollen wir in zwei Stunden schaffen?« Ich sah schwarz.

»Wir müssen halt ein Intensivtraining machen. Also, streng dich gefälligst an.«

Okay. Ich würde mich anstrengen. Ich würde alles geben. Ich würde einen neuen Weltrekord im Disco-tauglich-Werden hinlegen.

Silvie ging zum CD-Player und legte eine Kylie-Minogue-CD ein. Dann stellte sie sich in die Mitte des Raumes, riss ihr Haargummi ab und schüttelte wie wild ihre Mähne.

»Stopp!« Ich drückte auf die Aus-Taste. »Wie um alles in der Welt soll ich das machen? Ich habe keine Haare zum Schütteln. Vergessen?«

»Dann schüttel eben den Kopf.« Silvie hatte offenbar keine Lust auf lange Diskussionen und drückte wieder die Start-Taste.

Ich holte tief Luft und schüttelte dann, was das Zeug hielt, meinen Kopf. Konnte man bleibende Gehirnschäden von so viel Schütteln bekommen? Jedenfalls war mir nach einigen Sekunden ganz schön schwindelig.

Silvie schien das Schütteln nicht das Geringste auszumachen. Sie stellte sich breitbeinig hin und begann zusätzlich noch mit den Hüften zu wackeln. Ich machte es ihr nach und kam dabei schrecklich durcheinander. Ich schüttelte die Hüften und wackelte mit dem Kopf.

»Neiiin«, schimpfte Silvie. »Umgekehrt.«

Ich versuchte mich zu konzentrieren. Silvie stolzierte um mich herum und schrie Anweisungen wie der geborene Feldwebel.

»Den Po fest!«

»Guck nicht so verkrampft. Lächeln. Lächeln. Lächeln.«

Wahrscheinlich ließ Silvie jetzt all ihre Wut darüber an mir aus, dass sie immer noch ohne Information auf heißen Kohlen saß. Ich konnte es ihr nicht mal verübeln.

»Nicht grinsen wie Kermit der Frosch. Verführerisch.«

»Und die Lippen nicht vergessen. Immer schön schmollen.«

»Stell dich nicht so dumm an.«

Ich drückte die Aus-Taste. »Wie um alles in der Welt soll ich mir das alles auf einmal merken?«

Silvie zuckte die Schultern. »Das ist dein Problem. Noch mal! Und los!«

Ich schüttelte, schwang die Hüften und zeigte Lippe. Gott, war das anstrengend! Basketballtraining war dagegen ein Sonntagsspaziergang. Sit-ups und Liegestützen erschienen mir vergleichsweise wie eine Wohltat.

»Und jetzt die Arme!«, brüllte Silvie.

»Was denn noch?«

Das war ja zum Verzweifeln.

»Die Arme im Takt. Hoch. Seite. Runter. Kreisen.«

Nach einer halben Stunde Kylie Minogue hatte ich es kapiert, war nass geschwitzt und wurde das Gefühl nicht los, dass ich *I can't get you out of my head* für den Rest meines Lebens nicht mehr »out of my head« kriegen würde.

»So. Nächstes Thema. Die nonverbale Kommunikation.«

So wie Silvie mit Fremdwörtern um sich schmiss, musste Baggern eine anerkannte Wissenschaft sein, ein Schulfach, ein Studiengang, in dem man auch seinen Doktor machen konnte. Prof. Dr. Dr. der Baggerei Lana Körber.

Silvie setzte sich aufs Sofa. »Stell dir vor, die Musik ist ohrenbetäubend. Du hast Durst. Was machst du?«

»Ich geh zur Theke und hol mir was zu trinken?«

»Falsch!«

»Ich geh aufs Klo und trinke am Wasserhahn?«

»Nein!!!«

»Ich weiß nicht.«

»Du bringst deinen Liebsten dazu, dass er dir was zu trinken holt, damit du dich über alle Maßen bei ihm bedanken kannst.«

»Oh. Daran hatte ich nicht gedacht.«

»Also? Was machst du? Denk dran, Worte nützen nichts.«

Ich grübelte einen Moment. Dann stellte ich mich in Positur und röchelte wie ein Wüstendurchquerer ohne Hoffnung auf eine Oase. Ich nahm einen imaginären Eimer und schüttete ihn mir in den Hals.

Anschließend verbeugte ich mich und war mächtig stolz auf meine tolle nonverbale Kommunikationsleistung.

»Oh Himmel, so geht das nicht.« Silvie war alles andere als zufrieden mit meiner nonverbalen Kommunikationsleistung. »Pass auf. Ich zeige es dir.«

Mit zwei Fingern strich sie sich sanft über die Kehle, dann ließ sie zwischen ihren geschmollten Lippen einen kleinen Spalt erscheinen und rieb sich mit der Zunge sanft über die Lippen. Mit einer kaum wahrnehmbaren Geste deutete sie dann an, ein Glas zu berühren.

Ups. Ja, das war ein Unterschied. Das musste ich zugeben. Ungefähr so ein Unterschied wie zwischen

Romy Schneider als Sissi und Arnold Schwarzenegger als Terminator. Ich gab mein Bestes, es nachzumachen.

Silvie nickte langsam. »Es wird reichen. Nächste Situation.«

Ich lernte durch Schulterwackeln und einen kecken Augenaufschlag zum Tanzen aufzufordern. Ich übte durch zartes Zufächeln imaginärer Luft zu signalisieren, dass ich mal an die frische Luft müsste. Und ich schaffte es, durch Ziehen an meinem Ohrläppchen und geschlossene Augen zu erklären, dass ich gerne geküsst würde.

»Ähm … Wo wir gerade beim Küssen sind. Wie genau … ähm …«

»Wie es geht?«, fragte Silvie genervt.

Ich nickte.

Silvie stöhnte, hob dann aber ihre Handfläche, drückte ihre Lippen wie Kinderspeck dagegen, öffnete leicht ihren Mund und tippte mit der Zunge sanft gegen die Haut. Es sah rasend gekonnt aus.

»So geht das. Nächster Punkt: das Disco-Outfit. Was hast du vor anzuziehen?«, fragte Silvie.

Was sollte ich schon vorhaben anzuziehen? »Eine Jeans und ein Kapuzen-Sweatshirt.«

»Eine Jeans und ein Kapuzen-Sweatshirt? Um Gottes willen. Das geht nicht«, empörte sich Silvie.

»Nein?«

»Nein. Dann hätten wir uns alles Üben sparen können. Du brauchst einen Rock und ein enges Oberteil.«

Röcke waren eigentlich albern. Aber noch alberner erschien mir in diesem Moment, dass ich keinen Rock besaß.

»Meine Mutter hat einen Minirock. Wenn ich zwei Sicherheitsnadeln nehme, dann …«

Silvie verzog gequält das Gesicht. »Alles klar. Der Minirock deiner Mutter. Schuhe?«

In Gedanken ging ich alle meine Schuhe durch. Nikes. Adidas. Kangurus. »Ich hab nur Turnschuhe.«

»Oje. Welche Größe?«

»38.«

Silvie ging in den Flur und kam mit einem Paar Ballerinas zurück. »Sie sind Größe 37. Leier sie mir nur nicht aus.«

Ich schlüpfte zur Probe in die Schuhe und hatte sofort das Gefühl, Aschenputtels Schwester zu sein. Eine Mogelpackung, die sich für die schöne Prinzessin ausgibt. Bitte, bitte, lieber Gott, lass Prinz Simon nicht merken, dass ich Blut im Schuh hab!

Silvie zog mich hinter sich her ins Bad. »Setzen!«

Gehorsam nahm ich auf dem Klo Platz.

Silvie drückte sich eine halbe Tube Gel in die Hand und rubbelte damit auf meinem Kopf herum.

»Wenn schon keine langen Haare, dann wenigstens Wetlook«, sagte sie ganz Hairstylistin. Dann schnappte sie sich eine Puderdose und wollte auf mich losgehen.

»Nein!« Ich wehrte sie entschieden ab. Mit Puder und schweißtreibenden Körperübungen hatte ich so meine Erfahrungen gemacht.

»Dann deck wenigstens die Mitesser auf der Nase ab.«

Mitesser auf der Nase? Ich hatte keine Mitesser auf

der Nase. Ich glotzte in den Spiegel. »Ich sehe nichts.«

»Du musst näher rangehen. Oder warte. Nimm den.« Silvie drückte mir einen Vergrößerungsspiegel in die Hand.

Als ich hineinschaute, verzog sich mein Gesicht wie im Spiegelkabinett auf der Kirmes und meine Nase kam mir entgegen. Und da sah ich sie. Mitesser. Eine ganze Horde kleiner gefräßiger Schmarotzer hatte sich auf meiner Nase versammelt.

»Wie sind die denn da hingekommen?«

Silvie seufzte. »Du willst Simon doch so nahe kommen wie jetzt dem Spiegel, oder?«

Sicher wollte ich das.

»Dann müssen die Dinger abgedeckt werden!«

Das sah ich ein. Silvie schmierte mir Abdeckstift auf die Nase, der, wie ich fand, nicht ganz meine Hautfarbe traf. Aber ich sagte nichts. Besser ein Teintmix im Gesicht als kleine dreckige Lebewesen in meinen Poren.

»Fertig. Und jetzt die Information!« Silvie stemmte die Hände in die Hüften. Sie wollte offensichtlich keine Sekunde länger warten.

Ich spuckte es aus. »Jan steht auf dich.«

Silvie stand der Mund offen. »Wirklich?«

»Ja, echt. Er ist in dich verknallt.«

»Woher …?«

»Ich weiß es. Er ist immerhin mein bester Freund«, sagte ich streng.

Ich überlegte kurz, ob ich ihr von dem Gedicht erzählen sollte, entschied mich aber dagegen. Ich wollte Jan nicht den Spaß verderben.

Silvie stieß einen Jauchzer aus und rannte hektisch hin und her. »Oh Gott. Ich werd wahnsinnig.«

Sie war wie ausgewechselt. Sonst immer ganz die Coole, flatterte sie jetzt wie ein gerupftes Hühnchen in der Gegend rum.

»Lana. Ich … ach … das ist ja … und du bist dir auch ganz sicher … ach du meine Güte … toll … dann … ja, was ziehe ich nur … ojemine … Ich werde wahnsinnig.«

Ich werde auch wahnsinnig, wenn ich nicht gleich gehe, dachte ich. Sollte Silvie schön alleine vor sich hin jauchzen und stottern. Wir wollten es ja mit der Busenfreundschaft nicht übertreiben. Ich traute ihr zu, dass sie mir vor lauter Glück in die Arme fallen würde. Und das brauchte ich nun wirklich nicht. Und außerdem: Es war kurz vor 19 Uhr und ich hatte noch schrecklich viel zu tun.

»Mama. Ich brauch dich!«

Mama drückte Papa Finn in die Arme und folgte mir ins Schlafzimmer.

»Wir müssen den Minirock irgendwie an meine Taille anpassen. Und ich brauch was Enges für drüber.«

»Alles Roger«, sagte Mama und salutierte.

Wir mussten lachen. Mama entpuppte sich als Genie in Sachen Anpassen. Statt Sicherheitsnadel machte sie in Windeseile ein paar geschickte Abnäher am Bund, und schwups passte der Minirock wie angegossen. Dann kramte sie in ihren Bodys herum und fand einen, der ihr eigentlich zu eng war. Er war rot und wie gemacht für den Minirock.

»Schenk ich dir.«

»Danke.«

Als ich fertig angezogen war, lächelte Mama wie Heiligabend vor dem festlich geschmückten Weihnachtsbaum. »Schön.«

»Nicht albern?«, fragte ich skeptisch.

Mama zog mich zum Badezimmerspiegel. »Guck selbst.«

Ich schaute mich kritisch an. Hm. Tja. Also … »Gar nicht mal so übel«, sagte ich grinsend.

Mama nickte. »Wenn du mich fragst, sensationell. Mister Hinterkopf werden die Augen aus dem Vorderkopf fallen.«

»Hoffentlich.«

Nonverbale Kommunikation

Silvie sah aus wie grad vom Laufsteg gefallen, als sie klopfte, um uns abzuholen. Sie trug ein superkurzes Minikleid aus schimmerndem Stoff, ihre Haare hatte sie zu einer sensationellen Mähne aufgetufft. Und sie stand mächtig unter Strom. Auf ihrem Hals entdeckte ich hektische Flecken, ihre Augen hingen wie festgeklebt an Jan, der sie schief angrinste.

Der Strandpavillon, in dem wir tagsüber Eis gekauft hatten, hatte sich total verwandelt. Die Fenster waren abgedunkelt, dafür strahlten und zuckten Discolichter über den Boden. Die Stühle und Tische waren weggeräumt und in einer Ecke hatte sich ein DJ mit seiner Ausrüstung breitgemacht. Die Musik dröhnte laut und ich war froh, einen Schnellkurs in nonverbaler Kommunikation gemacht zu haben.

Jan holte erst mal, ohne dass pantomimische Darbietungen vonnöten gewesen wären, eine Runde Cola für uns. Und ich guckte mir die Augen aus dem Kopf, wo Simon blieb.

Statt Simon kamen Piet und Florian hereingeplatzt. Oje, die hatten mir gerade noch gefehlt. Ich guckte demonstrativ in eine andere Richtung. Zu dumm, dass ich diesmal kein Handtuch parat hatte, das ich wie eine Tarnkappe über mich werfen konnte.

Nach ein paar Sekunden entschied ich, dass die Gefahr vorüber war. Bestimmt waren Piet und Florian längst am anderen Ende des Raums angelangt. Ich drehte mich um und ließ vor Schreck einen spitzen Schrei los. Piet stand zentimeternah vor mir und grinste.

»Du siehst gut aus heute!«, brüllte er, dass mein Trommelfell bebte.

Ich überlegte gerade, ob ich mir demonstrativ die Ohren zuhalten sollte, als Jan mir zu Hilfe eilte. Er stellte sich mit einem entschuldigenden Lächeln zwischen mich und Piet und beugte sich zu meinem Ohr, als wollte er etwas hineinschreien. Ich spielte mit und nickte.

Nach ein paar Minuten hatte unser Schauspiel Erfolg. Piet begann ganz offensichtlich sich zu langweilen. Und nachdem er ein paarmal versucht hatte, meine Aufmerksamkeit mit wildem Gewinke zu ergattern, ich mich aber blind stellte, drehte er sich schließlich weg und verschwand Richtung Theke.

Ich bedankte mich bei Jan mit meinem liebsten Lächeln und schubste ihn dann energisch zurück zu Silvie. Schließlich hatte er eine Mission zu erfüllen.

Ich stand alleine in der Gegend rum und wusste nicht, was ich tun sollte. Ich hatte niemanden, bei dem ich meine tolle nonverbale Kommunikation ausprobieren konnte, und an Tanzen war erst recht nicht zu denken. Keiner tat es. Alle starrten auf die

Tanzfläche, als ob da eine bombige Show geboten würde. Discos waren wirklich bescheuert.

»Hi!«, drang es durch die Beats undeutlich an mein Ohr.

Simon stand vor mir. Hatte ich eben gedacht, ein Abend in der Disco sei bescheuert?

»Hi«, formten meine Lippen zurück.

Ich ließ schnell mein halb volles Colaglas hinter mir verschwinden. Wie sollte ich schließlich mit einem Glas in der Hand die Nummer mit der trockenen Kehle abziehen?

Vorerst zog ich aber erst mal nichts ab, sondern starrte wieder auf die leere Tanzfläche. Simon starrte mit. Ich hatte das Gefühl, jede Zelle meines Körpers zu spüren, und jede Zelle schien irgendwie krumm und schief zu stehen. Verzweifelt versuchte ich, entspannt zu wirken, aber vor meinem inneren Auge verwandelte sich mein Körper in einen einzigen unförmigen Knoten. Einen albern angezogenen, hormonverpesteten Knoten mit Mitessern.

Plötzlich fuchtelte Simon mit den Händen in meine Richtung, deutete auf seine Oberschenkel, zeigte auf meine und streckte anerkennend den Daumen hoch. Oh mein Gott. Das war in meinem Kurs über nonverbale Kommunikation nicht vorgekommen.

Was meinte er bloß? Er meinte doch nicht etwa, dass ich aussah wie ein Knoten? Sah man mir mein Innenleben so sehr an? Ich zuckte hilflos die Schultern.

Simon formte etwas Dreieckiges in der Luft und deutete wieder auf mein Untergestell. Himmel, hilf, was konnte er nur meinen? Hatte ich X-Beine?

Simon kam ganz nah und brüllte in mein Ohr: »Super Rock!«

Schwups, da löste sich der Knoten. Die Mitesser zogen sich besiegt in meine Poren zurück. Mit einem Mal fühlte ich mich strotzend vor Selbstbewusstsein. Ich hatte einen super Rock an!

Diese Sternstunde durfte ich nicht ungenutzt verstreichen lassen. Ich entschied, die Nummer mit der trockenen Kehle zu versuchen. Ein leichtes Streicheln über den Hals, Lippen abschlecken und an einem imaginären Glas nippen. Und siehe da, Simon verstand sofort.

C-O-L-A?, formten seine Lippen. Ich nickte und Simon verschwand in Richtung Theke.

Ich schaute mich nach Jan und Silvie um. Silvie zerrte Jan gerade auf die Tanzfläche. Oh mein Gott, dachte ich, Jan kann nicht tanzen. Er hat keinen Schnellkurs in Discotauglichkeit belegt. Ganz sicher wird er sich schrecklich blamieren!

Silvie legte los. Ihre Haare flogen Jan um die Ohren, ihre Hüften zuckten und ihre Arme fuhren hoch und runter. Sie sah aus wie die leibhaftige Kylie Minogue. Jan stand unschlüssig vor ihr und tapste verzweifelt mit dem Fuß den Takt mit. Doch dann nahm Silvie ihn an den Händen und wirbelte ihn durch die Gegend. Jan konnte gar nicht anders, als sich ihrem Schwung anzupassen. Glücklich sah er dabei allerdings nicht aus.

Kaum war das Lied zu Ende, raste er von der Tanzfläche. Wahrscheinlich fühlt er sich jetzt auch wie ein Knoten, dachte ich. Ich hatte schrecklich Mitleid mit ihm. Ich musste ihn unbedingt ermutigen.

Unbemerkt von Silvie zeigte ich mit dem ausgestreckten Arm zur Ausgangstür. Jan verstand sofort und dackelte mir artig hinterher an die frische Luft.

»Verdammt, Jan. So geht das nicht. Du musst dich trauen. Silvie wartet doch nur darauf, dass du was unternimmst. Aller Anfang ist schwer. Aber du bist doch verliebt, also geh nach deinem Gefühl. Frag sie! Warte nicht länger. Jetzt ist deine Sternstunde!«

Jan schaute mich zweifelnd an.

»Wenn ich so gute Karten hätte wie du, würde ich sofort loslegen!«, ereiferte ich mich.

»Würdest du mich küssen?«

Armer Jan, was war nur mit seinem Selbstbewusstsein los? Reichte es denn nicht, dass Silvie ihn vergötterte? Wieso hielt er sich trotzdem für nicht küssenswert?

»Mensch, Jan! Ich würde dich natürlich nie küssen. Das wäre ja auch abartig. Aber wenn ich Silvie wäre, würde ich nichts lieber tun, als dich zu küssen. Klar?«

Irgendwie schien es mir, als würden Jans Schultern ein paar Zentimeter in die Tiefe sinken. Das lag wahrscheinlich daran, dass sich sein Knoten endlich löste.

»Okay, ich mach's«, sagte er, als habe er sich gerade für Harakiri entschieden, und stapfte in die Disco zurück.

Puh! Das war geschafft. Ich beeilte mich hinterherzukommen, um bloß nichts zu verpassen.

Jan steuerte wie eine Rakete auf Silvie zu, schrie ihr irgendwas ins Ohr, woraufhin Silvie entzückt die Hände vor den Mund schlug und vehement nickte. Dann standen sie sich einen Moment unschlüssig gegenüber. Schließlich zog Silvie Jan an sich heran und drückte ihm die Lippen auf den Mund. Et voilà! Da war er: Jans erster Kuss.

Ich konnte irgendwie gar nicht den Blick von den beiden abwenden. Was fühlte er gerade? Und würde er jetzt für immer mit Silvie zusammenbleiben? Würden sie heiraten? Würde er noch mein bester Freund sein? Musste ich mich dann immer mit Silvie treffen und sie zu meiner Freundin erklären?

Von den vielen Fragen wurde mir ganz flau im Magen. Vielleicht war ich aber auch nur eifersüchtig. Eifersüchtig, weil Jan jetzt geküsst war und ich noch nicht.

Der Kuss dauerte bestimmt schon eine ganze Minute. Als ich endlich den Blick von den beiden abwenden konnte, sah ich, dass Simon mit zwei Colagläsern neben mir stand.

Stand er schon lange da? Hatte er beobachtet, wie ich Silvie und Jan angestarrt hatte?

Ich deutete mit dem Finger auf Jan und Silvie und küsste in die Luft. Simon nickte grinsend, gab mir eine Cola und hob den Daumen. Offensichtlich fand er Küssen im Allgemeinen eine gute Sache. Das war wenigstens schon mal etwas.

Ich tat den Rest des Abends mein Bestes, um auch zum Kreis der Geküssten aufzusteigen. Und eigentlich lief so weit auch alles gut. Simon brachte mir ständig Cola. Und ich hatte ständig eine knallvolle Blase. Er grinste bestimmt fünfundzwanzigmal in meine Richtung. Und ich grinste zurück, bis mir der Kiefer wehtat. Aber dem Küssen kam ich trotzdem keinen Zentimeter näher. Und das, obwohl sich um uns herum so gut wie jeder küsste. Discos waren offensichtlich absolute Kuss-Umschlagplätze. Selbst Parkuhr-Piet hatte ein Mädchen im Arm und küsste.

Ich wusste mir keinen anderen Rat mehr, als zu meiner letzten Discotauglichkeitslektion zu greifen. Tanzen wie Kylie Minogue. Ich nahm all meinen Mut zusammen und stapfte auf die Tanzfläche. Wild schüttelte ich Kopf und Hüften und wartete vergebens darauf, dass Simon mitmachte. Aber der blieb stattdessen am Tanzflächenrand stehen und grinste mir zu.

Ich gab mein Bestes, sämtliche Bewegungen in eine sinnvolle Reihenfolge zu bringen, und dachte immerzu, bitte, lieber Gott, lass mich jetzt keinen Bauchklatscher auf die Tanzfläche machen, hilf mir, dass ich irgendwie mädchenhaft rüberkomme.

Als ich mich völlig fertig zu Simon zurückschleppte, klatschte er mir nonverbal Beifall.

Strike!, dachte ich jubelnd. Ich hatte mich nicht blamiert, ich hatte imponiert. Jetzt musste er mich küssen. Ich stellte mich schon mal ein bisschen dichter an ihn heran und spitzte ganz leicht die Lippen, um vorbereitet zu sein.

Aber das hätte ich mir sparen können. Ich blieb ungeküsst. Simon machte den ganzen langen Abend keinerlei Anstalten und die nonverbale Kommunikation für »Ich will küssen« traute ich mich nicht anzuwenden. Nicht verzweifeln, tröstete ich mich. Rom war ja schließlich auch nicht an einem Tag erbaut worden und ich war meinem Ziel auf jeden Fall schon einen großen Schritt nähergekommen.

Ich will kichern!

»Und wie war's?«, fragte ich Jan völlig ungeduldig, als wir Silvie zu Hause abgeliefert hatten und Simon sich an der nächsten Straßenecke mit einem phänomenalen Lächeln und ohne Abschiedskuss verabschiedet hatte.

»Wie war was?«, grunzte Jan zurück.

»Jan, ich bitte dich. Was um alles in der Welt soll ich wohl meinen? Wie die Luft in der Disco war, weiß ich selbst. Wie war das Küssen, verdammt?«

»Ganz okay.«

»Ganz okay? Das ist alles? Ganz okay?«

»Ja, es war in Ordnung.«

»Ja, aber was heißt denn das? Hat es Spaß gemacht? War dir ganz warm ums Herz? Wie hat es geschmeckt? Süß? Salzig? Konntest du währenddessen atmen? Schlucken?«

Jan schaute mich mit einem Blick an, der so viel sagte wie: Du hast sie doch nicht mehr alle.

»Es war nett.«

Ich hörte seinem Tonfall an, dass er nicht weiter darüber reden wollte. Zu Hause angekommen, flüchtete er vor weiteren Fragen in unser Schlafzimmer.

Jungs waren definitiv anders als Mädchen. Und in diesem Moment merkte ich mal wieder, dass ich eindeutig ein Mädchen war. Ich wollte mich mit jemandem über diese Dinge austauschen. Ich wollte Tage und Nächte lang alle Einzelheiten übers Küssen hören. Ich wollte nicht allein mit diesem ganzen Hormon-Mist sein. Ich wollte verschwörerisch mit jemandem den Kopf zusammenstecken und … und … kichern. Ja, tatsächlich: Ich, die kichernde Mädchen immer für geistesumnebelte Wesen vom anderen Stern gehalten hatte, war mir mit einem Mal sicher, dass Kichern genau die richtige Methode war, um mit dem ganzen Wahnsinn klarzukommen. Zusammen mit jemandem kichern würde so wohltuend auf meine Hormone wirken wie warme Milch mit Honig auf Hustenreiz.

Aber mit wem sollte ich kichern? Jan hatte offensichtlich nicht die geringste Lust, mit mir zu kichern. Mit Silvie hatte ich nicht die geringste Lust zu kichern. Da gab es nur noch eine Möglichkeit, um an eine Portion Gekicher zu kommen: Mama.

Ich schlurfte ins Wohnzimmer, wo Mama und Papa Arm in Arm auf der Couch knuddelten. Ich ließ mich wie ein nasser Sack dazuplumpsen.

»Was ist los?«, wollte Papa wissen.

»Ach nix.«

»Für nix hast du aber ganz schön schlechte Laune.«

Ich schaute Mama flehentlich an und hoffte, dass sie mich telepathisch verstehen würde. Bitte, Mama. SOS. Komm mit mir nach nebenan und kichere eine Runde mit mir. Ich brauch das jetzt. Mama runzelte die Stirn. Aber nachdem ich noch einmal ganz angestrengt in ihre Richtung gedacht hatte, schien meine Botschaft angekommen zu sein. Sie hatte kapiert.

»Was hältst du von einer kleinen Nachtwanderung mit deiner alten Mutter?«

Ich nickte erfreut.

»Da komm ich mit!«, jubelte Papa.

Oh nein, dachte ich. Nur das nicht. Ich kramte in meinem Gehirn nach einer Möglichkeit, ihn loszuwerden, aber Mama war schneller.

»Wolltest du nicht dringend den Film im Fernsehen sehen?«

Papa schaute Mama irritiert an. »Wollte ich?«

»Ja, das wolltest du.« In Mamas Stimme war kein Platz für eine Widerrede.

Jetzt hatte Papa verstanden. »Oh ja, ich erinnere mich. Das wollte ich wirklich ganz unbedingt. Seid nicht traurig, wenn ich euch alleine gehen lasse.«

»Sind wir nicht!«, lachte ich und zog Mama hinter mir her.

Wir spazierten am nächtlichen Strand entlang. Über uns war ein unglaublicher Sternenhimmel zu sehen.

»Jan hat heute Silvie geküsst«, sagte ich, um gleich ins Thema einzusteigen.

»Oh«, staunte Mama.

»Er sagt, Küssen ist ganz okay.«

»So, sagt er das.«

»Ich hab irgendwie gedacht, Küssen ist mehr als nur okay. Aber vielleicht irre ich mich ja.«

»Würde es dich interessieren, wie ich Küssen finde?«, fragte Mama.

Ich hakte sie unter und kicherte kurz in mich hinein. Und ohne dass ich sie darum bitten musste, kicherte Mama mit. Das tat guuut!

»Hm. Ja, schon. Erzähl.«

»Also, das erste Mal, als ich geküsst wurde, da war ich … lass mich überlegen … da war ich dreizehn. So wie du.«

Wir kicherten noch mal. Kichern war ein bisschen wie Kribbelbrause auf der Zunge zergehen lassen. Kichern verpackte die kreisenden Gedanken über Simon in Seifenblasen, die leicht durch die Luft tanzten. Kichern machte den Kopf frei. Kichern ließ einen endlich mal wieder richtig durchatmen.

»Es war auf dem 80. Geburtstag von meiner Tante Hilde«, erzählte Mama weiter. »Es war schon ziemlich spät, die Erwachsenen hatten ordentlich gebechert und Onkel Paul sang schmutzige Lieder. Ja, und an diesem Geburtstag war auch mein Cousin zweiten Grades da. Stefan. Er war fünfzehn. Ich weiß gar nicht, was aus ihm geworden ist. Jedenfalls haben wir uns unter der Tischdecke vom großen Büfett versteckt und gelauscht, was die Erwachsenen so erzählen.«

Ich kicherte jetzt in einer Tour. Ich fühlte mich fast ein bisschen schwindelig. So wie letztes Silvester, als ich aus den Sektgläsern der Gäste heimlich die Pfützen getrunken und um Mitternacht nur noch gehickst hatte.

»Und dann hat mein Cousin Stefan die Gelegenheit genutzt und mich ohne Vorwarnung geküsst.«

»So was! So ein Schuft!« Ich gackerte wie ein Huhn.

»Ja, ganz schön dreist. Männer!« Mama gluckste und ich drückte meinen Kopf in ihre Strickjacke.

»Und, wie hat es sich angefühlt?«

»Nicht schlecht, Herr Specht! Es war irgendwie ganz weich.« Mama schwelgte jetzt sichtlich in Erinnerungen. »Und es schmeckte ein bisschen wie Mürbeteiggebäck, nur zarter. Und sein Atem war ganz warm. Fast wie ein Föhn. Und sein Oberlippenflaum hat gekitzelt. Aber das Schönste war, dass es so etwas Neues war. Ich hatte so was in der Art noch nie erlebt. Es fühlte sich ganz anders an als alles, was ich kannte.«

Ich seufzte. Mama wusste, welche Details für eine Frau wichtig waren. »Ja, so stell ich mir das auch vor. Mehr als nur okay.«

Nach einer kurzen Pause, in der Mama wohl an ihren ersten Kuss und ich an meinen hoffentlich bald ersten Kuss dachte, kicherte Mama wieder.

»Wie läuft es denn mit Mister Hinterkopf?«, fragte sie.

»Er lächelt mich immer an. Und er macht mir Komplimente.«

Mama wiegte den Kopf. »Das hört sich doch gut an.«

Ich nickte.

»Wenn du ihn geküsst hast, erzählst du mir dann davon?«, fragte Mama und machte so ein neugieriges Gesicht, dass sie für einen Moment aussah, als sei sie selbst erst dreizehn.

»Schauen wir mal«, sagte ich streng, aber ich

wusste, dass ich ihr ganz bestimmt und unbedingt alles erzählen würde.

»Musst du dich immer noch so anstrengen und verstellen?«

Musste Mama denn jetzt wieder damit anfangen? So cool und freundinnenhaft sie manchmal sein konnte, so gut man auch mit ihr kichern konnte, in Baggerangelegenheiten war sie einfach hinterm Mond.

»Nee, alles wunderbar, Mama«, sagte ich lapidar.

»Das ist gut. Es ist gar nicht gesund für die Seele, sich zu verbiegen.«

»Ja ja«, bestätigte ich schnell, zeigte in den Himmel und wechselte das Thema. »Guck mal, der Große Wagen.«

Mama folgte meinem Blick. Wir fanden noch den Kleinen Wagen und die Kassiopeia. Und plötzlich schoss eine wunderschöne Sternschnuppe über den Himmel. Ich hatte in meinem ganzen Leben noch keine Sternschnuppe gesehen.

»Wow.«

»Wünsch dir schnell was«, sagte Mama.

Wir schlossen beide die Augen. Ich wusste genau, was ich mir wünschen wollte. Bitte, liebe Sternschnuppe, mach, dass ich Simon bald rumgekriegt habe, und mach, dass er mich küsst und dass das mehr als nur okay ist.

Das unfreiwillige Opfer

Am nächsten Tag wachte ich vor allen anderen auf, hüpfte aus dem Bett und blockierte das Bad für eine geschlagene Stunde. Mamas Minirock. Vaseline statt Lipgloss. Wasser statt Gel. Perfekt!

Gestriegelt und gekämmt stapfte ich in einsamer Mission mit einer Entschlossenheit zum Strand, die ihresgleichen suchte. Heute musste es geschehen. Ich hatte schließlich eine Sternschnuppe zur Verbündeten und außerdem wollte ich nicht einen Tag länger warten. Ich wollte endlich auch zu den Geküssten gehören.

Ich rief mir alles ins Gedächtnis, was ich bisher an Tricks und Tipps gelernt hatte. Der Gang! Nicht stampfen, sondern schweben. Der Hals. Runter damit. Die Lippe. Aufgebläht!

Simon winkte mir schon von Weitem zu. Ich breitete mein Handtuch neben seinem aus und streckte mich wie eine Gazelle in die Sonne.

»Ach, Simon, du bist wirklich ein richtiger Mann. Du bist so muskulös. Und so klug.«

Simon strahlte. »Am Anfang hab ich ja gedacht, du bist ein bisschen durchgeknallt. Aber mittlerweile …«, sagte er mit stolzgeschwellter Brust.

»Ja, was ist mittlerweile?«, hauchte ich und konnte mir nur schwer verkneifen, ihn wie wild zu schütteln und laut loszubrüllen: Küss mich!

Ich hatte das Gefühl, auf einem Pulverfass zu sitzen. Dieses galante Bewegen zerrte an meinen Nerven. Das zarte Gesäusel weckte in mir das Bedürfnis, lauter Schimpfwörter rauszuschreien. Ich strich mir sanft mit den Fingern ein Sandkorn vom Knie und schaute Simon mit einem formvollendeten Hundeblick fragend an.

»Mittlerweile hab ich festgestellt, dass du ein echt süßes Mädchen bist.«

Oh, jaaa!, dachte ich. Ich fühlte mich wie Butter und hatte die ernsthafte Befürchtung, dass ich in der prallen Sonne innerhalb von Sekunden wegschmelzen könnte. Dann wäre von dem süßen Mädchen nur noch ein hässlicher Fettfleck übrig, der langsam im Sand versickern würde. Ich beschloss, nicht zu schmelzen, sondern lieber vor Stolz zu wachsen. Ich hatte es geschafft. Ich gehörte jetzt zur Liga der süßen Mädchen, nicht länger zur Gattung der wild gewordenen Terminatoren. Und ich hatte nicht übel Lust, diesem Image zu noch mehr Glanz und Ruhm zu verhelfen. Zu Hilfe kam mir hierfür, wie von einer Sternschnuppe gesandt, ein kleiner Sandfloh. Er hüpfte auf meinen Badeanzug und schien sich dort ausgiebig sonnen zu wollen.

»Igitt«, zeterte ich ganz mädchenhaft. »Ich hasse Insekten. Die sind so eklig.«

Das hatte ich in meiner Klasse gelernt. Alle Mädchen in meiner Klasse fanden Insekten eklig. Ich dagegen fand Insekten total spannend. Wenn im Sommer die jährliche Spinnen-Epidemie über unsere Schule kam, kreischten die Mädchen in jeder freien Minute. Eklig! Die langen Beine! Die huschen immer so! Und bevor sie mit Tafelschwämmen und Federmäppchen auf die armen Vielbeiner losgehen konnten, kletterte ich immer auf die Fensterbank und griff mit bloßer Hand einen Schneider nach dem anderen ab, stopfte sie in einen Kasten und ließ sie im Schulgarten wieder frei.

Entschuldige, dachte ich deshalb schnell Richtung Sandfloh, wir wissen ja beide, dass du nicht wirklich eklig bist.

»Was ihr Mädchen immer habt«, sagte Simon, aber seinem Gesicht war anzusehen, dass er es mochte, dass Mädchen immer was hatten. »Beweg dich nicht. Ich mach das schon.«

Ich schaute ihn an wie ein hilfloses Küken und nickte. Schwups. Da hatte er den Sandfloh in seiner Faust. Doch statt ihn einen Meter weiter auf den Boden zurückzusetzen und ihm ein schönes Leben zu wünschen, zermalmte Simon ihn genüsslich zwischen den Fingern.

»Der wird dich nicht mehr belästigen.«

Ich war wie vor den Kopf geschlagen. Vor meinen Augen war ein grausamer Mord passiert. Vorsätzlicher, unbereuter Mord! Und das Schlimmste war: Ich war schuld. Ich hatte Simon quasi dazu angestiftet. Ich war eine Mordkomplizin. Eine Auftraggeberin. Der arme Sandfloh hatte sein Leben geben müssen, nur weil ich ein richtiges Mädchen sein wollte, nur weil ich geküsst werden wollte. Ich fühlte mich schrecklich.

Simon allerdings verwechselte meine Erschütterung mit den Spätfolgen eines Ekelschocks, und ehe ich mich versah, hatte er den Arm um mich gelegt. Den Arm mit der Hand, an dem noch die sterblichen Überreste des Sandflohs klebten. Den mörderischen Arm.

»Jetzt ist er ja weg«, hauchte Simon beschützerhaft.

Was bildete er sich ein? War er etwa stolz darauf, ein kleines, hilfloses Insekt zermalmt zu haben? Hielt er das für eine heldenhafte Tat? In gleicher Tradition wie Prinzen, die ihre Angebetete aus Türmen befreien, Drachen töten und böse Stiefmütter zur Strecke bringen? Das war ja wohl nicht zu fassen!

Ich wollte loszetern. Aber noch bevor ich ihm mit dem Tierschutzverein drohen konnte, hatte der mörderische Arm mich näher herangezogen und die todbringende Hand hatte angefangen, meinen Oberarm zu streicheln. Das fühlte sich verdammt schön an. Und ehe ich mich versah, fanden sich meine Lippen an Simons Lippen wieder.

Angestrengt versuchte ich meine Empörung aufrechtzuerhalten. Denk an den Sandfloh, dachte ich immer wieder, aber die Worte verloren ihre Bedeutung. Ich konnte gar nicht mehr denken. Simon öffnete ganz leicht seine Lippen. Durch meinen Körper floss eine warme Welle. Hmmm. War das schön!

Ich weiß nicht, wie lange wir das so machten. Meine Augen waren geschlossen. Ich hatte Raum und Zeit vergessen.

Und als wir irgendwann nach hundert Jahren damit aufhörten, seufzte ich tief. »Schön.«

Als ich langsam die Augen aufschlug, standen Jan und Silvie direkt vor uns. Silvie grinste. Jan schaute mit einem undefinierbaren Gesichtsausdruck.

»Jetzt können wir richtig Pärchenurlaub machen!«, jubelte Silvie und ließ sich neben uns in den Sand fallen.

Zoff!

Es war schon verrückt. Noch vor ein paar Tagen war ich nicht mal ein richtiges Mädchen gewesen. Und jetzt war ich geküsst und mitten im Pärchenurlaub.

Ein Pärchenurlaub allerdings war eine ganz schön anstrengende Sache. Seit wir uns geküsst hatten, hörte Simon nicht mehr auf, mir schrecklich unwichtige Details aus seinem Leben zu erzählen. Ich fühlte mich manchmal wie ein Wackeldackel auf der Ablage im Autoheck. Ich nickte und nickte. Und ich saugte mir ein Kompliment nach dem anderen aus den Fingern. Wenn wir nicht nach jeder Geschichte eine Runde geküsst hätten, hätte ich die Strapazen sicher nicht ausgehalten. Aber das Küssen entschädigte mich für alles. Es war so wundervoll. Nach jedem Kuss wusste ich ganz genau, wie verliebt ich in Simon war.

Manchmal, wenn ich mich gar nicht mehr auf Simons Vorträge konzentrieren konnte oder vor lauter Lächeln fast einen Kieferkrampf bekam, zog ich Simon mitten im Satz einfach an mich und küsste drauflos. Er ließ sich das immer bereitwillig gefallen und knüpfte nach dem Kuss einfach wieder da an, wo er aufgehört hatte.

Ich versuchte auch ein paar Mal, das Gespräch durch eine eigene Geschichte zu bereichern oder durch Kommentare wie: »Ach, das kenn ich. Bei mir war das auch einmal so. Da habe ich …« oder: »Bei uns in der Mannschaft läuft das etwas anders. Wir …« oder: »Findest du nicht auch, dass man …«

Weiter kam ich aber nie. Irgendwie schaffte es Simon auf unerklärliche Weise, alles, was ich sagte, als Einladung zu einem neuen Wortschwall zu verstehen. Eigentlich mochte er es am liebsten, wenn ich gar nichts sagte, wenn ich nickte, strahlte und am Ende einer Geschichte ein passendes Kompliment bereithielt. Wenn ich ihm ein Kompliment gemacht hatte, belohnte er mich mit einem besonders langen Kuss, verfeinert durch Nackenkraulen und Ohrläppchenknabbern. Wer sollte da widerstehen!

Während Simon sich so richtig in Rage über seine letzte Mathearbeit redete und mir die Kurve, die er berechnet hatte, in den Sand zeichnete, versuchte ich mitzubekommen, was auf dem Nachbarhandtuch bei Jan und Silvie los war.

Die beiden lagen einfach nebeneinander, Hand in Hand. Wie entspannend, dachte ich neidisch. Aber nachdem ich eine Weile zu ihnen herübergestarrt hatte, musste ich meine Meinung revidieren.

»So!«, posaunte Silvie. »Wir gehen jetzt schwimmen!«

Ohne dass Jan auch nur die Chance zum Widerspruch gehabt hätte, zog sie ihn mit sich ins Wasser.

Und auch im Wasser übernahm sie das Kommando:

»Nimm mich auf die Schultern!«

»Schwimm neben mir her!«

»Spritz mich nass!«

Als die zwei zum Ufer zurückkamen, wurde es nicht besser:

»Rubbel mir den Rücken trocken!«

»Schäl mir eine Orange!«

»Creme mich ein!«

Pärchensein war eine anstrengende Sache. So oder so. Man bekam nichts umsonst. Wer küssen wollte, musste sich mit dem Rest auch abfinden. So war Verliebtsein nun mal. Da konnte man nicht mehr egoistisch sein und einfach machen, was man wollte. Da musste man Rücksicht nehmen, sich anpassen, Kompromisse schließen. Ein Pärchen bestand schließlich aus zwei Menschen. Wer das nicht wollte, der musste eben wieder Single werden. Und Singles wurden nicht geküsst. Schreckliche Vorstellung! Sofort zog ich Simon an mich und ließ mich schnell von den süßen Vorzügen des Pärchendaseins überzeugen.

»Verliebtsein ist schon 'ne verrückte Sache, findest du nicht auch?«, fragte ich Jan am übernächsten Abend, als wir uns erschöpft ins Bett fallen ließen.

Wir hatten nach dem unerquicklichen Gespräch über das Küssen nicht mehr viel miteinander geredet. Tagsüber waren wir mit Pärchensein beschäftigt und abends zu müde, um noch groß zu reden.

»Hm.«

Jan war wieder mal wortkarg. Das ging mir langsam wirklich auf die Nerven. Ich hatte einmal einen Kumpel gehabt, mit dem ich Pferde stehlen konnte, und jetzt hatte ich nur noch einen stummen Stockfisch, mit dem ich nicht mal über unsere gemeinsamen Erlebnisse reden konnte. Na ja gut, so gemeinsam waren die Erlebnisse nicht. Wir erlebten eher parallel dasselbe. Aber darüber konnte man sich doch auch unterhalten, oder etwa nicht?

Ich beschloss, mich diesmal nicht so schnell abwimmeln zu lassen. »Du und Silvie, ihr versteht euch gut, was?«

»Hm.«

»Ich und Simon auch.«

»Hm.«

»Er ist so unterhaltsam.«

Jan drehte sich endlich zu mir um. »Ach ja? Unterhaltsam?«, fragte er spitz.

Was sollte das denn jetzt?

»Ja. Allerdings. Im Gegensatz zu dir. Dir muss man ja neuerdings die Würmer einzeln aus der Nase ziehen«, sagte ich.

Simon setzte sich auf und giftete mich an. »Dann ist es ja ein Glück, dass du jetzt Simon hast und dich nicht mehr mit mir Langweiler abgeben musst.«

»Allerdings! Wenn ich auf dich angewiesen wäre, hätte ich wenig zu lachen.« Ich war jetzt wirklich sauer.

»Weißt du was?«, fauchte Jan mich an. »Ich bin heilfroh, dass ich Silvie habe. Die nervt mich nämlich nicht den ganzen Tag mit so doofen Fragen über Küssen oder Verliebtsein!«

Es war gemein, mir vorzuhalten, dass ich noch nicht so viel Erfahrung hatte wie Silvie.

»Ach ja?«, schrie ich. »Dafür kommandiert sie dich den ganzen Tag rum, deine Silvie-Superfrau!«

Jans Gesicht verfärbte sich dunkelrot. »Du musst grad reden. Du lässt dich doch den ganzen Tag vollquatschen von diesem Angeber!«

»Er hat wenigstens was zu erzählen. Er hat schon einiges erlebt. Er ist ein richtiger Mann. Nicht so ein Dünnbrettbohrer wie du!«

Jan blieb abrupt stehen. »Du bist nur neidisch, weil Silvie eine richtige Frau ist. Sie weiß, wo es langgeht. Du bist doch bloß eine schlechte Kopie von ihr.« Jan lief popowackelnd durch das Zimmer.

Was sollte das? Äffte er mich nach?

Ich wollte etwas besonders Gemeines erwidern, aber meine Kehle produzierte nur ein kehliges Geräusch.

Jan hielt inne, raffte sein Bettzeug zusammen und wollte gerade zur Tür gehen, als ich doch noch ein paar heisere Töne hervorbrachte.

»Wie konnte ich nur jemals mit dir befreundet sein!«

Jan schaute mich kühl an. »Das frage ich mich allerdings auch.«

Wir starrten uns einen Moment in die Augen wie zwei Gladiatoren, die darauf warteten, dass der andere sein Schwert zückt.

Dann wandte Jan sich plötzlich von mir ab, ging zur Tür und warf sie mit einem lauten Knall hinter sich zu.

»Idiot!«, brüllte ich die geschlossene Tür an.

Aber es kam keine Antwort mehr.

»Blöder Vollidiot!«

Nichts.

»Riesenblöder Superidiot!«

Da ging plötzlich die Tür wieder auf. Aber nicht Jan stand im Zimmer, sondern meine Mutter.

Im Hintergrund hörte ich Finn plärren und meinen Vater krumm und schief »Heile, heile, Gänschen« singen.

Mama sah erschöpft aus. »Was ist denn hier los?«

»Nichts!«, brüllte ich, schnappte Jans Buch von seinem Nachttisch und pfefferte es an die Wand.

»Nach nichts hört sich das aber nicht an. Habt ihr Streit?«

Ich ließ nur ein wütendes Gurgeln hören und riss wie eine Irre das Laken von Jans Bettseite.

Mama hielt sich die Hand an die Stirn und ihr besorgter Blick wurde zu einem ziemlich genervten. »Lana. Schluss damit. Dein Bruder muss schlafen. Also nimm gefälligst ein bisschen Rücksicht und hab meinetwegen einen Wutanfall, aber mucksmäuschenstill!«

Ich glaubte nicht richtig zu hören. Das war eine bodenlose Ungerechtigkeit. »Ach, aber wenn Finn die ganze Nacht brüllt und ich kein Auge zumachen kann, dann ist das in Ordnung, ja?« Meine Stimme überschlug sich.

Mamas Gesicht wurde zu Eis. »Ich habe wirklich viel Geduld. Und du hast fast immer Narrenfreiheit. Aber jetzt ist Schluss, Lana. Dein Bruder ist gerade mal ein paar Wochen auf der Welt. Du bist dreizehn. Du willst alle Freiheiten, weil du kein Kind mehr bist. Aber es gibt nicht nur Rechte. Es gibt auch Pflichten.«

»Ich …«, wollte ich dagegenhalten, aber Mama schnitt mir das Wort ab.

»Nein. Ich will jetzt nicht diskutieren. Denk darüber nach und sei verdammt noch mal leise.« Mit diesen Worten verließ Mama das Zimmer.

Ich war baff. So was hatte es noch nie gegeben. Meine Mutter hatte immer alles mit mir ausdiskutiert. Nie hatte sie so im Befehlston gesprochen. Aber seit dieser kleine Schreihals auf der Welt war, hatte sich wohl auch das geändert. Jetzt war ich ihr nicht mal mehr eine Diskussion wert.

Ich tat mir schrecklich leid und fühlte mich von allen bodenlos schlecht behandelt. Ich heulte und stellte mir vor, wie ich von einer Killermöwe erwischt würde. Diesmal würde es tödlich für mich enden. Und dann würden alle um mich rumhocken und sich vor lauter Gewissensbissen die Haare raufen. Jan würde sich nie mehr verzeihen, dass er mir so kurz vor meinem Tod die Tür vor der Nase zugeschlagen hatte. Und Mama würde sich bis an ihr Lebensende Vorwürfe machen, dass sie meine letzten Worte unterbunden hatte. Und mein kleiner blöder Bruder würde, wenn er groß war, an meinem Grab stehen und ich würde aus dem Himmel Blitze werfen und …

Ich hatte keine Lust mehr, weiter darüber nachzudenken. Ich hatte schließlich nicht vor zu sterben. Und Killermöwen gab es ja auch gar nicht.

Außerdem hatte ich allen Grund, auf der Welt bleiben zu wollen. Ich hatte schließlich einen Freund. Ich wurde geküsst! Was regte ich mich überhaupt über Jan und meine Mutter auf. Ich brauchte sie nicht! Ich brauchte niemanden mehr. Ich hatte ja jetzt Simon!

Wettkampf in der Disziplin Lieben

Als ich am nächsten Morgen aus meinem Zimmer kam, saß die ganze Bande schon am Frühstückstisch. Wenn sich jetzt einer von denen einbildete, ich würde für gute Stimmung sorgen, dann hatten sie sich geschnitten. Ich schnappte mir ein Brötchen und verkündete, dass ich gleich zum Strand gehen wollte. Ich ignorierte Mamas besorgten Blick, schaute demonstrativ an Jan vorbei und verduftete.

Dummerweise war es viel zu früh, um an den Strand zu gehen. Außer einigen übereifrigen Joggern war noch keine Menschenseele da. Ich hockte mich ohne Windschutz auf mein Handtuch und versuchte mich unabhängig zu fühlen. Das war jetzt also mein neues Leben. Das Leben einer Frau. Das Leben einer unabhängigen Frau. Das Leben einer Frau mit einem Freund, der sie küsste.

Irgendwie war es ziemlich kalt an meinem ersten Tag als Frau ohne Familie und besten Freund. Ich schlotterte und klapperte mit den Zähnen.

Als ich schon besorgt auf die blauen Verfärbungen meiner Zehen starrte, kamen Jan und meine Familie und bauten ein paar Meter weiter den Windschutz auf.

Zu allem Übel hatte Mama auch noch dicke Decken mitgebracht. Sie winkte zu mir herüber.

»Komm doch zu uns!«

Ich ignorierte sie. So leicht kannst du dich bei mir nicht wieder einschleimen, dachte ich grimmig.

Jan machte es sich hinter dem Windschutz bequem, ohne mich auch nur eines Blickes zu würdigen. Ich hörte ihn lachen. Wieso um alles in der Welt lachte er? Und worüber? Ich fand es nicht fair, dass mein Ex-bester-Freund mit meiner Exfamilie was zu lachen hatte. Andererseits – sollten sie doch lachen. Ich würde ab jetzt auch nur noch lachen. Und zwar mit Simon. Wir würden schon etwas finden, über das wir uns beide königlich amüsieren konnten. Und dann würde nur noch gelacht!

Als ich meinte, meinen kleinen Zeh am linken Fuß schon nicht mehr zu spüren, kam endlich Simon die Düne heruntergetrottet.

Ich winkte ihm wild zu. Ich wollte jetzt auf der Stelle küssen und warm gehalten werden. Und lachen!

Aber Simon steuerte auf den Windschutz meiner Exfamilie zu und palaverte rum.

»Simon!«, brüllte ich gegen den Wind an. »Ich bin hier.«

Simon winkte, machte aber keinerlei Anstalten, zu mir zu kommen. Ich sprang auf, versuchte mit letzter Mühe, einen einigermaßen manierlichen Gang zu bewahren, und lief zum Windschutz, ohne meine Familie eines Blickes zu würdigen.

Ich griff nach Simons Hand. »Wir liegen da drüben!«

»Aber ich habe deinem Vater gerade erzählt, wie ich beim letzten Turnier …«

»Das kannst du ja mir erzählen.«

»Du kennst die Geschichte doch schon.«

Ich kannte so viele Geschichten, die sich alle gleich anhörten, dass es darauf nun auch nicht mehr ankam.

»Deine Geschichten könnte ich tausendmal hören«, sagte ich mit engelsgleicher Stimme und legte den Kopf schief.

Bingo. Die Masche zog einfach immer.

»Also, bei unserem letzten Spiel in der dreizehnten Minute, da …«

Ich nickte und lächelte und drückte mich dabei so eng wie möglich an Simon, um nicht zu erfrieren. In regelmäßigen Abständen von zehn Sekunden lachte ich laut los.

»Nein, wie lustig! Hahaha. Das ist ja zu komisch!«

Simon war die ersten Male ein bisschen irritiert. »Aber ich hab doch nur erzählt, dass Paul mir den Ball abgeluchst hat.«

»Jaaa. Hahaha. Aber wie du das erzählt hast! Das war einfach zum Schreien. Du bist so witzig!« Ich lachte noch ein bisschen lauter.

Und weil Simon sich so freute, dass ich ihn witzig fand, lachte er schließlich mit. Seht ihr!, dachte ich, mein Leben ist viel lustiger als eures.

Nach der Geschichte brauchte ich ganz dringend einen extralangen Kuss. Und den bekam ich dann auch.

Mittlerweile war auch Silvie zum Strand gekommen, hatte Jan hinter dem Windschutz hervorzitiert und wollte in unsere Richtung steuern. Doch Jan hielt sie zurück und flüsterte ihr etwas ins Ohr. Zeitgleich wollte Simon erfreut den Arm heben, um die beiden heranzuwinken. Ich hielt ihn zurück und flüsterte ihm etwas ins Ohr.

»Ich möchte einfach mal mit dir allein sein. Lass die doch.«

Simon schaute mich verdutzt an, schien meine Idee aber nicht so abwegig zu finden.

Jan und Silvie ließen sich zwanzig Meter entfernt auf ihren Handtüchern nieder.

Unter den absolut verwirrten Blicken meiner Eltern lieferten Jan und ich uns dann einen Pärchenkampf, der sich gewaschen hatte. Wollen wir doch mal sehen, wer hier den besseren Fang gemacht hat, war die Devise.

Wenn ich Simon küsste, schielte ich heimlich zu Jan und Silvie. Kaum hatte ich meine Lippen auf Simons gedrückt, zog Jan Silvie mit einem Schwung zu sich heran.

Nach einer Viertelstunde Dauerküssen, packte mich richtig der Ehrgeiz. Wenn mein Ex-bester-Freund hoffte, ich würde aufgeben, hatte er sich geschnitten.

Simon versuchte einige Male, den Kuss zu beenden. Wahrscheinlich brannte ihm eine neue spannende Geschichte unter den Nägeln, aber das ließ ich nicht zu. Ich hatte ihn fest im Griff und ließ nicht locker.

Es war schließlich Silvie, die Jan zum Verlierer machte. Sie schüttelte ihn regelrecht ab und wollte auf der Stelle ein Eis.

Gewonnen!, dachte ich triumphierend und ließ von Simon ab.

»Du bist aber rabiat heute«, sagte Simon unzufrieden.

Ups! Bei dem Wettstreit hatte ich ganz vergessen, darauf zu achten, wie ich mich benahm. Und es schien nicht gerade ladylike zu sein, dem Jungen vorzuschreiben, wie lange ein Kuss zu dauern hatte.

Ich legte schnell den Kopf schief und säuselte: »Du bist einfach ein wunderbarer Küsser. Da ist es wohl mit mir durchgegangen!«

Gegen drei Uhr Nachmittag knurrte mir schrecklich der Magen. Ich hatte kein Geld mitgenommen. Und Simon war ebenfalls blank.

Ausgerechnet in dem Moment winkte Mama zu mir rüber und hielt Hühnerbeinchen in die Luft. Oh mein Gott. Hühnerbeinchen. Kross gebraten. Innen ganz saftig. Das Wasser lief mir im Mund zusammen.

Als ich dann auch noch sah, wie Silvie und Jan sich auf die Hühnerbeinchen zubewegten, hielt mich nichts mehr. Ich beschloss, meine Exeltern wieder zu meinen Eltern zu machen. Zumindest vorläufig.

Es gab nicht nur kross gebratene Hühnerbeinchen, sondern auch noch Kartoffelsalat und zum Nachtisch göttlichen Kuchen. Hinter dem Windschutz war es mindestens zwanzig Grad wärmer. Papa rubbelte mir sogar die Füße warm. Ich musste mir eingestehen, dass ich vielleicht noch ein paar Jahre zu jung war, um ganz und gar unabhängig zu sein.

»Na, wieder alles im Lot?«, flüsterte Papa.

»Geht so«, sagte ich knapp.

»Geht so ist die richtige Richtung«, lächelte Papa.

Nachdem der letzte Krümel aufgegessen war, standen meine Eltern auf und beschlossen, einen Verdauungsspaziergang zu machen.

Mama beugte sich zu mir runter. »Du erinnerst dich, was ich gestern gesagt habe. Nicht nur Rechte, auch Pflichten. Also, pass bitte auf deinen Bruder auf.«

Na toll. Da beschloss man gütigerweise, seine Exeltern wieder zu seinen Eltern zu machen, und schon hatte man Babysitting am Hals.

Um nicht in Versuchung zu geraten, gegen meine »Pflichten« zu revoltieren, und um Jan und Silvie keinen allzu großen Vorsprung zu geben, krabbelte ich schnell zu Simon und küsste ihn.

Ich hörte noch undeutlich, dass Papa irgendwas zu mir sagte, verstand aber nicht genau, was. Wahrscheinlich wieder so ein Unsinn wie: Und denk dran, dass Babys nicht zu viel Wind vertragen. Oder: Die Windeln sind in der rechten Vordertasche.

Was ging mich das an? Ich hatte weder vor, Finn auch nur einen Zentimeter von seinem Platz zu bewegen, noch hatte ich die Absicht, seine Windeln zu wechseln. Nie im Leben hätte ich diese widerlichen Windeln angefasst!

Simon und ich küssten uns eine ganze Weile. Irgendwie musste ich dabei zu meiner Verblüffung feststellen, dass das Küssen anders geworden war. Es war schon noch schön. Es schmeckte auch noch lecker. Aber immer öfter mischten sich Gedanken in meinen Kopf, die mit Küssen eigentlich nicht viel zu tun hatten.

Sollte ich bei meiner nächsten Periode auch mal Tampons versuchen? Oder: Würde ich in der nächsten Saison Mannschaftskapitän werden? Oder: Mich juckt es am linken Bein.

Ohne dass Simon es mitbekam, kratzte ich mir während des Küssens ausgiebig meinen sonnenverbrannten Schenkel. Und als der Kuss fertig geküsst war, warf ich einen mürrischen Blick zu Finn rüber.

Das heißt, ich wollte mürrisch zu Finn rübergucken. Aber ich guckte mürrisch ins Leere.

»Ahhh!«

In meinem Bauch zog sich alles zusammen, als würde jeden Augenblick der Blinddarm platzen. Ich sah nur noch rot. Wie eine Irre wühlte ich in den Decken, in denen Finn eben noch friedlich geschlafen hatte.

»Er ist weg! Oh mein Gott. Er ist weg!«

Mein Geschrei hatte auch Jans und Silvies Kuss beendet. Zu viert durchsuchten wir Decken, Körbe und Badesachen. Nichts. In null Komma nichts liefen mir Tränen ungehindert das Gesicht runter. In Panik blickte ich über den Strand.

»Fiiinn!«

Und da! Ich traute meinen Augen nicht. Mit riesigen Schritten lief eine Frau die Dünen hoch. Sie hielt ein Bündel an sich gepresst. Und aus dem Bündel baumelten zwei Beinchen.

»Halt! Halt! Sofort anhalten!« Ich deutete wie wild auf die flüchtende Frau. »Hinterher!«

Ich wollte schon lospreschen, aber Simon hielt

mich zurück. »Du kannst unmöglich einfach hinterherlaufen. Das ist viel zu gefährlich. Wir müssen die Polizei holen!«

Wie eine Furie riss ich mich los, schubste ihn dabei in den Sand und kreischte: »Ich soll warten, bis sie mit Finn über alle Berge ist?«

»Ja, Simon hat recht! Das ist eine Sache für die Polizei!«, sagte Silvie entschieden.

Ich fasste es nicht. Wollte mir denn keiner helfen? In dem Moment packte mich eine Hand und zog mich weg. Jan!

»Worauf wartest du noch?«, sagte er. »Los!«

Ich rannte. Undeutlich hörte ich Simon und Silvie hinter uns her rufen.

»Ihr seid verrückt!«

»Das bringt doch nichts!«

Wilde Verfolgungsjagd

»Jan! Wo sind sie?«, kreischte ich außer mir vor Angst.

Ich konnte die Frau und Finn nirgendwo mehr sehen. Hatten wir sie verloren?

»Da!« Jan hatte sie entdeckt. Die Frau stieg gerade in ein Auto.

»Nein!«, schrie ich. »Sie darf nicht wegfahren. Nein! Hilfe! Sie hat meinen Bruder!«

Keiner der Erwachsenen um uns herum machte Anstalten, uns zu helfen. Sie schauten uns lediglich pikiert an und fragten sich wahrscheinlich, wieso wir ihre wohlverdiente Urlaubsruhe störten. Jan und ich rannten die Düne hinunter und hechteten dem Auto hinterher.

»Halten Sie an! Entführung! Kidnapping!«

Wir hatten keine Chance. Der Polo fuhr uns unaufhaltsam davon.

»Oh mein Gott, Jan. Was sollen wir jetzt tun?«

Ich versuchte die Tränen zu unterdrücken, die wie wild unter meinen Lidern brannten. Wir schauten uns hastig um. Irgendeine Lösung musste sich doch finden lassen!

Und tatsächlich. Die Lösung kam aus den Dünen

getuckert. Ein Laster mit offener Ladefläche fuhr an uns vorbei. Jan und ich wechselten einen sekundenschnellen Blick und waren uns sofort einig. Hinterher! Wir rannten mit dem Laster auf einer Höhe.

»Aufspringen!«, schrie Jan.

Ich versuchte im Laufen hochzuhechten, aber die bescheuerte Ladefläche war verdammt weit oben. Ich schaffte es nicht. Ich probierte es immer wieder und nach jedem Versuch wurden meine Beine müder. Selbst das Rennen fiel mir schon schwer.

Jan versuchte es von der Seite. Er sprang, zog sich hoch und plumpste auf die Ladefläche. Verdammt! Wieso hatte ich nicht so viele Muskeln in den Armen? Jan war gekrönter Klimmzüge-König. In meinem Bizeps gab es nur Pudding.

»Jan, ich kann nicht mehr. Meine Beine machen schlapp!«, röchelte ich.

Jan beugte sich über den Rand der Ladefläche und feuerte mich an. »Halte durch, Lana! Du schaffst das!«

Ich rannte wie eine Irre. Wurde ich immer langsamer oder wurde der Laster schneller?

»Lana, du musst jetzt drauf. Wir sind gleich an der Straße, dann gibt er Gas und du bist abgehängt!«, rief Jan drängend.

Tatsächlich! Der Laster hatte den verkehrsberuhigten Weg zum Strand fast hinter sich gelassen. Mir blieben nur noch Sekunden.

»Jan!«, brüllte ich völlig außer Atem. »Was soll ich denn tun?«

»Spring, Lana! Spring, so hoch du kannst. Stell dir vor, du würdest am Korb hochhechten. Streck deine Hände aus. Spring! Ich zieh dich hoch!«

Ich hatte rasende Angst zu stürzen. Aber noch viel mehr Angst hatte ich, meine letzte Chance zu verpassen. Jan streckte seine Hände aus. Seine Augen flehten mich an.

»Jetzt!«

Ich sprang.

Jan packte zu. Meine Füße hatten keinen Bodenkontakt mehr, schwangen in der Luft und fanden nirgends Halt. Völlig hilflos baumelte ich an Jans Händen und meine Knie schlugen immer wieder gegen das Blech. Ich war viel zu panisch, um irgendeinen Schmerz zu fühlen. Ich wollte nur Halt finden!

»Lass mich nicht los!«, schrie ich.

»Ich hab dich!«

In dem Moment bog der Laster auf die Straße ab und erhöhte das Tempo. Verzweifelt suchte ich mit meinen Füßen nach einem Vorsprung in dem aalglatten Blech. Und endlich erwischte ich mit dem linken Fuß eine vorstehende Schraube, an der ich mich hochdrücken konnte.

Jan zog wie wild an meinen Händen. Mit allerletzter Kraft wuchtete ich mich über den Rand und machte eine Bauchlandung auf der Ladefläche.

»Lana? Alles okay?« Jan beugte sich über mich.

Ich checkte kurz sämtliche Körperteile durch und konnte keine ernsthaften Schäden feststellen.

»Ja. Alles okay.«

Erst jetzt sah ich, dass ich meine relativ weiche Landung einem Haufen stinkendem Müll zu verdanken hatte. Ich lag inmitten von Bananenschalen und Tetrapacks.

»Du blutest«, stellte Jan fest und deutete auf meine Knie. Schnell holte er ein Taschentuch aus der Hosentasche, spuckte drauf und tupfte vorsichtig den Dreck von der Wunde.

»Tut nicht weh«, sagte ich tapfer.

Jan grinste mich an.

Für einen Moment ging es mir richtig gut. Ich hatte den Fahrtwind in den Haaren und völlig vergessen, wieso ich auf der Ladefläche eines Lasters hockte.

»Der Polo!«, fiel es mir dann wie Bananenschalen aus den Haaren.

Wir kletterten über den Müllberg nach vorne und reckten die Hälse, um über die Fahrerkabine auf die Straße sehen zu können.

Gott sei Dank! Da war der Polo. Ungefähr vierzig Meter vor uns fuhr die miese Entführerin mit meinem Bruder.

»Jan, ich bin schuld.«

»Wieso?«

»Ich habe mir gewünscht, dass Finn weg ist. Und jetzt ...« Ich kam nicht weiter. Die Tränen erstickten meine Stimme.

Jan schaute mich mit einem wilden Blick an und schüttelte mich an den Schultern. »Du bist nicht schuld, kapiert? Diese Frau ist schuld. Von Fantasien ist noch kein Baby entführt worden.«

Ich nickte und riss mich zusammen. Mit Schuldgefühlen und Tränen war Finn schließlich nicht gedient. Ich hatte auch gar keine Zeit, länger zu grübeln. An der nächsten Kreuzung setzte die Frau den Blinker und bog ab.

»Oh, bitte, lass uns auch abbiegen!«, kreischte ich und schickte ein Stoßgebet zum Himmel.

Warum hatte ich mir bei der letzten Sternschnuppe nicht einmal freie Abbiegwahl gewünscht? Na ja, ich hatte nicht ahnen können, dass ich mir mal ein Abbiegen wünschen würde. Aber ich hätte so vernünftig sein können, mir den Wunsch gutschreiben zu lassen, um ihn bei einer wirklich wichtigen Angelegenheit zu verwenden. Was war Küssen schon gegen Abbiegen!

Mir fiel ein ganzer Steinbruch vom Herzen, als auch der Laster abbog.

»Das halten meine Nerven nicht aus!«, röchelte ich.

Doch es wurde noch schlimmer. Der Laster setzte zum Überholmanöver an.

»Oh, nein, wir dürfen nicht überholen!«

Ich trommelte wie wild auf die Fahrerkabine. Aber es nützte nichts. Wir überholten. Verzweifelt versuchte ich, in das Wageninnere des Polos zu schauen.

Da saß sie. Die Entführerin meines Bruders.

»Hexe!«

Wer eine so riesige, lange Nase und so struppige Haare hatte, konnte nur eine Hexe sein. Noch nie hatte ich ein so durch und durch böses Gesicht gesehen.

»Da. Auf der Rückbank!«

Oh mein Gott. Auf der Rückbank lag ein Korb und in dem Korb lag Finn. Die Hexe hatte ein Fell über ihn gelegt. Ich konnte ihn nicht sehen. Hoffentlich bekam er Luft darunter. Hoffentlich erstickte er nicht!

Wir hängten uns über die Brüstung im Heck des Lasters und deuteten der Hexe an, sofort zu stoppen. Die allerdings winkte uns einfach mit einem bösen Grinsen zu.

»Die ist eiskalt!«, rief Jan mir zu.

»Oder verrückt. Mein Gott, Jan, die ist bestimmt durchgedreht!«

»Was machen wir jetzt?«

Noch ehe ich eine Antwort auf diese Frage auch nur andenken konnte, passierte die nächste Katastrophe. Die Hexe setzte den Blinker, winkte uns noch einmal mit ihrem durchtriebenen Grinsen zu und bog hupend in einen schmalen Weg ein.

»Wir müssen raus!«, schrie Jan.

Wir hämmerten wie verrückt auf die Fahrerkabine. War der da drinnen taub? Wieso hörte er uns nicht?

»Der hat bestimmt laut Musik an!«, meinte Jan.

Ohne mein Gehirn zu fragen, ob ich vielleicht lebensmüde sein könnte, zog ich mich an der Fahrerkabine hoch und stemmte mich auf das Dach.

»Halt mich fest!«, schrie ich.

Jan packte meine Beine. »Sei vorsichtig, Lana!«

Ich krallte mich an die blanke Fläche und robbte langsam weiter vor, bis ich mit meinen Händen an die Frontscheibe hämmern konnte. Das wirkte. Blind schien der Fahrer jedenfalls nicht zu sein.

Augenblicklich verlangsamte der Laster das Tempo und hielt schließlich am Seitenstreifen an. Der Fahrer sprang wie ein wild gewordener Handfeger aus dem Wagen und schimpfte auf Niederländisch auf uns ein.

»Verstehen Sie Deutsch?«, unterbrach ich seinen Wortschwall. »Mein Bruder ist entführt worden. Wir brauchen Hilfe!«

Aber es war hoffnungslos. Jan und ich wechselten einen Blick und entschieden: Ab durch die Mitte!

Ohne Vorwarnung sprangen wir wie die Wiesel vom Laster und rannten, so schnell wir konnten, in die Richtung, aus der wir gekommen waren. Der Fahrer lief brüllend hinter uns her. Aber mit seinem Bauch, der größer war als der meiner Mutter im neunten Monat der Schwangerschaft, kam er nicht weit. Nach ein paar Hundert Metern ließ er das Laufen bleiben und schimpfte uns lediglich noch eine Weile hinterher.

Ich hörte ihn bald nicht mehr. Ich hörte nur noch meinen Puls in den Ohren pochen. Wir rannten wie medaillenverdächtige Marathonläufer die Landstraße entlang, bis wir zu dem Weg kamen, in den der Polo eingebogen war. Der Weg führte über Felder zu einem bewaldeten Grundstück, auf dem ein Bauernhof stand.

»Finn, halte durch! Wir kommen!«

Bonnie und Clyde

»Kannst du irgendwas sehen?«, flüsterte ich.

Jan spähte vorsichtig um die Ecke eines Schuppens, hinter dem wir außer Atem kauerten. Von hier aus konnte man das Haus überblicken. Der blaue Polo stand genau davor.

»Nee. Die Läden sind alle zu«, wisperte Jan zurück. »Wir müssen näher ran.«

Auf leisen Sohlen schlichen wir vom Schuppen zu einem Baum und versteckten uns dort so lange, bis unsere Herzen wieder einigermaßen im Takt klopften. Vom Baum aus ging es mit einem schnellen Sprint zum Haus. Wir pressten uns bebend gegen die Mauer.

»Und jetzt?«, fragte ich leise.

»Jetzt schleichen wir uns zum ersten Fenster und versuchen reinzuschauen.«

Wir huschten ein paar Meter vorwärts. Ich war so damit beschäftigt, keinen Lärm zu machen, dass ich holterdiepolter über einen ollen Blecheimer stolperte. Es schepperte, als habe man einen Laster Altmetall ausgeschüttet.

»Pssst. Bist du wahnsinnig?«, zischte Jan.

Wir warteten fünf Minuten in Totenstarre an die

Wand gepresst, aber es passierte nichts. Keiner schien uns gehört zu haben.

»Also weiter.«

Wir erreichten das erste Fenster und ich versuchte, durch die Ritzen der Läden hineinzulinsen. Plötzlich musste ich an den Tag denken, an dem Finn geboren worden war. Damals hatte ich durchs Schlüsselloch geschaut. Aber etwas hatte sich entschieden geändert: Damals hätte ich alles darum gegeben, Finn nicht zu sehen, jetzt hätte ich mein letztes Hemd verschenkt, um ihn zu sehen.

»Nichts!«, flüsterte ich. »Nur ein Schlafzimmer. Kein Mensch weit und breit. Jan, sie wird ihm doch nichts tun, oder?«

»Nein, sie wird ihm nichts tun. Was soll sie ihm denn tun?«

»Und wenn sie eine Kannibalin ist und ein Baby für den Sonntagsbraten gebraucht hat?«

Die Fantasie ging mit mir durch. Ich sah den kleinen Finn mit Zitrone im Mund auf einem silbernen Tablett, garniert mit Salatblättern. Die Tränen schossen mir wie wild in die Augen.

»Unsinn, Lana. Sie hat ihn entführt, weil er so niedlich ist und weil sie sich ein Kind wünscht. Du kennst doch diese Geschichten von Frauen, die selbst keine bekommen können und deshalb fremde Kinder entführen.«

Ja, ich kannte diese Geschichten. Und in der Regel waren die Frauen in diesen Geschichten am Ende immer im Irrenhaus gelandet. Bitte, lieber Gott, mach, dass sie ihren Wahnsinn nicht an Finn auslässt!, dachte ich.

Wir schlichen weiter zum nächsten Fenster. Diesmal schaute Jan durch die Ritzen.

»Die Küche.«

»Schnell, guck nach, ob ein großer Kochtopf auf dem Herd steht«, flüsterte ich.

»Lana. Finn wird nicht gekocht. Es geht ihm gut.«

Wir schlichen weiter um die nächste Ecke.

»Verdammt. Hier vorne ist eine Terrassentür. Da können wir uns nicht so ohne Weiteres ranschleichen«, bemerkte Jan.

»Also auf Tauchstation«, entschied ich.

Wir warfen uns auf den Boden und robbten auf die Terrassentür zu. Todesmutig streckte ich meinen Kopf vor und schaute schnell hinein. Ich sah niemanden. Aber ich entdeckte, dass die Tür einen Spalt offen stand.

»Wir müssen rein. Wahrscheinlich ist sie mit Finn im ersten Stockwerk, bestimmt im Bad. Wer weiß, was sie da mit ihm anstellt.« Ich atmete noch einmal tief durch und versuchte den Gedanken an weiße Kacheln mit roten Blutspritzern loszuwerden.

»Ich gehe vor«, entschied Jan.

Wie die Eidechsen krabbelten wir durch die angelehnte Terrassentür ins Innere des Hauses. Ich sah mich um. Das Haus hatte etwas Unheimliches an sich. Die Möbel waren schwer und dunkel. Von den alten Teppichen ging ein muffiger Geruch aus. Der Geruch von Verbrechen und Wahnsinn!

Auf allen vieren krabbelten wir weiter. Vom Wohnzimmer ging ein Flur ab. Und vom Flur führte eine Treppe in den ersten Stock.

Jan warf mir einen Blick zu. Bereit? Ja, ich war bereit. Was auch immer uns dort oben erwarten würde, ich war bereit mein Leben zu opfern, um Finn zu retten.

Wir schlichen auf leisen Sohlen die Treppe hinauf. Das heißt, wir wollten auf leisen Sohlen schleichen, aber die Treppe war uralt und knarrte unter unseren Füßen wie im besten Horrorfilm. Das musste die Hexe hören! Und wenn nicht sie, dann all ihre wahnsinnigen Helfershelfer, die nur darauf warteten, uns in die Hände zu kriegen und in der Tiefkühltruhe für schlechte Zeiten aufzubewahren.

Wir schafften es, ohne ertappt zu werden, in den ersten Stock.

»Du nimmst die linke Seite, ich die rechte«, wisperte ich Jan zu.

Mir war zwar gar nicht wohl dabei, allein in diesem Haus herumzuschleichen. Aber noch weniger wollte ich das Ganze unnötig in die Länge ziehen. Ich lief nach rechts und lugte in ein Zimmer, dessen Tür offen stand. Ein Arbeitszimmer. Auf einem riesigen Schreibtisch türmten sich Papiere und an den Wänden hingen Zeitungsausschnitte. Oh mein Gott, dachte ich. Hier lebt eine Wahnsinnige ihren Wahnsinn aus.

Die Zeitungsausschnitte sprachen für sich. Alles Artikel mit Babyfotos. Sie ist besessen!, dachte ich schaudernd. Besessen von dem Wunsch nach einem Kind. Ich konnte den spitzen Schrei, der aus meiner Kehle kam, nicht verhindern.

Eine Sekunde später kam Jan mit Panik in den Augen herein. »Leise«, zischte er.

Ich deutete hilflos auf die Bilder. Jan betrachtete sie eingehend. Als er sich mir wieder zuwandte, sah ich an seinem Blick, dass ich recht hatte.

»Sie ist wahnsinnig«, murmelte er.

Ich nickte.

»Wir dürfen keine Sekunde verlieren«, entschied Jan.

»Hier oben ist aber nichts.«

»Dann müssen wir in den Keller.«

Mir gefror das Blut in den Adern. »In die Gruft?«

Unter allergrößter Anspannung schlichen wir wieder die Treppe hinunter.

»Wir brauchen Waffen!«

Jan griff nach einem Spazierstock mit einer eisernen Ente als Knauf. Ich schaute mich suchend um und entdeckte in einem alten Hut an der Garderobe eine lange spitze Hutnadel. Das würde gehen!

Wir schlichen zu einer Tür, hinter der wir die Kellertreppe vermuteten. Als wir die Tür öffneten, quietschte sie laut und durchdringend.

»Verdammt! Muss hier alles ein Geräusch machen?«

Wir ließen uns nicht aufhalten und stiegen mit vor Angst steifen Beinen die Kellertreppe hinunter. Ein moderiger Geruch von Schimmel und nassen Lappen schlug uns entgegen. Es wurde um einige Grade kälter. Und es war stockdunkel.

Ich hielt mich an Jans Schulter fest, um ihn nicht zu verlieren und um nicht auf meinen wackeligen Beinen zusammenzubrechen. Ich hatte normalerweise keine Angst im Dunkeln. Aber diese Dunkelheit war irgendwie anders. Durch und durch gruselig. Da konnte man glatt wieder an die Existenz von Gespenstern glauben. Ich rechnete jeden Augenblick damit, dass eine kalte Leichenhand nach meinem Knöchel fassen würde.

»Lana, du zitterst ja«, stellte Jan fest.

»Mir ist nur kalt«, log ich.

Ich spürte Jans warme Hand auf meiner. »Ich bin ja bei dir.«

Ja, Jan war bei mir. Und ich war in meinem ganzen Leben noch nie so dankbar gewesen, dass jemand bei mir war.

Die Treppe endete in einem großen Raum, der mit Fässern vollgestellt war.

»Ich will nicht wissen, was in den Fässern ist«, zischte ich.

Gift? Blut? Säure?

Schemenhaft konnten wir erkennen, dass von dem Raum drei Türen abgingen. Ich öffnete todesmutig die erste. Ich hatte damit gerechnet, dass mir mindestens eine Mumie entgegenfallen würde. Aber nichts Schlimmes passierte. In dem Raum lagerte lediglich alter Hausrat. Die zweite Tür öffnete Jan. Wieder keine Mumie. Hier war der Heizungskeller. Alle guten Dinge sind drei, dachte ich tapfer und riss die letzte Tür auf. Aber hinter dieser Tür war gar kein Raum. Hier befand sich ein Gang.

»Ein Geheimgang«, wisperte ich.

Meine Hände zitterten wie Espenlaub und auf der Stirn stand mir der Angstschweiß. Kein normales Haus hatte einen Geheimgang. Geheimgänge hatten nur Häuser, die ein Geheimnis zu verbergen hatten. Ein schreckliches Geheimnis!

Jan legte entschlossen seine Hände auf meine Schultern. »Wir müssen jetzt stark sein. Wenn wir das hier schaffen, haben wir für den Rest unseres Lebens vor nichts und niemandem mehr Angst.«

Ups!

Der Gang endete abrupt nach zwanzig Metern.

»Oh mein Gott!«, zeterte ich und kratzte an der glatten Wand. »Das ist eine Sackgasse. Eine Falle. Sicher hat man uns schon den Rückweg abgeschnitten.«

Jan tippte mir auf die Schulter und deutete nach oben. Über uns war eine Falltür. Eine schmale Leiter führte dort hin.

»Wenn wir da hochgehen, laufen wir ihr direkt in die Arme«, zeterte ich weiter.

»Wir haben keine andere Wahl«, sagte Jan.

Er hatte recht. Finn war irgendwo da oben in der Gewalt dieser Verrückten. Und es gab niemanden außer uns, der ihn retten konnte. Wir hatten keine Wahl!

»Jan, wenn uns da oben jetzt was Schreckliches passiert und ich vielleicht nicht mehr die Gelegenheit habe …« Ich musste schlucken. »Ich wollte nur sagen: Ich habe das nicht so gemeint, als ich gesagt habe, dass ich gar nicht weiß, warum ich all die Jahre mit dir befreundet war. Ich …«

Jan legte mir den Finger auf die Lippen. »Weiß ich doch.«

Wir kletterten die Leiter hoch. Mit den Händen wuchteten wir die Falltür ein Stück empor und steckten unsere Köpfe durch den Spalt. Wir befanden uns in einer alten Scheune. In keiner Folterkammer. Nur in einer Scheune.

»Ich kann niemanden sehen.«

In dem Moment hörten wir ein Geräusch, das uns die Haare zu Berge stehen ließ. Was war das? Eine Kettensäge? Voller Entsetzen ließ ich die Falltür zufallen.

»Lass uns abhauen!«, schlug ich vor. Aber im nächsten Augenblick schüttelte ich den Kopf. »Lass uns reingehen!«

»Attacke!«, sagte Jan entschlossen.

»Attacke!«, wiederholte ich schnell.

Wir kletterten in die Scheune. Jan hielt den Spazierstock wie ein Schwert in der Hand. Ich zückte die Hutnadel und war bereit, sie in jeden zu piken, der Finn zu Leibe rücken wollte.

Wir pirschten uns voran, immer dem Geräusch nach. Es führte uns aus der Scheune heraus in einen Hof. Als wir vorsichtig um die Ecke spähten, sahen wir sie: die Hexe!

Sie stand in der Mitte des Hofes, die bösen Augen hinter einer Schutzbrille versteckt, in der Hand eine laufende Kettensäge, mit der sie brutal einen Baumstamm malträtierte. Überall im Hof standen verstümmelte Baumstämme. Sie sahen aus wie Statuen. Kinderstatuen.

Oh Gott, dachte ich schaudernd, sie fertigt als Erinnerung für jedes ihrer Opfer eine Holzfigur an und bald stehen wir auch als Statuen in diesem Hof. Einige Meter von der Frau entfernt entdeckte ich den Korb mit dem Fell. Finn!

Wir standen da mit gezückten Waffen und wussten nicht, was wir tun sollten. Mit Spazierstock und Hutnadel konnten wir nichts gegen eine Kettensäge ausrichten.

In meinen Adern pumpte flüssige Lava und mit einem Satz stürmte ich auf die Hexe zu. »He!«, schrie ich.

Die Hexe drehte sich um.

»Geben Sie ihn zurück!«, rief ich.

Die Hexe schaltete die Motorsäge ab. Sie nahm langsam die Brille ab. Statt rot unterlaufener, durch und durch böser Augen blickten uns zwei blaue Kulleraugen verwirrt und erschrocken entgegen.

»Ich verstehe nicht«, sagte sie in fast akzentfreiem Deutsch.

Jan preschte vor und bedrohte die Frau mit dem Spazierstock.

»Hol ihn dir!«, sagte er zu mir. »Ich gebe dir Feuerschutz!«

»Kinder, was ...?«, fragte die Hexe mit den Kulleraugen verständnislos.

Sie stellt sich dumm, dachte ich. Sie hat ihre bösen Augen mit Kontaktlinsen getarnt, damit sie unschuldig aussieht. Aber ich durchschaue sie!

Ich dachte an den armen Finn, der unter dem Fell um Atemluft rang, rannte los, stürzte mich auf den Korb und griff nach dem struppigen Lappen.

»Auuu!« Ein stechender Schmerz fuhr mir in die Hand. »Das Fell hat mich gebissen!«

Aber Felle können nicht beißen, dachte ich im selben Augenblick. Moment mal. Das Fell war gar kein Fell! Das Fell war lebendig. Das Fell war ein Hund! Und der Hund lag nicht auf Finn! Hier war überhaupt kein Finn! Ich drehte mich zu der Hexe um.

»Sie haben meinen Bruder gar nicht?«, fragte ich mit erstickter Stimme.

Jan ließ den Spazierstock sinken und die Frau seufzte erleichtert.

»Ich soll deinen Bruder haben? Kinder, was ist denn nur los?«

Die Frau, die sich als Frau Bondje vorstellte, führte uns ins Haus zurück. Irgendwie sah jetzt alles anders aus. Dieses Haus war mir so unheimlich vorgekommen? Wenn ich es mir jetzt anschaute, fand ich es eigentlich total gemütlich. Frau Bondje hatte auch gar keine große Nase und ihre Haare waren nicht struppig, sondern lockig. Und überhaupt. Hier war nichts unheimlich, geschweige denn wahnsinnig. Wie peinlich!

Frau Bondje erzählte uns, dass sie Künstlerin sei. Sie machte Skulpturen aus Holz und schrieb nebenbei Kinderbücher.

Kinderbücher!, dachte ich beschämt, deshalb sammelte sie all die Zeitungsausschnitte über Babys und Kleinkinder. Und ich hatte sie für eine Wahnsinnige gehalten.

»Das ist ja eine schlimme Geschichte«, sagte Frau Bondje kopfschüttelnd, nachdem Jan ihr erzählt hatte, was passiert war.

In der Küche holte sie aus einem Schrank Verbandszeug und setzte mich auf den Küchentisch.

»Mit Hundebissen darf man nicht spaßen! Tut es weh?«

Ich konnte nicht mehr sprechen. Ich schluchzte nur noch leise vor mich hin. In meinem Hals war ein Kloß, der sich auch mit Gewalt nicht runterschlucken ließ.

Ich zuckte nicht mal zusammen, als Frau Bondje mir einen halben Liter Jod über die Wunde schüttete. Der Schmerz in meinem Herz war so viel größer. Wenn Frau Bondje Finn nicht entführt hatte, was war dann mit ihm geschehen? Wo war er?

»Wir rufen jetzt eure Eltern an«, sagte Frau Bondje und ging zum Telefon.

Ich hörte die schrille Stimme meiner Mutter.

»Hallo?«

So hörte sie sich nur an, wenn sie außer sich war vor Sorge. Wie damals, als ich aus dem zweiten Stock der Grundschule gesprungen war, um meinem Flummi nachzujagen, und mir das Bein gebrochen hatte. Jetzt war sie außer sich vor Sorge um Finn. Und ich war schuld, weil ich lieber hatte küssen wollen, als auf meinen kleinen Bruder aufzupassen.

Frau Bondje drückte mir den Hörer in die Hand.

»Mama.« Aus meiner Kehle kam nur noch Gekrächze. »Mama. Es tut mir so leid. Ich bin an allem schuld. Ich ...«

Mama unterbrach mich. »Lana. Gott sei Dank. Lana. Geht es dir gut? Wo bist du? Ist Jan bei dir? Wir haben uns solche Sorgen um euch gemacht.«

Was sagte sie da? Sie hatte sich Sorgen um uns gemacht?

»Aber Finn ...«, jammerte ich.

»Engelchen. Finn geht es gut. Er ist nicht entführt worden. Simon hat uns alles erzählt. Es war nur ein Missverständnis. Wir haben Finn mitgenommen.«

»Was?« Meine Gefühle schwappten hin und her zwischen Verständnislosigkeit und Erleichterung.

»Als wir aufgebrochen sind, hat Papa zu dir gesagt, dass wir Finn doch lieber mitnehmen. Offenbar hast du es bei all der Küsserei nicht mitbekommen.«

Ein Jubelschrei rutschte aus meinem Hals. »Mein Gott, Mama, ich war noch nie in meinem ganzen Leben so erleichtert wie jetzt!«

Frau Bondje übernahm den Hörer und erklärte meiner Mutter, wie sie zum Haus finden konnte. Ich fiel Jan in die Arme und wir tanzten durch die Küche wie zwei Betrunkene.

Schon von Weitem hörte ich das Hupen.

»Sie kommen!«

Ich rannte in den Hof und fiel meinen Eltern in die Arme. Dann flitzte ich zum Auto und beugte mich über den Babysitz. Da lag er. Finn. Kerngesund. Unbeschädigt. Glücklich sabbernd. Er lachte mir entgegen wie ein unschuldiges Engelchen, das nicht wusste, dass es auch verrückte Entführer und gruftige Folterkeller gab.

Ein warmes Gefühl durchströmte mich. Und ich musste mir eingestehen, dass es wohl lupenreine Liebe war. Ich nahm Finn aus dem Sitz und drückte ihn an mich. Er jauchzte und fuhr mir mit seinen kleinen Händchen über das Gesicht, als wolle er sagen: Na endlich, Schwesterchen, wurde aber auch Zeit, dass du mir mal ordentlich Hallo sagst.

»Ja, du hast recht«, flüsterte ich ihm zu. »Es wird höchste Zeit.«

Meine Eltern bedankten sich überschwänglich bei Frau Bondje.

Sie lachte. »Mit Ihrer Tochter und ihrem Freund ist nicht zu spaßen, wenn sie wütend sind. Sie sind die beiden mutigsten Kinder, die ich je kennengelernt habe.« Dann wandte sie sich an uns. »Ihr seid ein tolles Team!«

Die wahre Kettensägenmörderin

Auf der Rückfahrt zum Ferienhaus war ich so glücklich wie noch nie in meinem Leben. Papa flötete *Don't worry, be happy.* Mama hatte ihre Hand auf seinen Oberschenkel gelegt und schaute glücklich zu uns in den Rückspiegel. Und ich saß zwischen meinem besten Freund und der Babybox mit meinem süßen kleinen Bruder. Das Leben konnte wunderbar sein.

»Wir sind ein tolles Team«, lachte Jan.

»Allerdings. Wie du mit dem Stock gedroht hast. *Lana, ich gebe dir Feuerschutz!*«

»Und wie du in den Müll auf dem Laster gefallen bist. Du hast immer noch ein bisschen Bananenschale im Haar.« Jan zupfte mir ein Stück braune Bananenschale aus dem Pony und warf es durch das offene Fenster.

Mama drehte sich grinsend zu uns um. »Ich sag es doch: Am liebsten macht sie sich dreckig.«

Ich krümmte mich vor Lachen. »Ich bin halt wild und eigensinnig!«

Zu Hause angekommen, konnte ich gar nicht mehr die Finger von Finn lassen. Ich hatte das Gefühl, ihn noch nie richtig angeguckt zu haben. Während

Mama und Papa das Abendessen zubereiteten, legten Jan und ich uns zu Finn auf das Lammfell. Ich schaute mir seine Füßchen an, mit Zehen, die so klein waren wie Erdnüsse. Wenn man Finn über den Bauch rieb, fing er an zu glucksen. Wenn man den Zeigefinger in seine kleine Hand legte, ballte er seine Winzlingsfinger zu einer Faust, die so knallhart zupackte, dass man ihn am Finger durch den Raum hätte tragen können. Seine Ohren waren ganz flaumig. Und er roch so gut.

»Wie Waffelteig«, sagte ich zu Jan.

»Nee, wie Gummibärchen.«

»Nee, viel besser. Und seine Augen sehen aus wie meine, oder?«

Jan schaute uns beide prüfend an. »Ja, stimmt.«

»Er ist ja auch mein Bruder«, sagte ich stolz. »Ich kann gar nicht mehr verstehen, wie ich auf dieses kleine Geschöpf so schrecklich böse sein konnte.«

»Du warst eifersüchtig.«

Gerne hörte ich das ja nicht, aber Jan hatte natürlich recht.

»Ja, das war ich wohl. Ich sollte es besser wissen mit dreizehn Jahren, oder?«

Jan grinste.

Nach dem Essen half ich Mama dabei, Finn zu baden. Das machte höllisch Spaß. Finn schien Wasser genauso gerne zu mögen wie ich. Er strampelte wie wild mit seinen kleinen Beinchen herum.

»Basketballerbeine«, sagte ich.

Mama lächelte. »Die Entführung hat dir gutgetan, was?«

Ich nickte. »Manchmal weiß man erst, wie lieb

man was hat, wenn man denkt, dass man es verloren hat.«

»Himmel, Lana. So viel Weisheit halte ich bei dir nicht aus«, lachte Mama und spritzte mich mit Wasser voll.

Ich spritzte zurück. »Du hast ja nur Angst, dass ich irgendwann weiser bin als du!«

Nach dem Bad legte ich Finn eine Windel um und stellte mich dabei gar nicht mal so ungeschickt an. Dann brachte ich ihn in sein Bettchen und deckte ihn zu.

»Schlaf gut. Ich hab dich sehr lieb.«

Als ich durch die Wohnzimmertür trat, sprang Jan, mit einem Schirm bewaffnet, hervor und erschreckte mich zu Tode.

»Geben Sie ihn zurück, Sie Hexe!«, machte er mich nach.

Ich warf eine imaginäre Kettensäge an und rannte Jan mit einem wahnsinnigen Killergesicht hinterher. Ich verfolgte ihn durch das ganze Haus und schließlich in den Garten. Vom Garten aus rannten wir auf die Straße.

»Ich bin die wahre Kettensägenmörderin!«, kreischte ich. »Ich zersäge dich in Stücke und koche einen Eintopf aus dir. Niederländische Jansuppe mit Curry und Kümmel!«

Als ich gerade die Arme hob, um meine »Kettensäge« niederfahren zu lassen, prallte ich gegen einen Widerstand. Ich war mit vollem Karacho gegen Simon gerannt, der plötzlich zusammen mit Silvie auf der Straße aufgetaucht war.

»Ups.« Diese Situation kam mir bekannt vor.

Simon schaute mich völlig konsterniert an. Silvie guckte mit demselben Unverständnis zu Jan.

Ich ließ die unsichtbare Kettensäge mit einem lautlosen Plumps auf den Boden sinken. »Oh, hallo. Ihr seid es. Ich hatte gar nicht mehr …«

Ich hielt mitten im Satz inne. Ich hatte gar nicht mehr daran gedacht, dass es euch gibt, konnte ich unmöglich laut sagen. Immerhin stand vor mir Simon, mein Freund, den ich küsste. Aber nach all der Aufregung war ein kleiner Gedächtnisschwund ja wohl erlaubt.

Wir erzählten Simon und Silvie, was geschehen war.

»Das war so verrückt!«, ereiferte sich Jan. »Lana war total mutig.«

»Ach was«, erwiderte ich verlegen. »Du warst der Mutige.«

»Nein. Du.«

»Nein. Du.«

»Du.«

»Du.«

»Ist ja jetzt egal«, unterbrach uns Silvie genervt.

»Du bist wirklich hammerhart«, sagte Simon wenig erfreut, nachdem wir alle Einzelheiten berichtet hatten.

Oje. Den Spruch kannte ich nur zu gut. Wiederholte sich jetzt alles? Zusammenprall. Hammerhartsein. Für einen Moment war ich in Versuchung, mein Hammerhartsein mit einem zuckersüßen Kompliment wieder gutzumachen und irgendwas zu sagen wie: »Du wärst mit Sicherheit noch viel mutiger gewesen.« Aber nur für einen kleinen Moment. Denn dann erinnerte ich mich an etwas, das Jan in der gruseligsten Minute des Tages zu mir gesagt hatte: *Wenn wir das hier schaffen, haben wir für den Rest unseres Lebens vor nichts und niemandem mehr Angst.*

Verdammt! Jan hatte so recht. Ich war auf ein fahrendes Auto gesprungen. Ich hatte mich einer Kettensäge gestellt. Ich hatte mein Leben riskiert. Wie konnte ich da Angst haben, dass Simon mich für hammerhart hielt? Das war doch absurd.

»Ja, ich bin hammerhart«, sagte ich Simon stolz mitten ins Gesicht.

Er war zu baff, um etwas zu erwidern. Wir setzten uns alle vier auf die Terrasse und sahen zu, wie langsam der Mond aufging.

Silvie kuschelte sich an Jan. »Du warst ja ganz schön heldenhaft.« Und um ihre Bewunderung zu unterstreichen, zog sie ihn an sich und küsste ihn lang und leidenschaftlich.

Ich schaute zu Simon rüber. Er machte keinerlei Anstalten, mich zu küssen. Ich war auch heldenhaft gewesen. Ich hatte auch ein bisschen Bewunderung verdient. Simon aber sah nicht stolz, sondern irgendwie beleidigt aus.

Mama kam auf die Terrasse und brachte uns etwas zu trinken. »Papa und ich haben überlegt, dass wir morgen ein kleines Fest veranstalten. Mit Grillen und ein bisschen Musik. Zur Feier der Rettungsaktion. Und weil es übermorgen schon wieder zurückgeht.«

Übermorgen? Ich hatte gar nicht darauf geachtet,

wie die Zeit vergangen war. In diesen Ferien war aber auch so schrecklich viel passiert, dass die Stunden wie Sekunden davongejagt waren.

»Tolle Idee, Mama«, jubelte ich.

»Simon, sag doch deinen Eltern Bescheid. Und Silvie, wenn du Lust hast, kannst du deine Familie auch mitbringen. Und Frau Bondje laden wir natürlich auch ein.«

»Klasse, Mama!«

Nachdem ich meine Limo ausgetrunken hatte, merkte ich, wie müde ich war. Der Tag war verdammt anstrengend gewesen.

Ich gähnte. »Es ist spät. Ich geh ins Bett.«

Simon rührte sich nicht. Wollte er mir nicht mal Gute Nacht sagen?

»Gute Nacht, Simon.«

Keine Reaktion.

Ich beugte mich zu ihm runter und gab ihm einen Kuss auf die Wange. »Gute Nacht«, sagte ich noch mal.

Endlich bemühte er sich, mir zu antworten. »Nacht.«

Ich war zu müde, um mich zu fragen, was mit ihm los war. Ich wollte nur noch schlafen.

Morgen war auch noch ein Tag. Und für heute hatte ich genug Herausforderungen angenommen.

Das war's dann wohl

Den ganzen Tag bereiteten wir alles für das Fest am Abend vor. Papa und Jan fuhren in die Stadt, um Holzkohle zu besorgen, Mama und ich schnippelten Salate und bereiteten Nachtisch zu. Dabei ließen wir laut das Radio laufen und amüsierten uns köstlich, weil Finn fast rhythmisch mit Sting, Queen und den Backstreetboys mitquietschte.

»Vielleicht wird er ja Popstar. Eine Profi-Basketballerin und ein Popstar. Dann kommst du aus dem Interviewgeben gar nicht mehr raus, Mama.«

Mama kicherte und schnappte sich einen Kochlöffel als Mikrofon. »Wissen Sie, ich sehe meine Kinder kaum. Aber wenn ich Sehnsucht nach ihnen habe, schalte ich einfach den Fernseher an. Auf irgendeinem Programm ist immer einer von ihnen zu sehen.«

Ich schnappte mir die Spülbürste und stellte mich vor Mama. »Und glauben Sie, Ihre Erziehung hatte maßgeblichen Einfluss auf die Erfolgsgeschichte Ihrer Kinder?«

»Aber sicher. Wissen Sie, ich bin nämlich die beste Mutter der Welt.«

Wir mussten lachen wie hysterische Hühner. Ich

war den ganzen Tag aufgekratzt und kicherig. Ein paarmal dachte ich an Simons beleidigtes Gesicht. Aber meine Laune ließ sich auch davon nicht verscheuchen.

»Willst du den Minirock anziehen?«, fragte Mama, als wir uns für den Abend umzogen.

Ich schüttelte den Kopf. »Nee, das ist mir zu kalt und auch zu unpraktisch.«

Ich zog meine Lieblingsjeans und mein gemütlichstes Kapuzen-Sweatshirt an.

Silvie kam mit ihren Eltern, die sich sehr freuten, uns alle kennenzulernen.

Silvie stellte ihnen Jan vor. »Das ist mein Freund.«

Ihre Eltern schüttelten Jan die Hand und der Vater klopfte ihm kumpelhaft auf die Schulter. »Hallo, Sportsfreund.«

Himmel, dachte ich, als Nächstes fragt er nach, ob Jan seine Tochter denn auch ernähren kann, und dann plant Silvies Mama die Hochzeitstorte.

Ich verzog mich lieber zu Papa an den Grill.

»Wo bleibt denn dein Simon?«, fragte Papa.

»Keinen Schimmer. Wird schon kommen.«

Aber zuerst einmal kam Frau Bondje. Wir freuten uns riesig, sie zu sehen. Wie um alles in der Welt hatte ich diese nette Frau für eine Hexe und eine Kettensägenmörderin halten können?

Frau Bondje überreichte Jan und mir einen Umschlag. »Da ist eine Geschichte für euch drin.«

»Sie haben extra für uns eine Geschichte geschrieben?«, fragte ich ungläubig.

Frau Bondje lachte. »Ja, ihr habt mich inspiriert.«

Ich wollte den Umschlag aufreißen. »Ich lese sie gleich mal vor!«

Frau Bondje hielt mich zurück. »Das lest ihr beiden besser mal in einer stillen Stunde, wenn ihr wieder zu Hause seid.«

»Okay, wenn Sie meinen.«

Frau Bondje zwinkerte uns zu und nickte.

Die Schneiders kamen als Letzte. Simons Gesicht war immer noch so verschlossen wie am Abend zuvor.

»Hi.«

»Hi.«

Er machte keinerlei Anstalten, mir einen Begrüßungskuss zu geben. Und ich hatte keine Lust, mir wieder eine Abfuhr wie gestern abzuholen, und unternahm auch keinen Versuch.

Wir gingen uns einfach aus dem Weg. Ich schnappte mir ein Würstchen vom Grill und biss hinein.

»Nicht dass du mich wieder bombardierst!«, rief Mama gespielt ängstlich in meine Richtung und ging hinter einem Gartenstuhl in Deckung.

Ich musste lachen. Alle mussten lachen. Nur Simon verzog keine Miene.

Nach dem Essen legte Papa seine Barry-White-CD ein und begann zu tanzen. Er forderte Mama und Frau Bondje gleichzeitig auf. Silvie zog Jan vom Stuhl und wirbelte mit ihm im Takt. Die Schneiders ließen sich auch nicht lumpen und Silvies Eltern schlossen sich schließlich auch an. Alle tanzten. Nur Simon und ich saßen wie die Ölgötzen auf unseren Plätzen.

Verdammt, Lana, dachte ich mir, lass dich von seiner Grabeslaune nicht so runterziehen. Wenn er nicht mit dir tanzen will, dann tanze halt alleine. Ich versuchte mir ins Gedächtnis zu rufen, was Silvie mir über das Tanzen beigebracht hatte. Wie war das noch? Kopf schütteln? Hüfte kreisen? Schon beim Gedanken an die komplizierte Choreografie überkam mich ein Ekelgefühl.

Ich sprang auf, mischte mich unter die Tänzer und schloss einfach die Augen. Mal gucken, was passiert, wenn ich mein Gehirn ausschalte, dachte ich. Und dann ging alles ganz von allein. Der Rhythmus schlüpfte durch meine Ohren geradewegs in meine Beine. Meine Beine bewegten sich und riefen meinen Armen zu: Macht doch mit! Meine Arme ließen sich nicht lange bitten und innerhalb von ein paar Sekunden hatte sich die Nachricht in meinem Körper rumgesprochen. Alle zur Verfügung stehenden Muskeln tanzten. Ich hatte nicht die geringste Vorstellung, wie dieses Spektakel wohl von außen aussah. Aber es war mir auch völlig egal, denn es machte einen Höllenspaß. Es machte so viel Spaß, dass ich Simons Sieben-Tage-Regenwetter-Gesicht ganz vergaß. Ich tanzte auf ihn zu, fuchtelte ihm wie eine Orientschönheit vor der Nase herum und versuchte ihn zum Aufstehen zu bewegen.

»Komm doch. Das macht Spaß!«

»Keine Lust.«

»Wieso denn nicht?«

»Wieso nicht? Darum nicht. Erst kümmerst du dich die ganze Zeit nicht um mich und jetzt soll ich mit dir tanzen.«

»Wer kümmert sich denn hier nicht um wen? Du

bist doch die beleidigte Leberwurst. Du wolltest mir nicht mal Gute Nacht sagen gestern. Du ...«

Simon ging einfach mitten im Gespräch zum Grill und stapelte sich Würstchen auf seinen Teller. Das war ja wohl das Allerletzte.

Ich stampfte zu ihm rüber, nahm ihm den Teller aus der Hand und musste mich zusammenreißen, ihm nicht jedes Würstchen einzeln an den Kopf zu pfeffern. »Ich würde mal gerne wissen, was ich dir eigentlich getan habe!«

Simon schaute mich wütend an und riss mir den Teller wieder aus der Hand. »Du bist total komisch seit gestern«, raunzte er.

Ich schnappte mir den Teller so heftig zurück, dass die Hälfte aller Würstchen auf dem Boden landete. »Ich bin komisch?«

Als Simon den Teller wieder in seine Gewalt brachte, fielen auch noch die restlichen Würstchen runter.

»Na toll. Das hast du ja gut hingekriegt!«, schrie er mich an.

Ich seufzte. Was war nur los? Wieso um alles in der Welt bekamen wir uns so in die Haare? Ich hatte keine Lust, dass alle unseren Streit mitbekamen.

»Komm, wir machen einen kleinen Spaziergang. Wir müssen reden«, sagte ich und zog Simon einfach hinter mir her.

Auf der Straße war es plötzlich sehr still. Ganz leise hörte man Fetzen von Musik und die ausgelassenen Stimmen.

»Simon, was ist denn nur ...«, setzte ich an, kam aber nicht dazu, meinen Satz zu beenden.

»Hi.«

Plötzlich standen Piet und Florian vor uns. Und plötzlich konnte Simon seine Mundwinkel wieder verziehen und grinste erfreut.

»Hi.«

»Wir reisen morgen ab«, sagte Piet.

»Ich auch«, antwortete Simon. »Wir können doch Adressen austauschen. Dann kann man sich mal besuchen.«

»Gute Idee«, antwortete Piet und kramte einen Zettel hervor.

Florian zog einen Stift aus der Hosentasche. Dann machten sich die drei daran, ihre Adressen aufzuschreiben.

Ich beobachtete die Szene wie eine Zuschauerin in einem Theaterstück. Wie konnte Simon Adressen mit diesen beiden defekten Parkuhren austauschen? Wie konnte er sie sympathisch finden? Wie konnte mein Freund Freundschaft mit diesen Idioten schließen? Mit einem Mal wurde mir alles klarer als glasklar.

»Macht's gut!« Simon winkte Piet und Florian hinterher. »Die sind echt nett«, sagte er, als die beiden außer Sichtweite waren.

»Finde ich nicht«, sagte ich.

Sofort zog Simon wieder ein Gesicht.

»Simon, weißt du, was unser Problem ist?«

Eigentlich hatte ich die Frage nur als Einleitung zu einer Erklärung gedacht, aber Simon schien eine eigene Vorstellung davon zu haben, was unser Problem war.

»Mit dir stimmt was nicht«, sagte er aufgebracht.

»Das ist das Problem. Einen Tag bist du so und am nächsten wieder ganz anders. Ich weiß gar nicht, was ich von dir halten soll.«

Er war wirklich verwirrt. Ich musste grinsen. »Weißt du was, du hast recht. Es ist kein Wunder, dass du nicht weißt, woran du bei mir bist. Ich hab mich wirklich komisch benommen.«

Simons Gesicht hellte sich auf. »So wie du gestern und heute warst, bist du echt ätzend.«

»So wie ich gestern und heute war, bin ich wirklich. Ich bin so, wie du mich am Anfang kennengelernt hast. 'ne ziemlich wilde Hilde.« Ich kicherte. Aber Simon schien das nicht komisch zu finden. »Wir passen nicht zusammen«, fügte ich hinzu und musste an mich halten, um nicht laut loszugackern. »Wir passen so wenig zusammen wie die Hobbits und die Orks. So wenig wie Heino und Britney Spears. So wenig wie ...« Mir fielen haufenweise Vergleiche ein und ich hätte mich so richtig in Rage geredet, wenn Simon mich gelassen hätte.

»Hör zu«, unterbrach er mich. »Ich mach Schluss mit dir.«

Ich war baff. Ich war doch gerade dabei gewesen, Schluss zu machen. Ich gab mir doch gerade die größte Mühe, ihm in blumigen Farben zu erklären, warum wir nicht zusammenpassten. Seine Holzhammermethode verschlug mir für einen Moment die Sprache.

»Genau«, sagte ich dann. »Wir machen Schluss.«

Das war's, dachte ich. So schnell geht das. Ich checkte kurz mein Innenleben und prüfte, ob es irgendwo zwickte oder brannte. Aber nichts tat weh.

Mein Herz klopfte ruhig vor sich hin. In meinem Bauch ging alles seinen gewohnten Gang. Meine Kehle war kein bisschen zugeschnürt. Mir ging es einwandfrei gut.

»Schön. Na dann …«, meinte ich erleichtert.

Ich hatte sagen wollen, dass wir ja jetzt, wo alles geklärt war, in Ruhe weiterfeiern konnten. Aber Simon hörte mir nicht mehr zu. Er drehte sich um und ging schnurstracks in den Garten zurück. Ich hatte Mühe hinterherzukommen.

Den Rest der Party genoss ich in vollen Zügen. Jetzt, wo wir nicht mehr zusammen waren, kümmerten mich Simons heruntergezogene Mundwinkel nicht mehr. Für die heruntergezogenen Mundwinkel von Exfreunden, die auch noch selbst Schluss gemacht hatten, war ich nun wirklich nicht zuständig.

Ich quatschte lange mit Frau Bondje und berichtete ihr in den schillerndsten Farben, was für schreckliche Fantasien ich in Bezug auf sie gehabt hatte. Sie lachte sich kringelig.

Als sie sich verabschiedete, versprachen wir uns gegenseitig, in Briefkontakt zu bleiben.

»Du berichtest mir, was du erlebst, und ich schreibe Geschichten darüber«, sagte sie freudig.

»Abgemacht.«

Kurz drauf rief Herr Schneider zum Aufbruch. Ich hatte die ganze Fete über nicht mehr mit Simon gesprochen. Auf meine Versuche, ihn aufmunternd anzulächeln, hatte er nicht reagiert. Offenbar fand er, Schlussmachen bedeutete, dass man sich ignorieren musste.

Jetzt standen wir uns an der Tür gegenüber. Wie absurd, wenn wir uns nicht mal mehr verabschieden, dachte ich. Immerhin haben wir uns ziemlich oft ziemlich inniglich geküsst. Da können wir doch nicht plötzlich so tun, als wären wir zwei Fremde.

»Na dann«, sagte ich freundlich. »Ich wünsch dir eine gute Heimfahrt.«

Simon schaute auf seine Füße. »Hm. Dir auch«, brummte er.

Ich musste unbedingt was Nettes sagen. Irgendwie wollte ich einen guten Abschluss finden.

»Aber küssen kannst du wirklich gut«, sagte ich.

Simon hob den Kopf und grinste schief. Bingo, dachte ich. Mit Komplimenten hab ich ihn noch immer rumgekriegt.

»Du aber auch«, sagte er, drehte sich um und verschwand.

Das war's dann wohl, dachte ich, zuckte die Schultern und ging ins Bett.

Das kann nicht wahr sein!

Am nächsten Morgen kamen wir nur schwer aus den Betten. Während Mama und Papa das Auto vollpackten, schnappten Jan und ich uns ein letztes Mal die Schwimmsachen und liefen zum Strand.

»Rituelles Meer-Verabschieden!«, kreischte ich.

»Du hast doch nichts dagegen, dass ich das jetzt auch zu meinem Ritual mache, oder?«, brüllte Jan zurück.

»Nicht die Bohne! Wenn einer meine Rituale klauen darf, dann du!«

Wir knieten uns vor dem Meer in den Sand und schmissen die Arme in die Luft wie zwei muslimische Vorbeter. Dann neigten wir unsere Köpfe und Oberkörper.

»Meer, ich danke dir, dass es dich gibt!«

»Trockne bitte nicht aus, bis wir das nächste Mal wiederkommen.«

»Bleib immer so salzig.«

»Und nass.«

Wir kringelten uns vor Lachen und schlüpften aus den Shorts.

»Kommt Simon zum Verabschieden noch mal her?«, wollte Jan wissen.

Ich hatte weder ihm noch Mama und Papa bisher erzählt, was gestern Abend zwischen Simon und mir vorgefallen war. Sie hatten sich zwar gewundert, dass Simon und ich uns den ganzen Abend aus dem Weg gegangen waren, hatten sich aber mit meiner Erklärung zufriedengegeben. »Simon ist schlecht«, hatte ich gesagt. »Zu viele Würstchen.«

Ich hatte einfach keine Lust gehabt, mich den ganzen Fragen zu stellen: Bist du denn gar nicht traurig? Du warst doch so verrückt nach ihm und jetzt tust du so, als wäre alles paletti?

Wie sollte ich erklären, dass die Sache zwischen Simon und mir mehr oder weniger ein … Versehen gewesen war? So was wie ein Irrtum.

Ich sah Jan an und schüttelte den Kopf. »Nee. Er kommt nicht.«

»Kommt er zum Haus?«

Ich schüttelte erneut den Kopf. »Er kommt gar nicht.«

»Wieso nicht?«

Ich seufzte. Es hatte keinen Zweck, die Sache länger für mich zu behalten. Früher oder später musste ich ja doch damit rausrücken. »Wir haben gestern Schluss gemacht.«

Jan schwieg einen Moment und runzelte die Stirn, dann zuckte er die Schultern. »War die ganze Sache so was wie ein Irrtum?«

Ich nickte verdattert. Woher wusste er das?

»Weißt du, ich glaube, ich stehe eigentlich auf 'ne ganz andere Sorte Jungs«, sagte ich.

»Auf welche Sorte stehst du denn?«

Ich holte tief Luft. Tja. Auf welche Sorte stand ich

eigentlich? So genau hatte ich mir darüber noch keine Gedanken gemacht. Ich wusste jetzt, auf welche Sorte ich nicht stand. Und zwar auf Jungs, die immer nur langweilige Geschichten erzählten und für die ein Mädchen sich wie ein dressierter Königspudel benehmen musste. Die Sorte, die keinen Humor hatte und nicht mal ein bisschen verrückt sein konnte.

»Hm. Ich glaub, ich steh auf jemanden, mit dem ich Abenteuer bestehen kann, mit dem ich mich auf dem Boden wälzen kann vor Lachen. Einen, dem es genauso viel Spaß macht, sich danebenzubenehmen, wie mir. Halt einen, der nicht so anstrengend ist und nicht langweilig. Der Fantasie hat. Aber finde so einen mal.« Ich schaute Jan schulterzuckend an.

»Huhu, ich bin daaa!«

Silvie kam über den Sand gehetzt und winkte aus Leibeskräften. Sie flog Jan in die Arme und machte einen Heidenlärm.

Ich kam mir mit einem Mal schrecklich überflüssig vor. Das lag bestimmt daran, dass wir bisher Pärchenurlaub gemacht hatten und ich jetzt kein Pärchenteil mehr war.

Ich drehte mich einfach weg. Schließlich war ich hier, um dem Meer auf Wiedersehen zu sagen. Und zu einer ordentlichen Verabschiedung gehörte auch ein Bad.

Ich stürzte mich in die Wellen und ließ mich ein letztes Mal von dem kühlen Wasser erfrischen. Genießen! Verabschieden! Genießen! Verabschieden!, dachte ich angestrengt. Aber an Genießen war gar nicht zu denken. Mein Herz bollerte wie verrückt in meiner Brust.

Hatte ich einen Kreislaufkollaps? War das Wasser zu kalt? Und was war mit meinem Hals? Wieso um alles in der Welt drehte er sich von ganz alleine immer wieder zum Ufer? War er vor lauter Kopf-schief-Legen ausgeleiert? Und meine Augen? Wieso konnten sie es nicht lassen, immer wieder zu Jan und Silvie hinüberzuschauen?

Ich glaub, ich steh auf jemanden, mit dem ich Abenteuer bestehen kann, mit dem ich mich auf dem Boden wälzen kann vor Lachen. Einen, dem es genauso viel Spaß macht, sich danebenzubenehmen, wie mir. Halt einen, der nicht so anstrengend ist und nicht langweilig. Der Fantasie hat. Aber finde so einen mal.

Ach du liebe Güte. Ach duuu liiiebe Güüüte! Das konnte nicht wahr sein!!! Das konnte nur ein Herzfehler sein! Das war doch absoluter Irrsinn!

Ich schaute wie gebannt zum Strand, wo Silvie und Jan sich küssten. Was war das? Ich rieb mir die Augen. Hatte ich Halluzinationen? Statt Silvie sah ich ein anderes Mädchen in Jans Armen. Oh Gott! Dieses andere Mädchen war ich!

Ich tauchte schnell unter. Konnte man Halluzinationen rausspülen? Vielleicht half es ja, den Kopf zu kühlen? Vielleicht sollte ich einfach mal die Luft anhalten. Ich musste mich unbedingt wieder in den Griff kriegen.

Ich blieb unter Wasser und lauschte auf die Stille. Alles in Ordnung, redete ich mir ein. Wenn du auftauchst, ist alles wieder wie vorher.

Plötzlich riss etwas an meinen Haaren. Und ehe

ich mich versah, war ich aus der stillen Unterwasserwelt an die Oberfläche gezerrt worden.

»Lana! Bist du wahnsinnig?« Jans Gesicht war total erschrocken. »Ich dachte, du wärst ertrunken.«

Ich war viel zu verdattert, um irgendwas zu antworten. Jan hielt mich immer noch am Arm fest. Und ich spürte seine Hand so deutlich, als wäre sie glühend heiß.

»Alles in Ordnung«, sagte ich schnell, machte mich los und schwamm ans Ufer zurück.

Ich raffte meine Sachen zusammen und raste Richtung Dünen. Nichts war in Ordnung. Wieso hatte er mich nur aus dem Wasser gezogen? Ich hätte länger unten bleiben müssen, dann wäre sicher alles wieder gut gewesen.

Ich trat mit dem Fuß so fest vor den Strandpavillon, dass es schrecklich wehtat. Aber das war mir egal. Ich trat immer wieder zu. Nein! Nein! Nein!, dachte ich immer wieder. Das kann nur ein dämlicher Irrtum sein.

»Hör sofort damit auf! Das ist Sachbeschädigung!« Mit einem wütenden Satz sprang der Eisverkäufer auf mich zu.

»Kann es sein, dass man etwas nicht findet, nur weil es zu nah vor der eigenen Nase rumturnt?«, fragte ich ihn mit verzweifelt hochgezogenen Augenbrauen.

Der Eisverkäufer schaute mich verwirrt an, klappte den Mund auf und wieder zu, ohne etwas zu antworten.

Kampf der Killerhormone

Ich stapfte die Dünen hoch. In meinem Kopf ratterte es. An allem waren diese dämlichen Rituale schuld. Als ich dem Meer Hallo gesagt hatte, hatte ich mich in Simon verliebt, und heute beim Auf-Wiedersehen-Sagen hatte ich mich … Nein, das hatte ich nicht! Nein! Nein! Nein! Aber wieso hatte ich mich all die Jahre zuvor nie bei meinen Ritualen verliebt?

Langsam dämmerte es mir. An allem waren diese Hormone schuld. Hormone waren etwas verdammt Gefährliches. Seit diese Hormone meinen Körper erobert hatten, passierte mir ein Irrtum nach dem anderen. Kaum hatte ich den einen Irrtum entlarvt, passierte mir der nächste.

Aber diesmal würde ich diesen Hormonen einen Riegel vorschieben. Ich würde mir ein Verliebungsverbot erteilen. Oh ja, ich musste zu harten Mitteln greifen. Diese Hormone waren unberechenbar. Ich musste mich vor ihnen schützen. Ich würde ihnen Einhalt gebieten!

Als ich zurückkam, belud Papa gerade das Auto. Er hatte eine Kassette seines liebsten Deutschrockers ins Autoradio gesteckt und sang lauthals mit, während er verzweifelt versuchte, alle Koffer und Taschen und die Tüten mit Muscheln in den überquellenden Wagen zu stopfen.

»*Tausend Mal berührt. Tausend Mal ist nichts passiert. Tausendundeine Nacht und es hat zoom gemacht ...*«

Hatten sich meine Hormone jetzt mit den ollen Kassetten von Papa verschworen?

»Dein Klaus Lage ist völlig bescheuert, Papa«, schimpfte ich. »Wie kannst du nur so einen Mist hören?«

Papas Kiefer klappte runter. »Ich finde den gut«, sagte er schulterzuckend.

Ich spulte das Lied zurück. Mit jeder Zeile wurde ich wütender. »Als ob man sich nach so langer Zeit plötzlich verlieben würde. In den besten Kumpel. Das ist doch total bescheuert.«

Während ich ein zweites Mal zurückspulte, kamen Jan und Silvie auf uns zugeschlendert.

»Na, ihr zwei. Fällt euch der Abschied schwer?«, fragte Papa.

»Oh ja«, antwortete Silvie seufzend.

»Klar«, sagte Jan.

Mama kam mit Finn auf dem Arm zum Auto. »Alles fertig. Es kann losgehen.«

»Also, Lana. Dann mal tschüs.« Silvie streckte mir die Hand entgegen und ich musste sie wohl oder übel drücken.

»Tschüs«, sagte ich trocken.

Außer dass du Tampons benutzt, finde ich dich alles in allem ziemlich bescheuert, dachte ich. Ich biss mir auf die Zunge, um es nicht laut auszusprechen.

»Wir sehen uns ja sicher noch öfter, wenn ich Jan besuche«, flötete sie.

Ich musste meine Hand festhalten, die ihr sonst sicher einen Kinnhaken verpasst hätte.

Verstohlen schaute ich durchs Rückfenster. Silvie setzte gerade zum Abschiedskuss an. Ich krallte meine Fingernägel in den Autositz. Das war nicht mit anzusehen!

Mich fragte ja keiner, aber wenn es jemand getan hätte, hätte ich gesagt: Das mit Jan und Silvie kann nur ein Irrtum sein.

Die Autofahrt kam mir schrecklich lang vor. Die ganze Zeit versuchte ich möglichst entspannt zu wirken, während in meinem Inneren der Kampf der Giganten abging. Die Armee der Killerhormone auf dem Irrtumsfeldzug gegen Alleinkämpferin Lana.

Und dann wollte mich Mama auch noch in ein Gespräch verwickeln.

»Bist du traurig wegen Simon?«

»Ja, doch!«, sagte ich.

Es war gar nicht schlecht, wenn sie dachte, ich wäre vom Abschiedsschmerz gezeichnet. Immer noch besser, als wenn sie wieder in mir lesen würde wie in einem offenen Buch. Ein offenes, ziemlich bescheuertes Buch mit dem absurden Titel: *Ich bin in meinen besten Kumpel verliebt.* Untertitel: *Ich bin komplett durchgeknallt.*

Mamas hellseherische Fähigkeiten schienen heute nicht in Hochform zu sein. Gott sei Dank.

»Ihr könnt euch doch schreiben und besuchen«, meinte sie.

»Mama, ich will nicht darüber reden.«

»Ist gut, Herzchen.«

In dem Moment drehte Jan sich zu mir um und grinste.

Ach du lieber Himmel, ich hatte all die Jahre nie gesehen, dass in Jans Gesicht Lippen waren. Ich hatte sie wahrscheinlich schon gesehen, aber irgendwie nur für unwichtige Ränder am Mund gehalten, die sich beim Sprechen, Kauen und Lachen bewegten. Dass sie schrecklich weich und verführerisch aussahen, wäre mir dabei nie in den Sinn gekommen. Und dass sie in mir das Bedürfnis auslösen könnten, mit dem kleinen Finger sanft darüberzustreichen, wäre mir völlig irrsinnig erschienen.

Ich merkte, wie mein kleiner Finger sich in Richtung Jans Lippen bewegen wollte, schnappte ihn kurzerhand mit der anderen Hand und hielt ihn fest.

»Gehen wir morgen Basketball spielen?«, wollten Jans Lippen wissen.

Musste er mich unbedingt jetzt etwas fragen, wo ich meine ganze Konzentration dafür benötigte, meinen Finger im Zaum zu halten? Konnte er nicht bis nächste Woche warten, wenn ich diese dämlichen Hormone wieder im Griff hatte? Wenn alles wieder war wie früher?

»Lana an Erde. Hast du Lust?«, fragte Jan ungeduldig.

»Das weiß ich doch jetzt noch nicht«, krächzte ich zurück, drehte mich schnell weg und starrte aus dem Fenster.

Doch nach wenigen Sekunden schnellte mein

Kopf wieder zurück in Jans Richtung. Wieso waren an seinem Nacken plötzlich diese feinen blonden Härchen auf der braunen Haut? Und wieso sah das Lederband um diesen Nacken so verdammt gut aus zu den blonden Härchen und der braunen Haut?

Mit einem Satz setzte ich mich auf meine Hände. So hatte ich sämtliche Finger auf einmal unter Kontrolle.

Für den Rest der Autofahrt untersagte ich es mir, auf Jans Nacken zu gucken. Überhaupt blickte ich nicht mehr nach vorne, sondern nur noch seitlich aus dem Fenster, bis wir es nach einem quälenden Stau bei Aachen nach fünf Stunden endlich geschafft hatten.

Papa hielt den Wagen vor Jans Haus. Meine Hände waren unter meinem Po völlig eingeschlafen und kribbelten jetzt wie verrückt. Ich musste sie wild schütteln, um sie wiederzubeleben.

»Das war ein toller Urlaub«, sagte Jan zu Mama und Papa. »Noch mal tausend Dank, dass ich mitdurfte.«

Wäre er mal lieber zu Oma und ihren Zierkissen gefahren, dachte ich unwillkürlich. Dann wäre ich jetzt nicht in diesem blöden Dilemma. Dieser Urlaub hatte einfach alles durcheinandergebracht.

»Tschüs, Lana. Ich ruf morgen an, ja?«

»Hm.« Ich bekam keinen Ton raus.

Jan ließ sich aber nicht irritieren. Ohne Vorwarnung schnappte er mich ungefragt und drückte mich fest an sich.

Ich wühlte in Papas Kassetten und fand das Klaus-Lage-Lied.

»Ich will nicht gestört werden!«, rief ich in die Küche.

Ich schloss meine Zimmertür ab. Endlich allein. Endlich in meinen vertrauten vier Wänden. Endlich keiner mehr um mich herum, vor dem ich mein Hormonchaos verstecken musste.

Ich hockte mich auf den Boden, legte die Kassette ein und zog die Kopfhörer auf.

»Tausend Mal berührt. Tausend Mal ist nichts passiert.«

Dieser Klaus Lage ist wirklich jenseits von Gut und Böse!, dachte ich, während ich immer wieder zurückspulte, um den Text mitzuschreiben.

Nach eineinhalb Stunden konnte ich den Song auswendig und mir knurrte der Magen.

Ich ging in die Küche, wo Mama gerade die Fernsehzeitung durchblätterte.

»Heute Abend kommt *Die Hochzeit meines besten Freundes*«, sagte sie erfreut.

»So ein Scheiß«, fauchte ich.

»Wieso denn das?«, wollte Mama wissen.

»Na, ich bitte dich. Da ist Julia Roberts seit Jahren mit einem Typ befreundet und merkt nix. Und als der Typ 'ne andere heiraten will, merkt sie plötzlich, dass ihr das nicht passt. Das ist doch Mist.«

Mama grinste. »Ich finde das romantisch.«

Himmel, dachte ich. Vielleicht gab es ja in unserer Familie ein kaputtes Gen. Papa hörte Klaus Lage, Mama stand auf *Die Hochzeit meines besten Freundes* und ich …!

»In Wirklichkeit passiert so was nie!«, sagte ich.

Papa kam in die Küche. Er hatte unser Gespräch offensichtlich aus der Diele mit angehört.

»Doch, doch«, sagte er. »So was passiert ständig. Meine Kollegin Frau Helmer zum Beispiel. Hat sich jahrelang bei ihrem Sandkastenfreund ausgeheult, weil sie immer auf die falschen Männer reinfiel. Und was denkt ihr, was passiert ist? Eines Tages hat er sie mal etwas anders getröstet. Ihr wisst schon. Und nun wollen sie heiraten.«

»Ja. Das gibt es oft«, stimmte Mama zu. »Tante Ludo und Onkel Bert zum Beispiel. Beste Freunde. Frau Sommer aus dem Blumenladen und ihr Mann. Jahrelang die besten Freunde. Hans Zimmer und ...«

Ich hörte nicht mehr hin. War das möglich? Konnte es sein, dass meine Hormone gar nicht verrücktspielten? Ich grübelte. Würde eine Plattenfirma ein Lied veröffentlichen, wenn es absoluter Unfug war? Wohl kaum. Würde Hollywood einen Film mit Julia Roberts drehen, der keinen Funken Sinn machte? Wohl kaum. Tante Ludo und Onkel Bert waren ziemlich in Ordnung. Sie würden doch nichts komplett Hirnrissiges machen. Wohl kaum.

Mit einem Mal ging es mir schon viel besser. Mama und Papa waren immer noch eifrig dabei, sich gegenseitig von Pärchen zu erzählen, die ehemals beste Freunde gewesen waren. Ich schlenderte in Finns Zimmer. Er lag vergnügt in seinem Bettchen und schaute mich erwartungsvoll an.

»Bruderherz«, flüsterte ich und beugte mich über ihn. »Was soll ich jetzt bloß tun?«

Finn gab einen quiekenden Laut von sich.

»Du meinst, ich soll aufhören zu grübeln?«

Finn hob die Ärmchen hoch und veranstaltete so was wie Schattenboxen.

»Du meinst, ich soll kämpfen?«

Finn schlug sich selbst mit den Patschehändchen auf die Nase.

»Du meinst, ich soll Silvie aus dem Rennen schlagen? Konkurrenz belebt das Geschäft, oder was?«

Finn strampelte wie wild mit den Beinchen.

»Du meinst, ich soll keine Sekunde länger warten und loslaufen?«

Finn krähte wie ein wild gewordener Hahn.

»Das war ein Befehl? Okay. Ich bin ja schon weg.« Ich drückte Finn ein dickes Küsschen auf die Wange. »Weißt du was? Es ist ganz schön klasse, einen Bruder zu haben, den man um Rat fragen kann. Ich revanchiere mich, wenn du mal in der Pubertät bist.«

Knall! Peng! Zoom!

»Ist Jan da?«

Jans Mama schüttelte den Kopf. »Er ist mit dem Rad unterwegs. Er wollte zu dir.«

»Komisch. Dann hätten wir uns eigentlich begegnen müssen.«

Jans Mama zuckte die Schultern. »Er wollte vorher noch irgendwas besorgen.«

»Danke. Bis bald. Tschüs.«

Ich schmiss mich in die Pedale und radelte wieder nach Hause zurück. Ich fuhr gerade über die Kreuzung der Hauptstraße, als ich ein rotes Mountainbike um die Ecke biegen sah.

»Jan!«

Er hörte mich nicht. Ich strampelte wie wild, um ihn einzuholen. Er hatte etwas in der Hand. Und als ich näher herankam, sah ich, dass es ein Blumenstrauß war.

»Jan!«

Wieso hörte er mich nicht? Ich legte noch einen Zahn zu und schaffte es, ganz nah heranzufahren. Jetzt konnte ich auch sehen, warum er mich nicht hörte. Er hatte Stöpsel in den Ohren und seinen Walkman in der Hosentasche.

Ich brachte mich auf eine Höhe mit ihm und streckte den Arm aus, um ihm auf die Schulter zu klopfen. Böser Fehler! Unsere Räder verfingen sich für den Bruchteil einer Sekunde.

Wir verloren beide die Kontrolle. Wie in Zeitlupe sah ich die Katastrophe auf uns zukommen. Jan war zu Tode erschrocken. Für ihn kam das Ganze ja wie aus dem Nichts. Mit aufgerissenen Augen drehte er sich zu mir um, bevor er das Gleichgewicht verlor und wild mit den Armen rudernd vom Rad flog.

Im selben Augenblick hatte auch ich das Gefühl, den Boden unter den Füßen weggerissen zu bekommen. Mit einem Satz krachte mein Rad gegen den Bordstein und ich segelte im hohen Bogen durch die Luft.

Das war's, Lana, schoss es mir durch den Kopf. Jetzt wirst du ihm nicht mehr sagen können, dass es zoom gemacht hat, weil es peng machen wird. Ich wunderte mich noch, wie viel und klar man denken konnte während so eines Fluges, als ich überraschend weich landete.

War das jetzt schon eine Wolke? Aber als ich den Kopf drehte, sah ich, dass ich auf Jan gelandet war.

»Auuu!«, stöhnte er unter meiner Last.

Ich checkte schnell, ob mir noch sämtliche Beine und Arme gehorchten, stellte fest, dass alles tadellos funktionierte, und rollte mich schnell von Jan runter.

»Jan, alles okay?«

»Du wiegst bestimmt drei Tonnen«, stöhnte er.

»Tut dir was weh?«

Jan tastete sich den Bauch ab. »Nicht so wild. Nur 'ne Leberquetschung, ein Darmriss und ein kaputtes Herz«, sagte er todernst. »Und du? Alles in Ordnung?«

»Ja ja. Nur ein doppelter Beckenbruch, 'ne offene Fraktur am Bein und 'ne heftige Amnesie.«

Wir unterdrückten beide ein Kichern, rollten uns zueinander und schauten uns gespielt verwirrt an.

»Eine Amnesie hab ich, glaube ich, auch. Wer bin ich? Wer bist du?«, faselte Jan.

In dem Moment hielt ein Wagen mit quietschenden Reifen. Eine junge Frau sprang aus dem Auto und lief auf uns zu.

»Um Gottes willen! Ist alles in Ordnung?«

»Wir haben eine Amnesie«, sagte ich ernst.

»Wie bitte?«

»Gedächtnisverlust«, erklärte Jan geduldig. »Noch nie *Emergency Room* geguckt?«

Er stand auf und half auch mir auf die Beine. Erst jetzt überblickten wir die Lage. Unsere Räder lagen ziemlich demoliert im Rinnstein. Wir selbst waren in einem Vorgarten gelandet, mitten auf einem Haufen frisch gemähtem Gras.

Die Frau schaute uns von oben bis unten an. »Braucht ihr einen Krankenwagen?«

Jan schüttelte den Kopf. »Alles in Ordnung.«

»Soll ich euch irgendwo hinfahren?«

Ich schüttelte den Kopf. »Wir müssen uns erst mal erinnern, wo wir überhaupt wohnen.«

Für einen Moment war die Frau unsicher, ob wir nicht vielleicht doch eine heftige Gehirnerschütterung hatten.

»War nur Spaß«, sagte Jan deshalb schnell.

Kopfschüttelnd setzte sich die Frau wieder in ihren Wagen und fuhr weg.

»Von wegen Spaß«, sagte ich. »Oder weißt du vielleicht, wer ich bin?«

Jan schaute mich angestrengt an. »Nein, ich hab dich noch nie gesehen. Weißt du was über mich?«

»Nee. Nicht die Bohne.« Ich zupfte Jan das Gras vom Kopf.

»Tja«, sagte Jan nachdenklich. »Weiß der Kuckuck, ob wir in der Vergangenheit irgendwas miteinander zu tun hatten.«

»Ja, aber weißt du was: Zusammenstöße sind immer Schicksal. Daran erinnere ich mich.«

»Hm. Es scheint, als bliebe uns nichts anderes übrig, als Stück für Stück herauszufinden, wer wir sind.«

»Ja. Ich glaube, ich bin ein Mädchen. So viel steht fest.«

Wir mussten lachen. Jan und ich hoben unsere Räder auf. Mitten auf der Straße lag ein trauriger Haufen Grünzeug. Platt gefahren.

Jan kratzte ihn vom Boden ab. »Das war mal ein Blumenstrauß. Für dich. Jetzt ist er tot.«

»Womit hatte ich denn Blumen verdient?«

»Wenn ich das noch wüsste.« Jan kratzte sich am Kopf.

»Eigentlich wäre ein Gedächtnisverlust gar nicht so übel«, sagte ich nachdenklich.

Jan sah mich fragend an.

»Na ja«, druckste ich. »Dann würdest du vielleicht Silvie vergessen.«

Jan schaute mich an, als hätte ich chinesisch gesprochen. »Silvie? Silvie? Ich kann mich beim besten Willen an keine Silvie erinnern.«

»Schön wär's.« Mir war gar nicht mehr zum Witzeln zumute. »Dann würdest du dich vielleicht auch nicht mehr daran erinnern, dass ich dein bester Kumpel bin.«

Jan schaute mich mit großen Augen an. »Wie meinst du das?«

Ich holte tief Luft, erinnerte mich an Finns nachdrückliches Krähen und entschied, nicht länger zu zögern. »Ich meine damit, dass ich nicht mehr deine beste Freundin sein will.«

»Was? Wieso denn nicht?«

Jesus, es war gar nicht so einfach. Jan kapierte nicht, worauf ich hinauswollte.

»Nein. Das nicht. Ich will schon noch deine beste Freundin sein. Nur anders halt.«

Jan zuckte die Schultern. Wieso war das nur so kompliziert?

»Erde an Jan. Bist du so schwer von Begriff? Ich will nicht mehr *nur* deine beste Freundin sein. Ich will ... ich will ... ich will diejenige sein, der du Gedichte schreibst.«

So, jetzt hatte ich es gesagt. Jetzt konnte sich die Erde öffnen und mich verschlucken.

»Ich komm mir so blöd vor«, stammelte ich. »Es ist nur, weil dieser Klaus Lage gesagt hat, dass es auch noch zoom machen kann, wenn es schon tausend Mal nicht zoom gemacht hat. Und da dachte ich ... Aber wahrscheinlich ist Klaus Lage doch ein Idiot. Und Julia Roberts auch. Und Tante Ludo. Und außerdem sind das sicher nur die Hormone. Und …«

Weiter kam ich nicht mit meinem unzusammenhängenden Gestammel. Jan hatte einen Zettel aus der Hosentasche gezogen und reichte ihn mir rüber. »Das Gedicht war nicht für Silvie. Sie hat es nie zu Gesicht bekommen«, sagte er. »Und es war auch noch nicht fertig damals. Jetzt ist es fertig.«

Ich schaute ihn fragend an.

»Lies«, sagte er.

Ich las.

Deine Haare sind so weich wie Wolle.
Ich mag dich ganz dolle.
Deine Augen strahlen wie die Sterne.
Ich hab dich so gerne.
Wenn du Basketball spielst wie ein Star.
Find ich dich einfach so wunderbar.
So wie du sollten alle Mädchen sein.
Aber dich möchte ich für mich ganz allein.
Wie soll ich es dir bloß sagen?
Ich kann dich doch nicht einfach fragen.
Du würdest sicher lachen.
Ich will mich nicht lächerlich machen.
Du willst bestimmt nur mein bester Kumpel bleiben.
Und trotzdem muss ich dir das jetzt mal schreiben.

»Ich war gerade unterwegs zu dir, um es dir zu geben.« Jan schaute auf seine Schuhspitzen.

Ich war sprachlos. »Du … du … die ganze Zeit … ich …«, faselte ich. »Und Silvie?«

»Das war doch nur, weil du und Simon …«

»Ein Irrtum?«

Jan nickte.

Wir standen eine Minute, die mir so lang wie die ganze Erdgeschichte erschien, vor unseren zerdepperten Rädern auf dem Bordstein und sagten nichts.

Ich konnte auch kaum denken. Die ganze Situation war einfach zu ... zu ... zu ... komisch. Ich fing unwillkürlich an zu glucksen. Jan schaute von seinen Schuhen auf und sah mich fragend an. Dann gluckste auch er. Und ehe wir uns versahen, steckten wir mitten in einem affenartigen Lachkrampf.

»Gott, ist das krass!«, krächzte ich.

»Völlig irrsinnig!«, brüllte Jan.

»Du und ich!«

»Das ist so verrückt!«

»Total wahnsinnig!«

»Gaga!«

»Panne!«

»Abgefahren!«

Wir hielten uns den Bauch.

»Aua! Ich kann nicht mehr!«

»Das ist zu viel!«

Wir ließen uns kreischend auf den Rasenhaufen zurückfallen. Es dauerte bestimmt fünf Minuten, bis wir uns beruhigt hatten. Kaum hatte einer die Kontrolle über sein Zwerchfell zurück, fing der andere wieder an zu lachen. Das war schrecklich ansteckend.

»Ich kann nicht mehr«, stöhnte ich. »Hör auf!«

Als wir es endlich schafften, ernst zu bleiben, rollten wir aufeinander zu.

»Und was machen wir jetzt?«, fragte Jan.

»Ich weiß nicht. Was macht man in so einer Situation?«

Wir grinsten. Wir wussten sehr wohl, was man in so einer Situation machte. Und dank Silvie und Simon wussten wir auch, wie es ging. Aber es war verdammt noch mal etwas völlig anderes, den besten Freund zu küssen.

»Ist schon komisch.« Jan sprach mir aus der Seele.

»Wir müssen ja nichts überstürzen«, sagte ich.

Jan nickte. »Wie haben alle Zeit der Welt.«

»Genau. Jetzt kennen wir uns schon so lange. Da kommt es auf ein paar Tage mehr oder weniger auch nicht an.«

Wir rappelten uns hoch, schnappten unsere schrottreifen Räder und schlenderten die Straße entlang. Alles fühlte sich so unwirklich an. Obwohl ich bestimmt schon tausend Mal so mit Jan die Straße entlanggeschlendert war, kam es mir ganz ungewohnt vor.

Mit der einen Hand führten wir unsere Räder, mit der anderen berührten wir uns wie zufällig bei fast jedem Schritt. Und jede dieser Berührungen war ein kleiner Stromschlag. Wir schauten uns immer wieder im selben Moment an, hielten für ein paar Sekunden dem Blick des anderen stand und wandten dann verlegen die Köpfe ab.

Als wir die Hälfte des Weges schweigend gegangen waren und sich unsere Arme wieder zufällig berührten, griffen wir beide nach der Hand des anderen und hielten sie fest.

Wir halten Händchen, dachte ich verwundert. Und meiner Hand ging es dabei verdammt gut.

Als wir bei mir zu Hause angekommen waren, verstauten wir die Räder in der Garage.

»Hallo, ihr zwei!«

Mama und Papa kamen gerade mit Finn im Kinderwagen aus der Haustür.

»Wir gehen spazieren. Kommt ihr mit?«, fragte Mama.

»Nö.«

»Nö.«

Mama schaute mich mit ihrem Röntgenblick an. Dann breitete sich ein Grinsen auf ihrem Gesicht aus. »Na, dann wollen wir euch mal nicht weiter stören«, sagte sie und zog Papa energisch weg.

»Was denn?«, fragte Papa ahnungslos.

»Ich hatte recht«, hörte ich Mama noch sagen. »Erinnerst du dich an den ersten Tag in den Ferien …«

Als sie außer Hörweite waren, schaute Jan mich verlegen an.

»Sie kann hellsehen, was diese Dinge angeht«, sagte ich schulterzuckend.

Jan grinste. »Ist ja auch kein Geheimnis mehr.«

In meinem Zimmer angekommen, machte ich die Klaus-Lage-Kassette an.

»Hör mal.«

Wir legten uns auf den Fußboden und hörten ein paarmal das Lied.

»Jetzt haben wir schon ein Lied«, sagte Jan.

»Ja. Ein eigenes«, seufzte ich, setzte mich dann abrupt auf und strahlte. »Und eine eigene Geschichte haben wir auch schon!«

Jan kapierte sofort. »Ja, die Geschichte von Frau Bondje!«

Ich kramte den Umschlag aus meinem noch unausgepackten Koffer und begann zu lesen. *»Lana, Jan und die Kettensägenmörderin.«*

Wir mussten grinsen. Und im Laufe der Geschichte mussten wir immer wieder innehalten, weil wir uns vor Lachen nicht einkriegen konnten.

Frau Bondje hatte aus unserer Rettungsaktion eine schreiend komische Geschichte über ein ausgefuchstes Detektivteam gemacht. In ihrer Geschichte retteten Jan und Lana, mutig und verrückt, tatsächlich ein Baby aus den Klauen einer bösen Frau.

»Jan und Lana«, las ich, *»winkten der netten Familie noch einmal zu und drehten sich dann Richtung Meer um. ›Genug gerettet für heute‹, sagte Lana. Sie stapften die Dünen hoch. Die Sonne ging gerade spektakulär rot unter. ›Wir sind ein verdammt gutes Team‹, sagte Jan. Dann drehte er sich zu Lana um und nahm ihre Hand. ›Wir sind das beste Team‹, sagte Lana. Und als die Sonne mit einem leisen Plopp im Meer versank, kamen sich die Köpfe der beiden immer näher. Ende.«*

Wir waren beide baff.

»Sind denn alle Frauen Hellseher?«, fragte Jan.

»Wenn in den nächsten Minuten das eintrifft, was ich gerade denke, dann ja«, sagte ich leise.

Jan grinste.

Und als Frau Bondjes Geschichte mit einem leisen Plopp auf den Boden segelte, kamen sich unsere Köpfe immer näher.

Umzug nach Wolke Sieben

• 1 •

»Jule, du stehst im Weg!«, sagte Papa hinter einer Umzugskiste hervor und stolperte an mir vorbei. Nach dem dritten Mal hatte ich angefangen mitzuzählen und war mittlerweile bei sechzehn angelangt. Volle sechzehn Mal: Jule, du stehst im Weg!

Toll! Wo sollte ich denn sonst stehen? Mit Ausnahme einer schmalen Gasse stapelten sich auf dem gesamten Fußboden unzählige Umzugskartons und vollgestopfte Wäschekörbe. Ich hasste Wäschekörbe. Ich hasste Umzugskartons. Ich hasste Umzüge.

Papa war vor ein paar Wochen mit einer Flasche Sekt nach Hause gekommen und hatte beim Öffnen alles vollgeschlabbert.

»Ich hab ein Wahnsinnsjobangebot von einer Computerfirma aus Köln!«, trötete er begeistert und saugte mit spitzen Lippen den überfließenden Sekt auf.

Ich dachte mir nichts Böses bei der ganzen Geschichte, hörte beiläufig zu, wie Papa furchtbar langweiliges Zeug von den Inhalten und Vorzügen des neuen Jobs erzählte, und plante in Gedanken, welchen Badeanzug ich beim Schwimmturnier in einem Monat tragen würde.

»Ich habe zugesagt«, endete er.

»Toll!«, rief meine Schwester Cora. »In Köln geht der Bär ab!«

»Es wurde auch Zeit, dass du einen Job findest, der deinen Qualitäten entspricht«, freute sich Mama.

Irgendwie schien keiner in meiner Familie mal praktisch zu denken. Oder hatten sie alle in Erdkunde nicht aufgepasst?

»Papa, ist Köln nicht ziemlich weit weg? Fährst du dann mit der Bahn oder mit dem Auto?«, fragte ich.

Papa guckte mich ganz verblüfft an und kniff die Augen zusammen.

»Was ist?«, fragte ich verwirrt. »Ist das eine dumme Frage?«

Ich schaute zu Mama. Die guckte auch ganz verblüfft. Mein Blick wanderte zu Cora. Sie hatte die Augenbrauen hochgezogen und schüttelte den Kopf, wie sie es immer tat, wenn ich nichts raffte.

»Engelchen!«, sagte Papa mit einer Stimme, die er nur dann benutzte, wenn er schlechte Nachrichten schonend verpacken wollte. »Du hast da wohl was missverstanden.«

»Was denn?«, fragte ich immer noch völlig blauäugig.

»Gott, bist du schwer von Kapee«, meckerte Cora. »Papa hat nicht vor, jeden Tag vier Stunden hin- und vier Stunden zurückzufahren, weder mit der Bahn noch mit dem Auto.«

»Nein?«, fragte ich, ohne zu wissen, worauf Cora eigentlich hinauswollte. Wollte Papa nach Köln fliegen? Wollte er joggen? Ich verstand nichts.

Papa bedeutete Cora mit der Hand, dass sie den Mund halten sollte. Cora verschränkte die Arme vor der Brust und zuckte die Schultern.

»Engelchen, wir werden nach Köln umziehen«, sagte Papa dann sanft.

In meinen Ohren klickerte es. Ich hatte die Worte schon verstanden. Akustisch. Aber sie wollten einfach nicht in mein Gehirn vordringen. Umziehen? Umziehen?, klapperte es in meinem Kopf.

»Köln ist so geil!«, freute sich Cora, während ich angestrengt überlegte, was Umziehen für eine Bedeutung hatte.

»Ich hab mal 'ne Doku gesehen über die Kölner Domplatte. Total abgefahren. Da sind Tausende von Skatern und machen absolut irre Sachen auf ihren Boards. Die sahen alle voll süß aus«, schwärmte meine Schwester weiter.

»Moment mal!« Endlich hatte sich mein Gehirn dazu bereit erklärt, den Inhalt dieses Gesprächs zu checken. »Wir können gar nicht umziehen!«

»Hä?«, raunzte Cora und zeigte mir einen Vogel. »Tickst du jetzt gar nicht mehr?«

»Ich ticke ganz genau!«, konterte ich. »Ich bin gerade Klassensprecherin geworden. So ein Amt dauert mindestens ein Halbjahr! Anna und ich haben erst letzte Woche unseren Backstreet-Boys-Fanclub gegründet. Die Backstreet Boys kommen aber erst nächstes Jahr wieder hierher.«

»Boah, Jule!«, stöhnte Cora. »Sonst noch Probleme?«

»O ja!«, giftete ich da, und in meiner Stimme schwangen schon ein paar zittrige Heulvorboten mit. »Ohne mich kann meine Schwimmstaffel niemals den Pokal gewinnen. Ich hab ’ne Tomatenpflanze im Schulgarten. Wisst ihr eigentlich, wie lange so eine Tomatenpflanze braucht, um groß zu werden?«

Jetzt war es um meine Fassung geschehen. Ich heulte Rotz und Wasser.

»Jule. Engelchen. Wir müssen alle Kompromisse schließen«, sagte Mama und versuchte mich in den Arm zu nehmen.

Ich riss mich los und sprang vom Tisch auf. »Was hat denn das mit Kompromissen zu tun?«, schrie ich, und meine Stimme überschlug sich dabei. »Hier geht es um mein Leben. Aber das scheint ja keinen zu interessieren!«

Ich rannte aus der Küche in mein Zimmer, knallte die Tür zu, riss sie wieder auf, schnappte mir das Telefon, knallte die Tür erneut zu und schloss zweimal ab. Meine Hände zitterten wie verrückt, als ich Annas Nummer wählte. Bitte sei da! Bitte sei da!, dachte ich verzweifelt. Sie nahm ab.

»Anna!«, gurgelte ich ins Telefon. »Deeee… He… mei…«

»Ich versteh kein Wort, Jule!«, sagte Anna besorgt. »Was ist denn los? Beruhig dich erst mal!«

Ich riss mich am Riemen und schnaubte fest in ein Taschentuch.

»Meine grausamen Eltern verschleppen mich nach Köln!«, stammelte ich dann.

»Was?«, rief Anna mit Panik in der Stimme.

»Wir ziehen um!«

Anna begann am anderen Ende der Leitung ebenfalls auf der Stelle zu heulen. »Das ist ja grauenhaft!«

Nach fünf Minuten räusperte sich Anna heftig und atmete tief durch. »Wir müssen praktisch denken. Verstell deine Stimme, ruf bei der neuen Firma an und sag, du wärst die Sekretärin deines Vaters und müsstest zu dessen Bedauern ausrichten, dass er die Stelle doch nicht annehmen kann.«

»Tolle Idee!«, nörgelte ich, vom Weinen schon ganz heiser. »Das fliegt doch sofort auf. Wer, bitte, soll mir das glauben?«

»Was dann?«, wollte Anna wissen.

»Ich hau einfach ab!«

»Hä? Wohin denn?«

»Wenn's sein muss, verstecke ich mich im Schulkeller hinter den alten Landkarten und komme einfach vormittags zum Vorschein, als wäre nix passiert. Du musst mich dann halt mit Essen und Trinken versorgen.«

»Super Idee!«, nörgelte jetzt Anna. »Das fliegt bestimmt nicht auf! Meinst du, deine Eltern packen einfach ihre Sachen und pfeifen drauf, dass du verschwunden bist?«

Sie hatte ja recht. Mein Vorschlag war genauso blödsinnig wie ihrer. Aber wie sollte einem in so einer Situation auch was Vernünftiges einfallen?

»Ich hab es!«, ereiferte ich mich. »Ich ruf bei Amnesty International an. Die setzen sich doch gegen die Verschleppung von Menschen ein!«

»Einen Versuch ist es wert!«, fand Anna, auch wenn ich ihrer Stimme anhörte, dass sie mir nicht viele Chancen einräumte.

Bei Amnesty International war ständig besetzt. Erst beim zwölften Versuch nahm am anderen Ende jemand den Hörer ab.

»Amnesty, Pieper«, meldete sich eine Frauenstimme.

Ich klagte ihr mein gesamtes Leid in Kurzform.

»Sie kümmern sich doch um Menschen in Not, oder?«, fragte ich am Ende hoffnungsvoll.

»Das ist nicht witzig!«, raunzte Frau Pieper empört. »Mit so ernsten Themen macht man keinen Unfug!«

»Ja, aber …«, stotterte ich verdattert, aber Frau Pieper hatte bereits den Hörer aufgelegt. War das zu fassen? Offensichtlich hielt Amnesty International es für völlig normal, wenn Eltern ihre Kinder entwurzelten und einen nicht wiedergutzumachenden Verstoß gegen die Menschenwürde unternahmen. Ich starrte entmutigt auf das Telefon und stellte fest, dass ich alle Erwachsenen hasste.

Anna und ich spannen in den nächsten Wochen noch ziemlich viele Pläne, um mein Schicksal abzuwenden. Aber das Schicksal ließ sich nicht abwenden. Ich strafte meine Eltern mit totalem Schweigen. Sie sollten sich bloß nicht einbilden, dass ich ihnen diese Sache jemals wieder verzeihen würde. Sie hatten sich entschieden: Umzug gegen die Liebe ihrer Tochter. Ich musste mich ihrem Entschluss beugen, aber keiner konnte mich zwingen, jemals wieder ein Wort mit ihnen zu reden.

Meine Mutter schaute mich die ganze Zeit mit vor Mitleid triefenden Augen an.

»Sie leidet und lässt keinen an sich ran«, hörte ich sie eines Abends zufällig zu Papa sagen.

»Sie ist in der Pubertät«, entgegnete Papa. »Ich weiß, es ist hart für sie, aber da muss sie jetzt durch.«

Die beiden konnten sich ihr Mitleid echt an den Hut stecken. Pubertät. Pubertät. Ständig versuchten sie alles mit der Pubertät zu erklären. Nicht die Pubertät war schuld an meinem Unglück, sondern meine Eltern höchstpersönlich.

Die letzten Tage in der Schule waren schrecklich. Ständig fing ich mitten in der Stunde an zu heulen. Besonders schlimm war es, als Joachim, mein Stellvertreter, das Klassensprecheramt übernahm.

»Als neuer offizieller Vertreter dieser Klasse werde ich einige Änderungen vornehmen«, tönte er wichtigtuerisch und strich sich dabei seinen spießigen fettigen Scheitel zur Seite. »Statt der von meiner Vorgängerin angesetzten Backstreet-Boys-Fete beantrage ich ein Kickerturnier mit Pokalvergabe.«

Dieser Mistfink kam sich vor wie der Bundeskanzler persönlich. Aber ich hatte nicht die Kraft, mich zu wehren. Ich würde ohnehin weder die Backstreet-Boys-Fete noch das Kickerturnier miterleben.

»Wir wählen ihn bei der nächstbesten Gelegenheit ab«, tröstete mich Anna.

In der großen Pause zog ich sie zum Schulbeet und deutete auf meine Tomatenpflanze. »Kümmer dich um sie, wenn ich nicht mehr da bin.«

»Ich werde sie lieb haben, als wäre es meine eigene«, sagte Anna, und wir mussten sofort wieder anfangen zu heulen.

»Und den Backstreet-Boys-Fanclub löse ich hiermit auf. Ohne dich macht es keinen Sinn mehr«, fügte Anna unter Tränen hinzu, nahm mich stürmisch in den Arm und ließ mich erst wieder los, als sie meins und ich ihr T-Shirt nassgeweint hatte.

»Jule, du stehst im Weg!« Diesmal war es meine Mutter, aber das zählte trotzdem. Nummer siebzehn. Ich wurde in dieser Familie behandelt wie eins der Möbelstücke, die von den Packern durch die Gegend getragen wurden.

Lass es nicht auf ein achtzehntes Mal ankommen, dachte ich mir und beschloss, mich ein wenig nützlich zu machen. Ich griff nach einem herumstehenden Karton. Er war so grottig schwer, dass ich ihn kaum hochgewuchtet bekam. Und plötzlich spürte ich etwas Feuchtes, Warmes in meiner Unterhose.

Na, klasse, Jule!, dachte ich. Mutierst du jetzt wieder zum Baby und machst dir in die Hose?

Ich rannte zur Toilette. Hups! Da war ein großer Fleck dunkles Blut.

Ich bin nicht zum Baby, ich bin zur Frau mutiert, schlussfolgerte ich. Sollte ich mich jetzt freuen oder sollte ich heulen? Das konnte ich unmöglich alleine entscheiden. Ich beschloss, mein Schweigen gegenüber meinen Eltern für diesen absoluten Sonderfall zu brechen.

»Mama! Ich hab sie!«, wisperte ich Mama von der Seite an.

Mama schaute flüchtig in meine Richtung und

schien sich gar nicht zu wundern, dass ich auf einmal wieder sprechen konnte. »Hast du was gesucht, Jule? Schön, dass du es gefunden hast«, plapperte sie zusammenhangslos.

»Nein! Ich hab nichts gesucht! Ich hab auch nichts gefunden. Ich hab meine Tage!«, versuchte ich ihr klarzumachen, worum es dabei eigentlich ging.

Mama brauchte einen Moment, um meine Nachricht zu verstehen, dann kratzte sie sich angestrengt am Kopf. »Soso. Hm. Die Binden sind im Badezimmerkarton und der ist schon im Umzugswagen, ganz hinten«, sagte sie. Dann zog sie aus ihrer Jeanstasche ein zerknülltes Päckchen Tempos und hielt es mir hin. »Stopf dir das ins Höschen, Häschen, ja?«

Ich war fassungslos! War das alles? Der wichtigste Tag in meinem Leben als weibliches Wesen wurde mit einer Packung Tempos quittiert? Als Cora vor eineinhalb Jahren ihre erste Periode bekommen hatte, wurde bei uns zu Hause der totale Ausnahmezustand ausgerufen. Papa schlich nur noch auf Zehenspitzen durch die Zimmer, Mama rannte aufgeregt mit einer Auswahl von zehn verschiedenen Komfortbinden durchs Haus und schloss sich dann stundenlang mit Cora in deren Zimmer ein, um »Frauengespräche« zu führen. Ich bekam kein Mittagessen und 'ne Menge Ärger, als ich Cora beim Abendessen fragte: »Hat es wenigstens so richtig wehgetan?«

Mama ist unzurechnungsfähig wegen dem Umzugsstress, sagte ich mir und beschloss, mich an

Papa zu wenden. Der versuchte gerade verzweifelt, unter der Last von Mamas Sekretär das Gleichgewicht zu halten.

»Papa! Ich bin jetzt eine Frau!«, sagte ich, um erst gar keine Missverständnisse bezüglich des Themas aufkommen zu lassen.

Papa lächelte gequält. »Schön, Jule. Übrigens: Du stehst im Weg!«

Nummer achtzehn. Wenn ich achtzehn war, das schwor ich mir in diesem Augenblick, würde ich meine Sachen packen und auf der Stelle wieder hierher zurückziehen, um nie wieder was mit dieser schrecklichen Familie zu tun zu haben.

»Andreas! Halt mal, da ist eine Drogerie!«, rief Mama, als wir Köln nach fünfeinhalb Stunden endlich erreicht hatten, und stieg aus dem Wagen, um mir eine Packung Binden zu kaufen. Ich drückte meine Nase an die Scheibe und versuchte einen ersten Eindruck von meiner neuen Heimatstadt zu bekommen. Grau und hässlich. Ich mochte sie nicht!

Die neue Wohnung mochte ich auch nicht. Sie war zwar größer als unsere alte und hatte einen zugegebenermaßen ziemlich hübschen Dachgarten, aber es gab einen alles entscheidenden Nachteil: Das eine Kinderzimmer war nur zu erreichen, wenn man mitten durch das andere hindurchging.

Während ich im Bad die erste Binde meines Lebens in meine Unterhose klebte, nahm Cora wie selbstverständlich das hintere Zimmer in Beschlag, indem sie sich im Schneidersitz auf den Fußboden setzte.

Als ich hinzukam, schoss mir die Wut wie eine Fontäne in den Hals. »Was soll das denn? Wer sagt, dass du das Zimmer kriegst?«, schrie ich.

»Verpiss dich. Das ist meins!«, knurrte Cora zurück.

Aber so leicht würde ich nicht aufgeben. Was konnte ich dafür, dass ich meine erste Periode bekommen hatte, deshalb eine blöde Binde in meine Unterhose kleben musste und deshalb nicht als Erste das Zimmer in Beschlag hatte nehmen können?

»Mama!!!!«, brüllte ich, und weil die Sache wirklich wichtig war, gleich noch »Papa!!!!« hinterher.

Mama und Papa stürzten ins Zimmer.

»Hast du dich verletzt?«, fragte Papa beunruhigt.

»Nein. Ich bin o. k. Aber Cora nimmt sich einfach das hintere Zimmer. Ich will es aber auch haben!«

Mama und Papa wechselten einen Blick Marke: Haben wir nicht tausend andere Dinge zu erledigen?, zuckten dann beide die Schultern und setzten sich im Schneidersitz zu uns auf den Boden.

»Kriegsrat!«, verkündete Papa.

»Ich brauche meine Intimsphäre!«, empörte sich Cora augenblicklich. »Ich bin vierzehn! Und Jule ist zwölf. Sie ist noch ein Kind. Kinder haben noch gar keine Intimsphäre!«

Ich fasste es nicht. Was bildete diese dumme Kuh sich eigentlich ein? Ich hatte sehr wohl eine Intimsphäre, spätestens seit ich heute Morgen meine Tage bekommen hatte.

»Ich bin auch eine Frau!«, brüllte ich.

Irgendwie schien mein Satz für Belustigung zu

sorgen. Papa grinste, Mama gluckste und Cora lachte laut los. Ich wusste nicht, was ich tun sollte. Nahm mich denn hier keiner ernst? War ich nur dafür gut, dass man sich auf meine Kosten amüsierte?

»Ich hasse euch«, schrie ich, »alle!«, und rannte wutentbrannt aus dem Zimmer.

Ich wollte eine Tür knallen und mich mit dem Telefon einschließen, hatte aber vergessen, dass es hier momentan weder Zimmertüren noch ein Telefon gab, mit dem ich Anna hätte anrufen können.

In meiner Wut rannte ich einfach zur Wohnungstür hinaus und knallte diese stellvertretend für meine Zimmertür mit einem lauten Knall zu.

Ich rannte, ohne eine Ahnung zu haben, wo ich hinrennen sollte. Ich kannte mich nicht aus und ich kannte auch niemanden, zu dem ich hätte flüchten können. Ich kam mir ziemlich peinlich vor, wie ich so mit laufender Nase und vollgeheultem T-Shirt durch die Gegend irrte und ständig jemanden anrempelte. Gab es in dieser verfluchten Stadt denn gar keinen Ort, an dem man ein bisschen Intimsphäre ergattern konnte?

An der nächsten Straßenecke erspähte ich einen kleinen Park, flüchtete mich dorthin und ließ mich erschöpft auf einer Bank nieder. Ich wollte nur noch alleine sein.

Ich zog die Beine an und versteckte mein Gesicht zwischen den Knien. Wirre Gedanken schossen mir durch den Kopf. Sollte ich mich einfach in einen Zug setzen und zurückfahren? Aber mein gesamtes Erspartes war auf einem Sparbuch und dieses Sparbuch lag in einem Karton, der in der neuen blöden Wohnung stand, in die ich nie wieder zurückwollte!

Ich hielt mitten in einem Schluchzer inne, als mich ein stechender Schmerz an der Schläfe durchfuhr. Irgendwas war mir gegen den Kopf geknallt. Aber was?

Während ich noch überlegte, ob ich mir das Ganze vielleicht doch nur eingebildet hatte, traf ein weiteres Geschoss meinen Kopf. Ich traute meinen Augen nicht. Es war ein Karamellbonbon. Ich setzte mich ruckartig auf, spähte in die Richtung, aus der es gekommen war, und entdeckte im Gebüsch eine Gestalt. Wie von der Tarantel gestochen sprang ich von der Bank hoch und sauste in Richtung Gebüsch. Da hockte ein blonder Junge mit Sommersprossen und einem breiten Grinsen. Als ich näher kam, rannte er laut lachend davon.

Na warte!, dachte ich und nahm die Verfolgung auf. Ich rannte mir die Seele aus dem Leib, hatte aber gegen den Mistkerl nicht die geringste Chance. Er war verdammt schnell. Halt durch, Jule, feuerte ich mich an. Es waren mir schon genug Leute doof gekommen heute. Diesen Bonbons werfenden Mistkerl wollte ich nicht ungestraft davonkommen lassen.

Plötzlich verschwand der Junge in einer Toreinfahrt. Ich hatte schreckliches Seitenstechen. Fast war ich ein bisschen froh, dass ich die Verfolgung an dem Punkt gezwungenermaßen aufgeben musste. Im dritten Stock des Hauses, in das der Junge verschwunden war, öffnete sich ein Fenster.

»Heul doch wieder!«, höhnte er und lachte sich einen Ast ab.

Ich zeigte ihm meinen Mittelfinger und gab ein Grunzen von mir, das einem Wildschwein alle Ehre gemacht hätte. Was für ein Ekeltyp, dachte ich und drehte mich auf dem Absatz um, ohne ihn noch eines Blickes zu würdigen. Hoffentlich würde ich ihm nie wieder begegnen.

Ich hatte keine Ahnung, wo ich war, und brauchte für den Rückweg eine geschlagene Stunde. Alle Menschen, die ich nach dem Weg fragte, schickten mich in entgegengesetzte Richtungen. Hatten die Kölner denn alle Matsche in der Birne?

Als ich endlich vor dem Haus stand, das jetzt mein Zuhause war, wurde es bereits dunkel.

Papa kam mir schon auf der Straße entgegengerannt und schloss mich fest in die Arme. »Da bist du ja!«, sagte er erleichtert. »Wir haben uns schreckliche Sorgen gemacht!«

Ich drückte mich ganz fest an Papas Brust und fing, ohne dass ich es wollte, augenblicklich wieder an zu heulen.

Papa streichelte meinen Kopf. »So schlimm?«, fragte er vorsichtig.

»Ich mag hier gar nichts!«, brach es aus mir heraus. »Ich will zurück nach Hause!«

»Das ist jetzt dein Zuhause«, sagte Papa sanft. »Es tut mir sehr leid, dass ich das einfach über deinen Kopf hinweg bestimmt habe. Das war gemein von mir, ich weiß.«

Ich schluchzte laut auf und konnte kaum mehr richtig sprechen. »Schrecklich gemein!«

Papa nahm mich Huckepack, so wie er es früher immer getan hatte, schleppte mich die Treppe hoch und trug mich bis in mein Zimmer.

Mein Zimmer war das vordere der beiden Kinderzimmer. Cora hatte offensichtlich meine Abwesenheit dazu genutzt, meine Eltern so lange verrückt zu machen, bis sie zustimmten.

Papa legte mich in mein Bett, das Mama mit meinem Lieblingsbettzeug bezogen hatte. »In einem Jahr tauscht ihr«, tröstete er mich. »Dann ziehst du in das hintere Zimmer.«

Ich war viel zu müde, um anzumerken, dass diese »In-einem-Jahr«-Versprechen doch nie gehalten würden. »In einem Jahr darfst du im Auto immer vorne sitzen« hatte sich auch nie bewahrheitet.

Ich drückte meine Nase tief in die Kissen und fiel in einen dumpfen Schlaf.

• 2 •

»Aufstehen!«, flötete Mama. »Heute ist dein erster Tag in der neuen Schule!«

Ich zog die Bettdecke über den Kopf und schluckte dreimal kräftig, um den Kloß loszuwerden, der sich in meinem Hals befand.

»Bist du aufgeregt?«, fragte Mama.

»Nö. Wieso denn?«, antwortete ich betont locker unter der Bettdecke hervor.

Das war eine Lüge. Ich war aufgeregt. Ich war nicht nur aufgeregt, ich hatte eine Höllenangst. Ich kannte keine Menschenseele in dieser neuen Schule. Und ich hatte keine Ahnung, was mich erwarten würde.

»Da sind wir«, sagte Papa und hielt vor einem riesigen grauen Gebäude an. Der Kloß in meinem Hals rutschte mit einem Mal in meinen Magen und drückte da auf alle Eingeweide wie ein Betonklotz.

»Sieht doch nett aus«, flötete Papa aufmunternd.

Nett sah dieser Kasten nun ganz und gar nicht aus. Horden von Mädchen und Jungen strömten durch das große Eingangstor und schnatterten lauthals miteinander. Jeder kannte hier jemanden. Nur ich nicht.

Cora stieg, ohne zu zögern, aus dem Wagen und stolzierte Richtung Schultor, als habe sie nie etwas anderes getan. Sie hielt den Kopf hoch erhoben und lächelte in die Menschenmassen. Wie machte sie das nur? Ich blieb einfach im Auto und rutschte ganz tief in den Sitz. Vielleicht würde Papa mich ja übersehen und mit mir in die Tiefgarage seines neuen Büros fahren. Aber Papa übersah mich nicht. Ich merkte seinen Augen an, dass er genau wusste, was in mir vorging.

»Soll ich mit reinkommen, mein Engelchen?«, fragte er.

Ja. Ja. Ja!!!, schrie mein Herz. Aber mein Kopf wusste, dass ich unmöglich an Papas Händchen in die neue Klasse gehen konnte, wenn ich mir nicht gleich am ersten Tag mit dem peinlichsten aller Auftritte den Start versauen wollte.

»Ich bin doch kein Baby mehr!«, antwortete ich schnell.

Papa nickte mir ganz lieb zu. »Nein, mein Schatz. Du bist jetzt eine Frau, nicht wahr?«

Ich fiel Papa um den Hals. Hoffentlich hatte das keiner gesehen!

»Es wird sicher ganz klasse!«, rief Papa mir nach.

Hoffentlich, dachte ich und ging auf unsicheren Beinen, mit einem Herz, das mir bis zum Hals schlug, Richtung Schultor.

»Das ist Juliane Seeger!«, stellte mich Frau Ammerung, meine neue Klassenlehrerin, vor. »Juliane! Erzähl doch mal, wo du herkommst!«

Ich hätte ihr schrecklich gerne zu verstehen gegeben, dass ich gerade einen furchtbar trockenen Mund hatte und dringend einen Schluck Wasser brauchte, aber ich traute mich nicht. Ich überlegte stattdessen krampfhaft, was ich sagen sollte. Mir fielen nur dumme, sinnlose Sätze ein. Ich komme aus dem Süden und würde euch gern bitten, mich nicht so anzustarren. Ich war mal Vorsitzende eines Backstreet-Boys-Fanclubs und falle gleich in Ohnmacht. Aber das konnte ich unmöglich laut sagen.

Ich sagte einfach gar nichts. Wie durch einen Nebel hörte ich ein paar Schüler kichern.

Frau Ammerung wartete ein paar Jahre, in denen ich erste Falten und graue Haare bekam, und lachte dann künstlich. »Aller Anfang ist schwer. Du wirst sicher bald auftauen, Juliane.«

Sie schickte mich auf einen freien Platz in der vorletzten Reihe. Ich sah alles nur wie durch einen Schleier und war froh, meinen Stuhl ohne Stolpern und Umfallen zu erreichen. In meinem Kopf rauschte es unaufhörlich. Wie peinlich! Wie konnte ich mich nur so danebenbenehmen? Jetzt mussten alle denken, ich tickte nicht mehr ganz sauber. Oder sie hielten mich für debil. Oder für taubstumm.

Mitten in meinen bösen Gedanken hörte ich undeutlich ein Geräusch. Irgendjemand wisperte mir etwas zu. Ich schaute unsicher nach rechts auf meinen Banknachbarn und wäre beinahe rücklings vom Stuhl gekippt. Neben mir saß niemand anders als der Ekeltyp, der mich an meinem ersten Tag in Köln mit Karamellbonbons beworfen hatte.

Er grinste mich breit an. »Heul doch!«, stichelte er.

»Leck mich doch!«, fauchte ich zurück, sammelte all meine Kraft und setzte das coolste Gesicht auf, das ich zustande brachte.

Heul jetzt nur nicht, sagte ich mir immer wieder. Meine Tränendrüsen gehorchten. Ich heulte nicht.

Ich heulte auch nicht, als ich feststellen musste, dass meine neue Klasse in Geschichte in einem völlig anderen Jahrhundert war. Ich heulte auch nicht, als mein Banknachbar, der außer Ekeltyp auch noch Alexander hieß, mir eine Apfelkitsche in mein Mäppchen schmuggelte, ich da mitten hineingriff, mich zu Tode erschreckte, laut quietschte und mich unzählige konsternierte Blicke trafen. Und ich heulte auch nicht, als ich mein neues Mathebuch aufschlug und das Gefühl hatte, in China gelandet und der Schriftzeichen nicht mächtig zu sein. Ich war stolz auf meine Selbstbeherrschung.

In der großen Pause hatte ich mich wieder voll im Griff. Na dann, Jule, dachte ich, mach den ersten verheerenden Eindruck halt wieder gut, indem du dich anstellst wie ein normaler Mensch. Ich gesellte mich, ohne zu zögern, zu einer Gruppe Mädchen aus meiner Klasse.

»Hallo!«, sagte ich. »Ich heiße übrigens eigentlich immer Jule, nicht Juliane.«

Eins der Mädchen, Helen, wie ich mir im Unterricht gemerkt hatte, ergriff das Wort. »Warum hast du eben keinen Ton rausgekriegt?«

»Ich war irgendwie aufgeregt«, gab ich zu.

Helen zog verächtlich die Augenbrauen in die Höhe. »Was hörst du denn für Musik?«

»Ich steh total auf die Backstreet Boys«, antwortete

ich prompt und war froh, dass Helen ein Thema angeschnitten hatte, bei dem ich mich bestens auskannte.

Helen zog die Augenbrauen fast bis zum Haaransatz, hüstelte affektiert, nuckelte bedeutungsvoll an ihrem Kakao und legte ihre langen blonden Haare mit einer gekonnten Bewegung um ihren Nacken.

»Die Backstreet Boys sind total daneben«, sagte sie schließlich, während sie sich gelangweilt eine Fluse vom Pulli zupfte.

»Genau, die Backstreet Boys sind doch total hinterm Mond!«, bestätigte ein Mädchen, dessen Größe ich auf knapp zwei Meter schätzte.

Die anderen Mädchen hatten bis zu dem Moment alle geschwiegen und mit großen Augen auf Helen geschaut. Jetzt kam Leben in die Bande.

»Wer steht denn schon auf die Backstreet Boys?«, lachte eine Braungelockte mit Mitessern auf der Nase.

»Backstreet Opas!«, fügte eine Vierte hinzu, deren Fingernägel ganz kurzgeknabbert waren. Sie erhielt für ihren dummen Spruch Beifall von den anderen.

»Nicht schlecht, Ann-Sophie!«, sagte Helen gönnerhaft.

Das war ja wohl nix, Jule!, dachte ich mir.

»Findet ihr nicht auch, dass Leonardo DiCaprio in der neuen Bravo aussieht wie ein aufgequollener Mops?«, warf ich in die Runde, um Punkte zu machen.

Ann-Sophie ließ vor Schreck ihren Kakao fallen. Helens Augen wurden zu schmalen Schlitzen.

»Leonardo DiCaprio ist der Größte«, fauchte sie. »Merk dir das, Dorftrampel!«

Helen drehte sich von mir weg und wie auf Kommando schlossen die übrigen Mädchen einen Kreis um sie, von dem ich eindeutig ausgeschlossen war. Na bravo. Ich hatte keine zwei Stunden dazu gebraucht, mich ganz und gar unbeliebt zu machen. Eins war klar: Helen konnte mich nicht leiden, und wenn Helen mich nicht leiden konnte, dann konnten mich auch die anderen Mädchen nicht leiden. Heul jetzt nur nicht, sagte ich mir wieder. Halt durch!

Ich hielt durch. Aber als ich nach diesem unsäglich schrecklichen ersten Tag in meiner neuen Schule zu Hause wie ein nasser Sack auf meinen Stuhl am Esstisch plumpste, schien es mir, als wäre ich nicht einfach in eine andere Stadt gezogen, sondern als hätte man mich vielmehr gewaltsam aus meiner Galaxie herausgerissen und per Beamer in ein anderes Sternensystem verpflanzt. Ich war eine Außerirdische. Ich sprach eine andere Sprache, ich hatte andere Gefühle und ich sah anders aus. Grün und schleimig.

»Es war total geil! Bibbi, Tini, Sonni und Lena sind total nett und haben mich gefragt, ob ich bei ihnen mitmachen will. Sie haben so einen Club, in dem sie sich jede Woche einmal treffen und zusammen Tee trinken und quatschen«, erzählte Cora.

Wenn ich ein schleimiger Außerirdischer war, dann war meine Schwester eine Formwandlerin, die sich in jeder Zivilisation zurechtfand. Ich hasste sie dafür.

»Das ist ja toll!«, freute sich Mama über Coras Siegeszug in der neuen Klasse. »Und wie war es bei dir, Jule?«

Mein Mund wurde wieder so trocken wie am Morgen, als ich mich der Klasse hatte vorstellen sollen.

»Toll!«, behauptete ich kurz. »Sind alle total nett.« Dann beugte ich meinen Kopf schnell über meine Pizza, damit mir keiner die Lüge an den Augen ablesen konnte. Ich hätte unmöglich das Heulen unterdrücken können, wenn Mama mich jetzt mit ihren Mitleidaugen angeguckt hätte.

In den großen Pausen wanderte ich von nun an alleine über den Schulhof und tat so, als würde es mir nicht die Bohne was ausmachen. Wann immer ich in ihre Nähe kam, steckten Helen und ihre Freundinnen die Köpfe zusammen und ließen mich wissen, dass ihr Kreis eine geschlossene Gesellschaft war.

Mama fragte zu meiner Qual mit nicht enden wollender Regelmäßigkeit jeden verdammten Mittag, wie es denn in der Schule so lief. Und jedes Mal log ich sie an. Ich wollte einfach kein Mitleid. Ich wollte nicht das Sorgenkind der Familie sein. Ich wollte nicht, dass bei Cora alles klappte und bei mir gar nichts. Ich wollte nicht, dass meine Mutter mich mit diesem weidwunden Blick anschaute: Jule, bist du einsam? Ich war einsam. Ich war vielleicht sogar der einsamste Mensch auf der ganzen Welt. Aber das hätte noch viel mehr wehgetan, wenn Mama,

Papa, Cora und die ganze Menschheit davon erfahren hätten. Und am allermeisten wollte ich verhindern, dass Mama sich, gut gemeint, aber mit verheerender Auswirkung, in meine Angelegenheiten einmischte. Ich traute ihr zu, dass sie in die Schule marschieren, sich vor die Klasse stellen und sagen würde: Seid mal ein bisschen nett zu meiner kleinen Jule! Das hätte mir gerade noch gefehlt.

Also dachte ich mir jeden Mittag eine nette kleine Geschichte aus. Ich erzählte zum Beispiel, dass ich, Helen und ein paar andere Mädchen vielleicht einen Backstreet-Boys-Fanclub gründen wollten. Und einmal erzählte ich sogar, dass ich neben einem ganz netten Jungen am Tisch saß. Das war mit Abstand die unglaublichste Lüge, die ich meiner Mutter auftischte, denn Ekeltyp Alexander ließ keine Gelegenheit aus, mich vor der Klasse bloßzustellen und mich daran zu erinnern, dass ich eine Heulsuse war.

Am folgenden Montag trat hinter der chronisch gut gelaunten Frau Ammerung ein Mädchen in die Klasse, das ich noch nie gesehen hatte und das mindestens einen Kopf größer war als wir anderen, abgesehen von Zwei-Meter-Pauline. Eine imposante Erscheinung. Ihre schwarzen Haare hatte sie sich offensichtlich am Morgen nicht gekämmt. Man konnte deutlich erkennen, auf welcher Seite sie geschlafen hatte. Ihre Augenbrauen waren ebenfalls pechschwarz und in der Mitte zusammengewachsen. Darunter funkelten die tollsten und blauesten Augen, die ich je gesehen hatte.

»Das ist Mechthild«, sagte Frau Ammerung. Ein paar Schüler kicherten. Mechthild war aber auch wirklich ein merkwürdiger Name. Die Freundin meiner Oma hieß Mechthild. Ich hätte nie gedacht, dass auch Mädchen in meinem Alter Mechthild heißen könnten. Andererseits passte der Name irgendwie. Mechthild trug einen Hosenanzug, der wahrscheinlich schon in der Jugend meiner Oma unmodern gewesen war. Ein giftgrünes Teil aus einem dicken wolligen Stoff.

Frau Ammerung forderte Mechthild fröhlich auf zu erzählen, wo sie herkäme. Ich hatte sofort Mitleid mit Mechthild. Wahrscheinlich hatte sie jetzt einen schrecklich trockenen Mund und konnte keinen Ton rausbringen.

Aber Mechthild konnte sehr wohl Töne rausbringen. Und diese Töne waren alles andere als leise.

»Ich heiße Mechthild Slawitzki und komme geradewegs aus Hamburg, davor aus Stuttgart, davor aus Paris, davor aus Bonn, davor aus London, davor aus ...«

Mechthild zählte zwölf verschiedene Städte auf. Ich war beeindruckt. Mit meinem einen Umzug fühlte ich mich schon wie das bedauernswerteste Wesen auf der ganzen Welt. Wie musste ihr erst nach der zwölften Entwurzelung zumute sein?

»Ich schlage vor, du suchst dir einen Platz aus, wo du sitzen möchtest«, sagte Frau Ammerung, sichtlich erleichtert, dass Mechthild ihren Vortrag endlich beendet hatte.

Mechthilds blaue Augen wurden zu schmalen Schlitzen und wanderten in aller Seelenruhe die

Bankreihen ab. Sie ignorierte sämtliche freien Plätze und deutete schließlich mit dem Finger auf Alexander.

»Da möchte ich sitzen«, beschloss Mechthild.

»Da ist aber doch gar nichts frei«, bemerkte Frau Ammerung irritiert.

»Stellt das ein schwerwiegendes Problem dar?«, fragte Mechthild ganz höflich.

»Äh, tja«, murmelte Frau Ammerung und legte die Stirn in Falten. Sie betrachtete mich, dann Alexander, und schließlich hellte sich ihr Gesicht auf. »Wahrscheinlich ist es sogar eine gute Idee, wenn ihr beiden Neuankömmlinge zusammensitzt.«

Ich jubelte innerlich. Ekel Alexander wurde kurzerhand auf einen anderen Platz geschickt.

»Menno!«, nörgelte er.

Wieso machte Alexander so ein Bohei darum, von mir weggesetzt zu werden? Schließlich hasste er mich wie Lepra. Wahrscheinlich ärgerte er sich, weil er mir jetzt nicht mehr andauernd eklige Sachen ins Mäppchen packen konnte und mir meine Schnürsenkel nicht mehr an die Tischbeine binden und mir nicht mehr »Heul doch!« in meine Hefte kritzeln konnte.

Mechthild nahm mit einem lauten Plumps neben mir Platz und streckte mir die Hand entgegen. »Hallo. Mechthild«, stellte sie sich vor.

»Hallo. Jule«, antwortete ich.

Kaum hatten unsere Hände sich berührt, wusste ich, dass ich Mechthild schrecklich doll mochte.

Mechthild grinste während der ersten beiden Stunden immer wieder zu mir rüber. Beim dritten

Mal fing ich an mitzuzählen, und als es zur ersten großen Pause gongte, hatte Mechthild mir sechzehnmal zugegrinst. Ich beschloss, dass das ein sicheres Zeichen dafür war, dass sie mich auch sympathisch fand.

»Eine wahrhaft gigantische Anhäufung säuerlicher Zimtzicken hier!«, meinte Mechthild in der ersten großen Pause und lehnte sich neben mich an die Schulmauer.

Ich konnte gar nicht fassen, dass sie das so schnell festgestellt hatte, nickte begeistert, berichtete ihr von den Höllenqualen, die ich seit meiner Ankunft erlitten hatte, und beschwerte mich bitterlich über Helen. »Sie ist so was von arrogant und total gemein!«

Mechthild lachte. »Zimtzicken wie Helen sind doch das Salz in der Suppe, Jule. Ohne die wäre es todlangweilig.«

So hatte ich das noch nie gesehen. Aber wenn ich es mir so durch den Kopf gehen ließ, gefiel mir diese Sicht der Dinge ausgesprochen gut.

»Findest du nicht auch, dass die beiden Neuen wunderbar zusammenpassen? Sie haben beide so was ... tja ... wie soll ich sagen ... so was Ländliches an sich!«, bekundete Helen so laut, dass wir es auch sicher hören würden.

Sofort war es in der Klasse mucksmäuschenstill. Wenn man genau hingehört hätte, hätte man vielleicht das leise »Platsch!« hören können, das der Tropfen machte, der mein Fass endlich zum Überlaufen brachte.

»Mechthild, hast du verstanden, was Fräulein Etepetete gerade gesagt hat?«, schoss es aus meinem Mund.

»Nein, meine Beste, mir war zwar, als hätte sie was gesagt, aber wahrscheinlich war es nur ein Pups, der ihrem verkniffenen Hintern entfleucht ist.«

Ich brach in einen lautlosen Jubel aus. »Wusstest du, meine Herzallerliebste, dass Leonardo DiCaprio im Urlaub in den Atlantik gesprungen ist und dass sich noch Wochen später die Badegäste über Fettaugen auf dem Wasser beklagt haben?«, sprudelte es aus mir heraus.

Ein paar Jungs fingen an zu kichern, die Mädchen schauten betroffen auf den Boden und Helen machte den Mund auf, schnappte nach Luft und klappte ihn dann unverrichteter Dinge wieder zu.

Als ich an diesem Mittag nach Hause kam, musste ich Mama nicht anlügen.

»Wie war dein Tag, Jule?«, fragte sie wie immer.

»Superoberknallergut!«, antwortete ich aus tiefster Überzeugung.

»Ich hab dich in der Pause gesehen. Wer war denn der Waldschrat, mit dem du abgehangen hast?«, fragte Cora mit angewidertem Gesichtsausdruck.

»Cora!«, ermahnte Mama sie.

»Lass mal, Mama«, meinte ich lässig. Dann beugte ich mich zu meiner Schwester. »Cora, weißt du was? Zimtzicken wie du sind das Salz in der Suppe. Ohne euch wäre es todlangweilig!«

· 3 ·

Es bürgerte sich schnell ein, dass Mechthild fast jeden Tag bei uns zu Mittag aß. Meistens blieb sie sogar bis zum Abendessen und immer häufiger auch über Nacht. Mama und Papa mochten Mechthild, und selbst Cora, die anfangs von Mechthild immer nur als »dem Waldschrat« geredet hatte, fand Gefallen an Mechthilds schrulliger Art.

»Cora, meine Schönste, würdest du die unendliche Güte besitzen, mir die Salami zukommen zu lassen?«, sagte Mechthild beim Abendessen.

»Aber mit dem größten Vergnügen, meine Salamifreundin«, antwortete Cora.

»Ich hoffe, es mundet Ihnen, Gnädigste«, fügte Papa lachend hinzu. Und Mama schaute von einem zum anderen und war zufrieden mit der Welt.

Ich kaute glücklich an meinem Brot und musste mal wieder feststellen, dass Mechthild sich bei mir wie zu Hause zu fühlen schien. Ich dagegen hatte Mechthilds Eltern noch nicht kennengelernt und Mechthild ließ sich auch nicht erweichen, von ihnen zu erzählen. Ich hätte zu gerne gewusst, ob ihre Eltern auch »Teuerste Gattin« und »Liebster Gatte« zueinander sagten und ob sie auch zottelige schwarze Haare hatten. Ich hatte es allerdings irgendwann aufgegeben, danach zu fragen. Mechthild wollte nicht darüber sprechen. Und wenn Mechthild etwas nicht wollte, das hatte ich schnell begriffen, dann war jeder Versuch, sie umzustimmen, zwecklos.

»Pizza mit Thunfisch und Kapern«, seufzte Mechthild in der großen Pause und schnalzte laut mit der Zunge. »Ich hab solche Gelüste nach Pizza, Jule, dass ich kaum Worte dafür finde.«

Wie so oft waren Mechthilds Gedanken bereits bei den Köstlichkeiten, die meine Mutter uns zum Mittagessen kredenzen würde.

»Ich gäbe meinen rechten Arm für Spaghetti Carbonara«, tönte ich und ließ mir das Wasser im Mund zusammenlaufen bei der Vorstellung, wie ich die Spaghetti in den Mund schlürfen würde. Mitten in meiner buttrig-warmen Fantasie klatschte mir etwas Feuchtes, Kaltes ins Gesicht. Ich erschrak höllisch.

Alexander stand mit einem Plastiklöffel bewaffnet zwei Meter vor mir und schoss mit einem fiesen Grinsen im Gesicht weitere Portionen von seinem Jogurt in meine Richtung.

»Na, warte, Affengesicht!«, schrie ich und wollte mich auf ihn stürzen. Alexander wich allerdings so geschickt aus, dass ich stolperte und der Länge nach auf den Boden fiel.

»Heul doch!«, blökte er.

Ich war viel zu benommen, um etwas zu erwidern, und sah nur undeutlich, wie Alexander davonlief und Mechthild seine Verfolgung aufnahm. Wie aus weiter Ferne hörte ich Helens blödes Gelache. Klar, dass sie sich über mein Unglück freute. Ich lag wie eine gestrandete Robbe im Dreck, vollgeklatscht mit Jogurt, und Helen lachte! Ich hasste sie.

In dem Moment griff mir jemand unter die Arme und stellte mich auf meine Beine zurück.

»Bist du o. k.?«, fragte eine Stimme, bei der der Synchronsprecher von Brad Pitt vor Neid verstummt wäre. Ich nickte, obwohl ich das noch gar nicht überprüft hatte.

So plötzlich wie sie aufgetaucht war, war die Stimme mitsamt dem dazugehörigen Körper auch schon wieder verschwunden. Und dieser Körper gehörte einem Jungen, den ich, ich hätte schwören können, noch nie zuvor gesehen hatte und der, ich hätte schwören können, besser aussah als alle Backstreet Boys zusammen. Er sah sogar besser aus als alle Boygroups der ganzen Welt zusammen.

»Tststs«, machte Helen gekünstelt Anteil nehmend, »du wirst dir doch nicht etwa wehgetan haben?«

»Lieber ab und zu eine kleine Fleischwunde als von morgens bis abends Muskelkater von einem verkniffenen Hintern!«, erwiderte ich.

Mechthild kam auf mich zugestürzt. »Jule, hast du dir wehgetan?«, fragte sie mit einem besorgten Blick auf die kaputte Hose und meine aufgeschürften Knie.

»Ein bisschen«, antwortete ich.

»Ich hab dem ungehobelten Widerling seine verdiente Strafe zukommen lassen«, berichtete Mechthild in ihrer typischen Art und machte vor, wie

Alexander geguckt hatte, als sie ihm eine Kopfnuss verpasst hatte. Er musste ausgesehen haben wie ein geistesgestörter Schimpanse.

»Ich hab so ein komisches Gefühl im Bauch«, sagte ich.

Mechthild brachte mich zur Schulkrankenschwester.

»Sie ist hingefallen und hat jetzt ein komisches Gefühl im Bauch. Was kann das sein?«, wollte Mechthild von ihr wissen.

»Das ist der Schock«, stellte unsere Schulkrankenschwester fachmännisch fest, versorgte meine Knie mit einem dicken Pflaster und schickte uns in die Klasse zurück.

Das komische Gefühl ging auch in den nächsten beiden Stunden nicht weg. Ich konnte mich kaum auf das konzentrieren, was Frau Ammerung über die Punischen Kriege erzählte.

Nach Schulschluss war es immer noch da, und als Mechthild beim Verlassen der Schule wetten wollte, ob es Pizza oder Spaghetti zu Mittag geben würde, und in dem Augenblick mein Held aus der ersten großen Pause mit seinem Skateboard an uns vorbeiraste, wurde das komische Gefühl so stark, dass ich schon bei dem bloßen Gedanken an Mittagessen das Grausen bekam.

»Ich glaube, der Schock sitzt ziemlich tief«, sagte ich zu Mechthild.

Zu Mittag gab es tatsächlich Spaghetti Carbonara. Ich konnte mich aber weder über die Tatsache an sich noch darüber freuen, dass ich die Wette gewonnen hatte.

»Bist du krank, Jule?«, fragte meine Mutter besorgt.

Ich war mir nicht sicher, schüttelte aber energisch den Kopf. »Nein, nein. Mir ist nur heute nicht nach Spaghetti Carbonara«, log ich und erntete dafür von Mechthild einen verwirrten Blick.

In der Nacht lag ich hellwach im Bett und tastete meinen Bauch ab. Das komische Gefühl war immer noch da. Ich machte mir jetzt ernsthaft Sorgen. Was, wenn ich bei dem Sturz innere Verletzungen davongetragen hatte und gerade dabei war, lautlos zu verbluten?

Ich schlich mich in Coras Zimmer und weckte sie. »Cora, mit mir stimmt was nicht.« Instinktiv wusste ich, dass Cora in meiner Situation die einzig richtige Ansprechpartnerin sein würde.

»Es ist mitten in der Nacht. Spinnst du?«, brummte Cora.

»Es ist aber was Schlimmes. Ganz bestimmt!«, jammerte ich.

Cora schaute mich prüfend an und schlug dann die Bettdecke zurück. »Komm rein«, sagte sie knapp.

Das hatte es schon ewig nicht mehr gegeben. Früher hatte sie mich oft in ihr Bett kriechen lassen, wenn ich mich fürchtete. Wenn ein fieses Gewitter über dem Haus tobte. Wenn Mama und Papa sich stritten. Wenn ich am Abend vor einer Mathearbeit nur von Zahlen träumte. Aber es war bestimmt schon zwei Jahre her, dass ich das letzte Mal in Coras Bett geschlüpft war. Irgendwann hatte sie einfach keine Lust mehr gehabt, mich zu beschützen. Und wenn sie mir ausnahmsweise doch erlaubte, mich zu ihr zu legen, fühlte es sich nicht mehr richtig an.

»Na, mach schon«, forderte mich Cora ungeduldig auf. Ich kletterte in ihr Bett und fühlte mich augenblicklich schon ein bisschen besser. Hier war es warm und gemütlich.

»Du bist verknallt, Jule«, stellte Cora trocken fest, nachdem ich ihr von meinem Sturz und meinem Retter erzählt hatte.

»Bist du sicher?«

»Eindeutig.«

»So fühlt sich das an?«, fragte ich ungläubig.

»Was dachtest du denn?«

Ich hatte mit allem gerechnet, zum Beispiel mit einer Mischung aus Reisefieber und dem Gefühl, das man am Abend vor Weihnachten hat, oder mit einer Kreuzung aus »Geschenke auspacken« und »In der Sonne liegen«. Meinetwegen auch ein bisschen was von »Rippenkitzeln« und »Einen Lachkrampf kriegen«, aber nicht damit, dass ich mich irgendwie krank fühlen würde.

»Ich habe keinen Appetit, in meinem Bauch herrscht ein Gefühl wie vor einer Mathearbeit, ich krieg kaum Luft, meine Beine sind wackelig und in meinem Kopf herrscht Nebel und Durchzug«, klagte ich.

»So ist das nun mal«, seufzte Cora.

Und dann erzählte sie mir von ihrem ersten Verliebtsein und ich war seit langer Zeit mal wieder richtig glücklich darüber, eine große Schwester zu haben.

Am nächsten Morgen in der Schule konnte ich es kaum abwarten, Mechthild zu sehen. Wir hatten uns angewöhnt, fünf Minuten früher am Schultor zu sein, um vor der ersten Stunde die wichtigsten Ereignisse der Nacht und des Morgens zu besprechen. Heute war ich schon zehn Minuten früher da. Es konnte ja sein, dass ER ein Frühkommer war, und ich wollte ihn unter keinen Umständen verpassen.

Aber er kam nicht. Und auch Mechthild kam ausgerechnet heute pünktlich wie die Sonnenuhr und ich konnte ihr auf dem kurzen Weg zum Klassenzimmer nur in knappen Worten berichten, was mir auf der Seele brannte.

»Mechthild, mich hat es erwischt! Ich bin verliebt!« Ich schaute sie erwartungsvoll an, hatte mir ausgemalt, dass ihre Augen vor lauter Informationshunger zu leuchten beginnen würden, aber nichts in der Art geschah.

Mechthild nickte und hakte das Thema mit einem Wort ab. »Aha.«

Das war alles? Ich blinzelte in den ersten beiden Stunden immer wieder zu Mechthild rüber. Schrieb sie gerade an einem Zettelchen, auf dem sie all die wichtigen offenen Fragen auflistete? In wen bist du verliebt? Wie kam es? Wie fühlt es sich an?

Aber Mechthild lauschte mit für sie sonst ganz und gar nicht typischer Aufmerksamkeit, was Frau Ammerung über die Anordnung des Verbs im Satzaufbau zu sagen hatte. Ich war mächtig enttäuscht.

»Willst du denn gar nicht mal fragen, in wen ich verliebt bin?«, fragte ich Mechthild in der Pause.

»In wen bist du verliebt?«, echote Mechthild ohne einen Funken von wahrem Interesse.

Ich beschloss, ihre Gleichgültigkeit einfach zu ignorieren. Mochte ja sein, dass sie keinen Bedarf hatte, etwas zu erfahren. Ich hatte allerdings einen ungemeinen Bedarf, etwas loszuwerden.

Ich berichtete ihr von meinen Gefühlen seit dem wundersamen Zusammentreffen mit IHM. Mechthild hatte die Augen geschlossen und streckte ihren Kopf gekünstelt in die Sonne. Mechthild schloss nie die Augen. Im Gegenteil. Ich hatte mir schon oft Sorgen darum gemacht, ob Mechthilds Augen nicht irgendwann wie zwei verbrutzelte Spiegeleier aussehen würden, wenn sie weiter in die pralle Sonne starren würde.

»Also«, sagte ich. »Zuerst einmal muss ich jetzt alles, aber auch wirklich alles über ihn herausfinden.«

An dem Punkt unserer bisher recht einseitigen Unterhaltung öffnete Mechthild die Augen. »Ich finde Verlieben blöd. Das ist eine der Sachen, die ich niemals tun werde. Genauso wenig, wie ich jemals Austern essen, einen Rock anziehen und Chinesisch lernen werde.«

Es gongte zur nächsten Stunde und Mechthild setzte sich sofort in Bewegung. Ich wollte ihr nachlaufen, aber meine Beine rührten sich nicht vom Fleck, weil meine Augen IHN erspäht hatten. Er stand keine drei Meter von mir entfernt und unterhielt sich mit einem anderen Jungen. Sein Skateboard hatte er lässig hochgestellt und gegen sein

Bein gelehnt. Während er sprach, drehte er seine Baseballmütze in einer Tour auf seinem Kopf von links nach rechts. Mein Herz wummerte in meiner Brust. Mein Kopf war wie leergeblasen. Gott, was sah er niedlich aus!

Verzweifelt versuchte ich, wenigstens ein Bein zu bewegen, um mich einigermaßen lässig an die Schulmauer zu stellen. Es klappte nicht. In meiner Not tat ich einfach so, als würde ich auf jemanden warten, und murmelte ein paarmal so etwas wie »Wo bleibt sie denn bloß?« und schaute nervös auf meine Armbanduhr. Ich hätte mir auch das sparen können, weil ER kein einziges Mal in meine Richtung schaute. Aber sicher war sicher.

Angestrengt versuchte ich, ein paar Fetzen der Unterhaltung aufzuschnappen, konnte allerdings so gut wie nichts verstehen. Als es zum zweiten Mal gongte, verabschiedete er sich von seinem Freund, indem sie sich gegenseitig auf die Handflächen schlugen und danach eine komplizierte Abfolge von Fingerverhakelungen vollführten.

Als ER dann schon ein paar Schritte weg war, rief ihm der andere Junge hinterher: »He, Carlo! Drei Uhr geht klar?«

Dieser Name war wie geschaffen für ihn. Carlo. Oder Karlo? Wie auch immer. Carlo oder Karlo klang nach Italien, nach Amore, nach brennender Leidenschaft. Ich stellte mir vor, wie ich ihm durch die braunen schulterlangen Locken streicheln würde und »Carlo!« oder »Karlo!« hauchen würde.

Als ich aus dieser wundervollen Fantasie erwachte, war Carlo oder Karlo verschwunden. Überhaupt war der ganze Schulhof wie leergefegt. Ich beeilte mich, ins Klassenzimmer zu kommen, und erzählte meinem Englischlehrer irgendwas von tückischem Durchfall.

Bald hatte ich herausgefunden, dass Carlo oder Karlo Carlo hieß. Ich hatte in der Bibliothek in den alten Jahrbüchern geblättert und dort die grundlegendsten Informationen über ihn erhalten. Carlo Schneider. Eine Klasse über mir. Ein Ass in Sport.

In den großen Pausen hatte ich die schwierige Aufgabe zu bewältigen, Mechthild so über den Schulhof zu lotsen, dass ich Carlo im Blick behalten konnte, ohne dass Mechthild etwas davon mitbekam. Ich wusste nur zu gut, dass Mechthild ansonsten die Augen verdrehen würde, wie sie es immer tat, wenn das Thema Carlo zur Sprache kam. Dann würde sie sagen: »Jule! Lass die Finger davon! Männer machen nichts als Ärger!«

»Ich brauch Schatten!«, log ich und zerrte die verdutzte Mechthild unter die alte Kastanie im hinteren Teil des Schulhofes. Perfekt. Von hier aus hatte ich einen einwandfreien Blick auf das Objekt meiner Begierde.

Während Mechthild sich darüber amüsierte, wie dämlich Helen heute mit ihrem blauen Lidschatten ausgesehen hatte, versuchte ich so unauffällig wie möglich jede Bewegung von Carlo mitzubekommen.

Aus dem Augenwinkel bemerkte ich, wie Helen und ihr Gefolge sich uns langsam näherten. Ich legte mir gerade einen saftigen Begrüßungsspruch für

Helen bereit, als sich in meinem Kopf plötzlich alles drehte. Was war das?

Während Helen, albern kichernd und mit hochgezogenen Augenbrauen, an der Skaterecke vorbeistolzierte, wandte sich Carlo von seinen Freunden ab und starrte ihr hinterher.

Er starrt, weil er findet, dass Helen mit ihrem Lidschatten total panne aussieht, redete ich mir schnell ein.

»Dein Carlo steht auf unsere verkniffene Zimtzicke!« Mechthild war meinem verdatterten Blick gefolgt und zerstörte meine Illusionen, ohne mit der Wimper zu zucken.

»Spinnst du?«, maulte ich Mechthild an. Aber mein Herz wusste, dass sie recht hatte. Carlos Blick, der immer und immer noch nicht von Helens Rücken weichen wollte, sagte nicht, dass er sie panne fand. Er sagte genau das Gegenteil.

»Puh. Irgendwie riecht es hier nach Kuhstall, findet ihr nicht?«, flötete Helen, die ihre Anhängerinnen um sich geschart und sich mir genau ins Blickfeld gestellt hatte.

Ich hätte sie umbringen können. Dieses Weib war der Nagel zu meinem Sarg. Sie war die Pest, die mich verfolgte. Sie war mein privater Albtraum.

Cora wiegte bedenklich den Kopf hin und her.

»Schwierige Situation!«, befand sie schließlich. »Entweder du lässt dich auf einen Kampf ein oder aber du schlägst ihn dir möglichst schnell aus dem Kopf.«

»Das kann ich nicht! Er wohnt in meinem Kopf.

Verstehst du? Er ist sozusagen der einzige Inhalt, der in meinem Kopf überhaupt noch existiert!«, zeterte ich.

Cora ging zu ihrem Kleiderschrank und kramte in ihren Klamotten herum, während sie weitersprach. »Erstens: Finde heraus, was Helen von ihm hält. Zweitens: Lass ihn nicht aus den Augen. Drittens: Zieh dich nicht länger an wie ein Baby.«

Cora lieh mir eins ihrer T-Shirts und ihren alten Minirock und ich probierte die Sachen vor dem Spiegel im Badezimmer an.

Ich kam mir ein bisschen komisch vor in dem hautengen T-Shirt, das gerade mal bis zum Bauchnabel reichte, und in dem kurzen Rock, von dem ich nicht wusste, wie man sich in ihm hinsetzen sollte, wenn man nicht Gott und der Welt seinen Schlüpfer präsentieren wollte. Aber die Sachen passten mir wie angegossen.

Cora betrachtete ihr Werk, schien aber noch nicht ganz zufrieden damit zu sein. Mit ein paar geschickten Handgriffen malte sie mir hier ein wenig Rouge, da ein wenig Lipgloss und dort ein klitzekleines bisschen Lidschatten ins Gesicht. Blauen Lidschatten.

»Cora, ich weiß nicht! Ist das nicht zu übertrieben?«

»Jule! Der Junge ist älter als du. Wenn du also im Rennen bleiben willst, musst du schon was dafür tun!«

Ich fügte mich.

Aber Cora schien immer noch nicht restlos glücklich mit meinem Anblick zu sein. »Irgendwas fehlt«, sinnierte sie. »Jule, du hast keinen Busen!«

Zugegeben, ich hatte noch keine sonderlich ausgeprägten Brüste. Eher erinnerten sie an zwei kleine Flummibälle. Aber ich war eigentlich immer ganz froh darüber gewesen. Große Brüste stellte ich mir ziemlich lästig vor. Wie sollte man mit großen Brüsten auf dem Bauch schlafen, wohin mit ihnen, wenn man auf dem Trampolin sprang?

»Ja und?«, sagte ich beleidigt.

»Jungs stehen auf Brüste. In der Bravo hab ich gelesen, dass Jungs zuerst auf den Busen gucken und dann erst in die Augen.«

»Helen hat schon ganz schöne Dinger«, brummelte ich.

»Siehste«, erwiderte Cora und rannte in ihr Zimmer. Sie kam mit einem ihrer BHs zurück, stopfte ihn mit Wattepads zu einem ansehnlichen Vorbau aus und drückte ihn mir in die Hand. »So wird es gehen.«

Ich zog das Monstrum an und betrachtete mich im Spiegel. »Ich seh aus wie Pamela Anderson«, sagte ich unsicher.

»Quatsch. Du siehst gut aus«, meinte Cora. »Grunderneuerung abgeschlossen.«

»Himmel, hilf, Jule! Du siehst aus wie Helen!«, sagte Mechthild angewidert, als wir uns am nächsten Morgen vor der Schule trafen.

Ich konnte das von Mechthild jetzt nicht gebrauchen. Ich hätte mir ein wenig Unterstützung bei meinem Kampf um Carlo gewünscht und nicht dieses Rumgenörgel. Es hatte mich schon ohne Mechthilds Kopfschütteln eine Höllenüberwindung gekostet, meinen falschen Busen anzulegen und damit in die Schule zu stolzieren.

In der Klasse angekommen wurde mir klar, wie saudämlich das gewesen war. Ich würde bei der erstbesten Gelegenheit zur Toilette verschwinden und den BH ausziehen.

Leider gab es in der neuen Schule aber, wie für fast alles, eine merkwürdige Regel, was das Toilettengehen anbetraf. In der ersten Stunde war es quasi verboten, weil, so meinte Frau Ammerung, kein gesunder Mensch innerhalb einer Stunde Drang verspüren konnte und sie nicht wollte, dass man sich, statt zu lernen, auf dem Gang herumdrückte.

Von wegen kein Drang innerhalb der ersten Stunde! Ich verspürte einen Riesendrang, und zwar danach, meinen falschen Busen loszuwerden.

Bis zur zweiten Stunde, entschied ich notgedrungen, würde ich einfach meine Jeansjacke anbehalten. Ich schwitzte wie ein Blöde. Als es endlich zur Pause gongte, rannte ich wie von der Tarantel gestochen Richtung Toilette. Doch noch ehe ich die rettende Tür erreicht hatte, sah ich von Weitem Carlo den Gang herunterschlendern.

Jungs stehen auf Brüste!, schoss es mir durch den Kopf. Ich schlüpfte ganz schnell aus meiner Jeansjacke, warf mich ins Hohlkreuz und steuerte meine falsche Busenpracht Richtung Carlo. Der Gang kam mir auf einmal schrecklich lang vor. Die Zeit tickte wie in Zeitlupe und mir gingen tausend Gedanken im Kopf rum. »Sag was!«, feuerte mich eine innere Stimme an. »Bist du verrückt! Du kannst unmöglich einfach was sagen!«, entgegnete eine andere Stimme. Am liebsten hätte ich laut RUHE!!!! gebrüllt, um die zwei Streithähne in meinem Schädel zum Schweigen zu bringen.

Dann ging alles ganz schnell. Ohne dass auch nur irgendwas passiert wäre, war Carlo an mir vorbeigegangen.

»Na toll, Jule! Das war deine Gelegenheit und du lässt sie einfach an dir vorbeiziehen!«, sagte die eine Stimme. »Gut, dass es vorbei ist!«, sagte die andere.

»Hallo! Carlo! Warte mal!«, schrie die Stimme, die tatsächlich aus meinem Mund kam.

Carlo drehte sich um und legte den Kopf schief, als überlege er krampfhaft, ob ich ihm irgendwie bekannt vorkommen müsste.

»Ähm … also, so heißt du doch, Carlo?«, stammelte ich. »Ich hab das rein zufällig mal aufgeschnappt. Deinen Namen«, fügte ich dann auch noch hinzu. Ich wollte meine Zunge stoppen, aber es ging nicht. »Aber ob Carlo nun mit K oder mit C geschrieben wird, weiß ich natürlich nicht!«

Wenn Carlo nicht irgendwas gesagt hätte, hätte ich wahrscheinlich noch Stunden so weitergestammelt. Aber Carlo sagte: »Mit C.«

»Oh!«, konterte ich in einer Schlagfertigkeit, die ihresgleichen sucht. »Ich wollte mich nur noch mal bei dir bedanken, wegen der Sache auf dem Schulhof.«

Carlo legte wieder den Kopf schief, als könne er sich nicht im Geringsten daran erinnern, wovon ich eigentlich sprach.

»Du weißt schon. Ich bin die, der du neulich aufgeholfen hast«, half ich seinem Gedächtnis auf die Sprünge.

Er erinnerte sich. »Ah, die, die in den Dreck geknallt ist!«

Ich habe mich verknallt!!!!, schrie die eine Stimme in meinem Inneren. Aber das sagte ich natürlich nicht.

»Kein Problem!«, sagte Carlo und drehte sich zum Gehen.

Ich schaute ihm nach und schüttelte über mich selbst den Kopf. Ich war einfach zu blöde, um ein anständiges Gespräch zu führen. Wieso versagte mein Verstand, wenn ich Carlo gegenüberstand? Mit Mechthild konnte ich doch auch sprechen. Selbst bei Helen, die ich hasste wie Fußpilz, versagte mir nie die Stimme. Aber bei Carlo mutierte ich in Sekundenschnelle zum Kleinkind, das nur unzusammenhängendes Zeug von sich geben kann.

Über meine schreckliche Niederlage hatte ich mein ursprüngliches Vorhaben total vergessen. Ich schleppte mich zum Pausenhof und sehnte mich nur noch danach, mich hinter Mechthilds breiten Schultern zu verstecken.

Doch bevor ich den Schutz von Mechthilds Rücken erreicht hatte, stand mir plötzlich Helen samt ihrer Gefolgschaft gegenüber. Sie bog sich vor Lachen und konnte kaum richtig artikulieren.

»Was soll das denn sein?« Sie zeigte mit spitzen Fingern auf mein T-Shirt.

Mein T-Shirt! Verdammt! Ich hatte in der ganzen Carlo-Aufregung meine falschen Brüste vergessen.

»Das ist ein wissenschaftliches Experiment«, sagte

ich in völlig ernstem Ton. »Ich teste, wie männliche Wesen auf weibliche Reize reagieren.«

Gott, was für ein Blödsinn! Aber in dem Moment fiel mir einfach nichts Besseres ein. Ich stapfte an Helen vorbei und hörte noch Minuten später ihr schallendes Gegacker.

· 4 ·

»Auf deinen Ratschlag hör ich nie wieder!«, fauchte ich Cora nach dem Mittagessen an. »Ich habe mich zu Tode blamiert mit den falschen Dingern!«

Cora keifte nicht wie gewohnt zurück, sondern verzog ihre Lippen zu einem breiten Grinsen.

»Was?«, grunzte ich. Ich kannte dieses Lächeln. Es bedeutete so was wie: »Ich weiß was, was du nicht weißt.« Und irgendwie war ich mir sicher, dass dieses Irgendwas etwas mit Carlo zu tun haben musste.

Cora ließ mich zappeln.

»Cora! Was ist?«

»Ach«, säuselte sie, »auf meinen Rat willst du ja eh nie wieder hören.«

Jetzt hatte sie mich. Sie wusste genau, dass ich so nicht eine Sekunde länger in Ruhe weiterleben konnte. Und sie spielte ihre Macht genüsslich aus.

»Ich hab's nicht so gemeint. Nur weil ein Ratschlag mal danebengegangen ist, heißt das ja nicht, dass du sonst nicht immer goldrichtig liegst.«

Ich erniedrigte mich, ohne mit der Wimper zu zucken. In Gedanken zählte ich mein Taschengeld durch. Im Fall der Fälle würde ich auch vor einem finanziellen Opfer nicht zurückschrecken, um an

Coras Geheimnis zu kommen. Aber ich hatte Glück. Cora saß offensichtlich selber auf heißen Kohlen und wollte die Neuigkeit schrecklich gerne loswerden.

»Ich weiß, wo Carlo jeden Nachmittag ab drei zu finden ist«, verkündete sie stolz und fügte nach einer kleinen Kunstpause hinzu: »Auf der Domplatte!«

Das war allerdings eine Neuigkeit, für die ich nicht nur mein Taschengeld, sondern auch mein Sparbuch verschenkt, zur Not auch meine Seele an den Teufel verkauft hätte. Gut, dass Cora das nicht ausgenutzt hatte.

»Echt?«, staunte ich. »Was macht er da?«

Was sollte er da wohl machen! Er war Skater und ich erinnerte mich plötzlich an den Tag, als Papa uns unterbreitete, dass wir Kölner werden würden. Cora hatte in den blumigsten Tönen von den süßen Jungs auf der Domplatte erzählt, die da ihre Skater-Kunststücke vorführten.

»Ich weiß schon. Er skatet«, sagte ich deshalb schnell, um nicht saublöde zu wirken. »Und was mache ich jetzt mit dieser Information, um Gottes willen?«

Cora hatte sich alles schon ganz genau überlegt. »Wir sitzen in einem Boot«, sagte sie.

Wie sie mir mit leuchtenden Augen berichtete, hatte sie sich in einen Jungen aus der Oberstufe verknallt. Marcel. Dieser Marcel war ebenfalls Skater und trieb sich ebenfalls ständig auf der Domplatte herum.

»Er ist aus der Oberstufe?«, fragte ich ungläubig. »Ist das nicht ’ne Liga zu hoch für dich?«

»Was soll ich mit den Typen aus meiner Klasse? Windeln wechseln, Pickel ausdrücken und Autoquartett spielen?«

Ich kümmerte mich nicht länger um Coras Vorlieben für ältere Männer. Es sollte mir alles recht sein, wenn sie nur mit mir zum Domplatz gehen würde.

»Vielleicht kennen sich die beiden ja sogar. Bei Skatern macht der Altersunterschied nicht so viel aus. Da zählt das Können. Kann dein Carlo was?«

»Tja, äh …«, stotterte ich. »Ich schätze schon.«

Ich kannte mich beim Skaten nicht so genau aus. Ich hatte Carlo und seine Kumpels natürlich ständig beobachtet, wie sie auf dem Schulhof auf ihren Boards über Bordsteinkanten und Bänke flogen. Ich fand, er war genial. Allerdings wusste ich nicht, wie genial die anderen waren.

»Ich ruf Mechthild an!«

Ich war für den Nachmittag eigentlich mit Mechthild verabredet, wie jeden Nachmittag. Wir hatten vor, ein paar belegte Brote einzupacken und am Rheinufer ein Picknick zu machen. Daraus würde jetzt nichts werden und ich konnte mir Mechthilds Reaktion auf die geänderte Tagesordnung schon lebhaft vorstellen. Sie würde alles andere als begeistert davon sein, sich in der Hitze auf die Domplatte zu setzen und Carlo zu beobachten.

»Hältst du es für eine gute Idee, Mechthild mitzunehmen?«, fragte mich Cora.

»Hä? Wieso denn nicht?«, wollte ich wissen.

»Na ja, sie ist nicht gerade … hm … cool, wenn du verstehst, was ich meine. Stell dir nur vor, sie zieht ihre Latzhose mit den Blumenflicken an den

Knien an und liest demonstrativ in ihrem Buch, während du versuchst, die Aufmerksamkeit eines Skaters auf dich zu lenken.«

So ein Quatsch!, wollte ich erwidern, aber ich zögerte einen Sekundenbruchteil. Dieser klitzekleine Moment reichte aus, um in meinem Kopf eine zischelnde Zweifelstimme wachzurütteln. Was, wenn Cora recht hatte? Zugegeben, Mechthild war alles andere als cool. Klar. Das war genau das, was ich so an ihr liebte. Aber für Außenstehende waren ihre inneren Werte ja schlecht zu erkennen. Nicht auszudenken, wenn sie ihr Schweizer Messer mitbringen und an ihrer Elefantenskulptur weiterschnitzen würde. Das versteht doch keiner. Elefanten sind uncool. Leute, die Elefanten schnitzen, sind uncool. Leute, die mit Leuten auf der Domplatte abhängen, die Elefanten schnitzen, sind uncool.

»Was ist nun?«, drängelte Cora. »Gehen wir?«

Ich schnappte mir das Telefon und wählte Mechthilds Nummer.

»Du, Mechthild. Mir ist gar nicht gut. Lass uns das Picknick ein andermal machen. Ich bleib im Bett«, log ich. »Nein, du musst mir keinen Tee bringen … Nein, ich hab genug Lesestoff … Ehrlich, Mechthild, komm lieber nicht vorbei. Ich will mich ausruhen, verstehst du?«

Mechthild verstand das. Mechthild hatte selbst oft genug Launen und ausgefallene Bedürfnisse. Mechthild verstand mich immer, außer wenn es um das Verliebtsein ging. Und da es in diesem Fall nun mal um das Verliebtsein ging, beruhigte ich mein schlechtes Gewissen wegen der Lüge damit, dass ich

Mechthild schließlich auch einen Gefallen tat, wenn ich ihr diesen Domplattennachmittag ersparte. Wieso aber hatte ich ihr das nicht so gesagt? Ich hatte keine Zeit, darüber nachzudenken.

Cora wedelte mit einem bauchfreien rosa Top vor meiner Nase herum. Ich schlüpfte schnell hinein und ließ mir ein paar Striche Kriegsbemalung auf Lippen und Lider schmieren. Auf die künstliche Busenpracht allerdings wollte ich ein für alle Mal verzichten. Es musste auch ohne gehen.

Mama kam gerade zur Tür herein, als wir gehen wollten. Sie trug eine monsterhaft riesige Grünpflanze im Arm, schob die Blätter des Ungetüms auseinander und blinzelte mich aus dem Urwalddickicht heraus an. »Ich hätte dich beinahe für Cora gehalten«, sagte sie verblüfft. Und als Cora hinter mir in den Flur trat, schüttelte sie den Kopf. »Ihr könntet glatt für Zwillinge durchgehen. Schminkst du dich denn jetzt immer, Julemaus?«

»Nenn mich nicht immer Julemaus!«, quengelte ich. »Ich bin kein Baby mehr! Siehste doch!«

Mama seufzte. Wahrscheinlich wurde ihr mal wieder bewusst, dass sie jetzt gar keine »Mäuse« mehr in der Familie hatte. Cora hatte sich das »Mäusen« schon vor zwei Jahren verbeten. Papa duldete es so ungefähr zweimal pro Tag, dann platzte auch ihm die Hutschnur und er beendete das »Gemäuse« stets mit einem Satz wie »Machen Mäuse eigentlich Überstunden?« oder »Bezahlen Mäuse eigentlich die Frisörkosten ihrer Ehefrauen?«.

»Vielleicht ist es ganz gut, dass ihr euch ähnlicher werdet«, sagte Mama jetzt, um sich die wehmütige

Stimmung zu vertreiben. »Euer Minigenerationskonflikt war langsam kaum mehr auszuhalten.«

Damit hatte sie recht. Seit ich verliebt war, verstanden Cora und ich uns für unsere Verhältnisse ausnehmend gut. Vorher wäre sie nicht im Traum auf die Idee gekommen, ihren Nachmittag mit mir zu verbringen.

»Tschüss, Mama«, unterbrach Cora genervt Mamas philosophischen Exkurs über das Leben mit zwei pubertierenden Töchtern. Sie quetschte sich an dem Ungetüm von Pflanze vorbei und zog mich hinter sich her.

»Viel Spaß!«, rief uns Mama nach, und ich hörte ihrer Stimme an, dass sie wahrscheinlich, sobald wir aus dem Haus waren, die Babyfotoalben aus dem Schrank kramen und vielleicht das ein oder andere Erinnerungstränchen vergießen würde.

Auf der Domplatte war die Hölle los bei dem schönen Wetter. Horden von japanischen Touristen knipsten Dutzende von Fotos vom Kölner Dom. Auf dem Boden saßen bunt verschmierte Maler, die mit Kreide volleyballfeldgroße Mona Lisas und andere mir unbekannte Berühmtheiten der Kunstgeschichte auf den Asphalt gezaubert hatten und nun damit beschäftigt waren, die Touristen davon abzuhalten, alles wieder zu zerlatschen.

Den hinteren Teil der Domplatte allerdings mieden die Menschenmassen gezwungenermaßen. Hier führten die Skater und Inliner das Regiment. Es war fast lebensgefährlich, sich in diese Region vorzuwagen. Mit halsbrecherischer Geschwindigkeit sausten die Jungs, und auch ein paar Mädchen, auf ihren fahrbaren Untergestellen um die Passanten.

Mit Tonnen und Brettern hatten die Skater sich Hindernisse aufgebaut, auf die sie unermüdlich zufuhren und die sie fast immer übersprangen, als hätte man ihnen unsichtbare Federn unter die Boards montiert.

Cora setzte ihre Sonnenbrille auf und verschaffte sich einen Überblick über die Lage. Dann hatte sie Marcel, ihren Schwarm aus der Oberstufe, entdeckt und steuerte auf einen Brunnen zu, von dem aus sie ihn gut im Blick behalten konnte.

Cora setzte sich in Pose. Sie lehnte sich lässig auf die Ellbogen und tat so, als würde sie ihre Umgebung nicht im Geringsten wahrnehmen. Ich guckte mir die Augen aus dem Kopf, konnte Carlo aber nirgends entdecken.

»O nein. Da ist Alexander!«, murmelte ich. »Na toll. Der verdirbt mir die ganze Laune.«

»Das sieht man!«, meinte Cora genervt. »Man kann in dir lesen wie in einem offenen Buch. Schreib dir doch gleich auf die Stirn: Ich fühle mich so unwohl und würde am liebsten unter Mamas Schürze verschwinden! Lektion Nummer eins: Wirke immer, als könnte dich nichts und vor allem niemand aus der Ruhe bringen, kapiert?«

Ich hatte kapiert. Ich lehnte mich auch lässig auf die Ellbogen, die mir schon nach wenigen Minuten schrecklich wehtaten, und blinzelte in die Sonne, als könne mich nichts und vor allem niemand aus der Ruhe bringen.

»Tu mal so, als hätte ich dir grad ’nen geilen Witz erzählt!«, zischelte mir Cora plötzlich zu.

»Hihihi!«, machte ich laut, und Cora fiel mit ein.

»Wieso sollte ich das machen?«, wollte ich wissen, als Cora aufgehört hatte zu lachen.

»Weil Marcel hier gerade vorbeigefahren ist, Dummerchen. Lektion Nummer zwei: Tu immer so, als hättest du schrecklich viel Spaß.«

Am liebsten hätte ich mir einen Zettel genommen und diese ganzen Verhaltensregeln mitgeschrieben. Ich blinzelte in die Sonne, vergewisserte mich aus den Augenwinkeln, dass Carlo noch immer nicht aufgetaucht war, wich Alexanders Blick aus, der mich angrinste, als warte er nur darauf, mir einen blöden Spruch zu drücken, und wurde schon ganz träge, als mich eine Stimme aus der Lethargie riss.

»Hi!«

Weil ich mit meinen Gedanken gerade bei Carlo gewesen war, bildete ich mir für einen Moment ein, er wäre es. Beinahe wäre ich in den Brunnen gefallen. Die Stimme gehörte allerdings nicht zu Carlo, sondern zu einem braunhaarigen Jungen mit abgebrochenem Schneidezahn, und er meinte auch nicht mich, sondern Cora.

»Hi, Marco. Du stehst mir in der Sonne«, antwortete Cora gelangweilt.

Marco stand ihr tatsächlich in der Sonne. Aber musste Cora deshalb so unfreundlich sein?

»War cool heut in Mathe, als Pit gerülpst hat, ne?«, fragte Marco meine Schwester hoffnungsvoll.

»Ganz nett«, erwiderte Cora und schaute einfach in eine andere Richtung.

Marco stand noch ein paar Sekunden unentschlossen vor uns, kratzte sich am Kopf und stellte sich dann wieder auf sein Board. »Na, dann. Bis morgen.«

Cora nickte nur beiläufig.

»Warum warst du so scheiße zu ihm?«, wollte ich von ihr wissen, als Marco außer Hörweite war.

»Der nervt, wie alle Jungs aus meiner Klasse! Will einfach nicht kapieren, dass ich nichts von ihm will.«

Cora beendete unser Gespräch abrupt, weil sie registriert hatte, dass Marcel auf seinem Board in unsere Richtung steuerte. Cora hob majestätisch den Kopf und ließ für einen ganz kleinen Moment ihr verführerischstes Lächeln aufblitzen. Es wirkte. Marcel grinste zurück und machte einen ziemlich halsbrecherischen Sprung genau vor unserer Nase.

»Siehst du!«, freute sich Cora. »Es klappt!«

Ich war beeindruckt.

»Guck mal, wer da kommt!«

Cora deutete mit dem Kopf nach rechts. Mir rutschte augenblicklich das Herz in die Hose und aus meinem Gesicht wich ganz bestimmt jeglicher Ausdruck von Coolness. Carlo sauste auf seinem Board über die Domplatte, begrüßte hier und da ein paar Jungs und machte sich dann daran, ein paar Hindernisse zu überspringen. Er war genial!

»Ist er nicht süß?«, krächzte ich.

»Für einen Hosenscheißer ganz nett«, gab Cora zu, für die ein Junge, der eine Klasse unter ihr war, natürlich zur Babyfraktion gehörte.

Ich rief mir schnell alles in Erinnerung, was ich auf meinem unsichtbaren Zettel an Lektionen notiert hatte, setzte mein »Ich-hab-Spaß-und-brauche-nichts-und-niemanden«-Gesicht auf und versuchte mein Herz wieder dazu zu überreden, in einem regelmäßigen Takt zu klopfen.

Carlo sah nicht ein Mal in meine Richtung. Da konnte ich so unabhängig dreinschauen, wie ich wollte.

»Deine Chance wird kommen«, versuchte mich Cora zu beruhigen. Aber statt meiner Chance kam just in diesem Augenblick jemand ganz anders zum Brunnen geschlendert. Helen! Im Schlepptau Ann-Sophie und Zwei-Meter-Pauline.

»O nein, wieso ist immer alles gegen mich!«, zeterte ich.

Kaum hatte Helen sich drei Meter von uns entfernt auf dem Brunnenrand drapiert und mich eines kurzen abschätzigen Blickes gewürdigt, als wollte sie sagen: »Du sitzt auf meinem Brunnen, Pestbeule!«, da sauste Carlo haarscharf an mir vorbei und drehte vor Helen eine atemberaubende Pirouette.

Helen schien von dieser eigens für sie dargebotenen Einlage allerdings gar nichts mitzubekommen. Mit großen Augen suchte sie den Platz nach irgendjemandem ab.

Ich folgte unauffällig ihrem Blick und erkannte, dass Helen niemand anderen fixierte als diesen Marco, der eben noch schmachtend vor meiner Schwester gestanden hatte.

»Siehst du, was ich sehe!«, wisperte ich Cora zu.

Cora hatte die Lage sofort gecheckt. »Besser kann es doch gar nicht laufen, Jule. Sie will nix von deinem Carlo! Sie ist auf Marco scharf.«

Mir fiel ein Stein vom Herzen. Wenn Helen nichts von Carlo wollte, dann bestand die Chance, dass Carlo sich bald auch nicht mehr für sie interessieren würde, und dann würde meine Zeit schon kommen!

»Verdammt!«, störte Cora meine freudigen Gedanken. »Er geht.«

Ihr Angebeteter Marcel packte tatsächlich gerade seine Wasserflasche in seinen Rucksack und verabschiedete sich von seinen Kumpels. Cora wechselte augenblicklich die Taktik von »Uninteressiert in die Gegend blinzeln« zu »Fixieren und mit dem Blick anmagnetisieren«. Sie starrte Marcel so eindringlich in den Rücken, dass es mich nicht wunderte, als er sich tatsächlich noch einmal umdrehte und ganz kurz Coras Blick erwiderte. Er grinste flüchtig und rollte von dannen.

»Strike!«, jubilierte Cora, setzte ihre Sonnenbrille auf die Nase und wollte augenblicklich gehen.

»Moment mal!«, empörte ich mich. »Ist ja schön und gut, dass du jetzt hast, was du wolltest. Aber was ist mit mir?«

Tatsächlich schien Cora für einen Moment vergessen zu haben, dass ich überhaupt existierte. »Heute passiert eh nix mehr!«, sagte sie und zog mich in die Höhe und an Helen vorbei, die es sich nicht nehmen ließ, mir einen Spruch zu drücken.

»Das wurde auch Zeit!«

»Was denn?«, giftete ich zurück. »Dass dir mal jemand sagt, dass du einen Fleck auf dem Busen hast?«

Helen fiel auf meinen Spruch rein und schaute

nervös auf ihr T-Shirt. Da war natürlich nicht im Geringsten ein Fleck.

Aber noch bevor sie wieder aufgeschaut hatte, machte sich mein Gehirn mal wieder selbstständig. Ich zog Cora in die entgegengesetzte Richtung direkt auf Marco zu und pfiff auf zwei Fingern.

»Ey! Wir gehen jetzt.«

Marco reagierte sofort. Ihm war es ziemlich egal, dass ich es war, die ihn gerufen hatte. Er sauste auf uns zu und heftete seinen Blick auf Cora. »Schon? Schade!«, sagte er enttäuscht.

Ich sah Cora an, dass sie mich am liebsten zu Apfelmus gestampft hätte. Sie riss sich aber für den Moment am Riemen und zuckte lässig die Schultern. »Ja, wir haben noch Wichtigeres zu tun!«

Dann zog sie mich am Handgelenk weg. Ich konnte gerade noch Helens Blick erhaschen, der mir einen Jubel im Hals hochsteigen ließ. Helen war es nicht entgangen, dass ihr Schwarm Marco ausgerechnet meine Schwester kannte, und zwar gut!

»Hast du sie nicht mehr alle???«, begann Cora ein Donnerwetter, das sich gewaschen hatte. Aber ihre Keiferei war mir egal. Morgen würde sie sich beruhigt haben und ein Abend eisiges Schweigen war es mir wert, Helen diesen Schock versetzt zu haben.

Ich schaute mich noch ein letztes Mal zum Brunnen um. Hätte ich es doch lieber nicht getan! Meine Freude verflüchtigte sich augenblicklich in nichts, als ich sah, wie Carlo gerade vor Helen haltmachte und sie ansprach.

Er würde sich nie in mich verlieben!

Als wir zu Hause ankamen, hatte Cora ihre Predigt beendet, sauste in ihr Zimmer und schmiss die Tür zu. Ich atmete einmal tief durch und steuerte aufs Telefon zu, um Mechthild anzurufen. Ich brauchte jetzt eine Portion Liebe und Geborgenheit. Ich würde Mechthild einfach sagen, dass ich mich noch viel elender als am Mittag fühlte, und sie würde mich ein bisschen bedauern und aufbauen. Was schadete es da, dass sie den wahren Grund für meine schlechte Verfassung nicht wusste?

Ich griff allerdings ins Leere, denn das Telefon stand nicht im Flur auf der Anrichte. Ich folgte dem Kabel und fand das Telefon in den Händen meiner Mutter, die gerade schallend lachte.

»Ja, meine beiden sind auch süchtig nach diesen bauchfreien Tops!«

Gott, hatte die Probleme. Konnte das nicht ein andermal ausdiskutiert werden? Es konnte. Cora kam zur Tür herein, machte meiner Mutter ein unmissverständliches Zeichen, dass sie dringend telefonieren musste, und meine Mutter nickte gehorsam.

»Gut, Hanna. Lass uns Schluss machen. Meine Rasselbande ist gerade nach Hause gekommen.«

Cora schnappte sich das Telefon und rannte damit in ihr Zimmer.

»Dumme Kuh!«, raunzte ich ihr nach. »Ich wollte Mechthild anrufen!«

»Mechthild war eben da!«, informierte mich Mama unbekümmert und deutete auf einen Strauß Feldblumen, der in einer Vase auf dem Küchentisch stand. »Hat dir Blumen gebracht, weil sie meinte, es ginge dir nicht gut. Hab ihr gesagt, du seist o. k. und mit Cora unterwegs. Ging es dir denn heut Morgen nicht gut, Häschen?«

»Nenn mich gefälligst nicht Häschen! Und damit es jeder genau weiß! Mir geht es beschissen!« Mit diesen Worten lief ich in mein Zimmer, warf mich aufs Bett und heulte. Das heißt, ich wollte heulen. In dem Moment aber riss Cora ihre Zimmertür auf, trampelte lautstark durch mein Zimmer und brachte das Telefon zurück in den Flur.

Das war meine Chance. Ich schnappte mir den Apparat, riss so lange am Kabel, bis es mir auf die Dachterrasse folgte, und rief Anna an. »Anna! Mein Leben ist eine Katastrophe. Meine Schwester redet nicht mehr mit mir, weil ich sie blamiert habe. Meine Mutter ist mit Sicherheit gekränkt, weil ich sie völlig grundlos angebrüllt habe. Meine große Liebe ist in die beschissenste Kuh der Welt verliebt. Und dann habe ich auch noch meine beste Freundin angelogen und sie hat es herausbekommen!«

Hups. Ich biss mir auf die Zunge, aber es war zu spät.

»Ich dachte, ich sei deine beste Freundin!«, sagte Anna tödlich beleidigt. »Aber offensichtlich heißt es bei dir, aus den Augen, aus dem Sinn. Ich hätte nicht gedacht, dass es so schnell gehen würde, Jule. Heul dich doch bei jemand anderem aus.«

Aufgelegt. Da saß ich nun auf einem Dachgarten und hatte es mir mit so ziemlich jedem Menschen verscherzt, den ich kannte. Die Tränen liefen mir in Sturzbächen über die Wangen und ich konnte nichts mehr sehen außer den bescheuerten Zacken von diesem bescheuerten Dom, dessen bescheuerter Vorplatz mir diesen so unglaublich bescheuerten Tag beschert hatte.

· 5 ·

»Schon gut, mein Mäuschen. Das ist die Pubertät, da gehen einem schon mal die Nerven durch«, sagte Mama und streichelte mir sanft über den Kopf. Das Mäuschen ließ ich ihr für dieses Mal durchgehen. Ich war heilfroh, wenigstens einen Menschen wieder ohne große Komplikationen auf meine Seite gezogen zu haben.

»Cora, verzeihst du mir auch?«, bettelte ich später. Meine Schwester wieder gnädig zu stimmen, würde um einiges schwieriger werden.

»Wie bist du bloß auf diese schwachsinnige Idee gekommen?«, fing Cora dann auch gleich wieder an zu lamentieren.

»Ich wollte Helen einen reinwürgen und da sind mit mir die Pferde durchgegangen«, antwortete ich hundeäugig.

»Man muss sich einfach mehr unter Kontrolle haben.«

Jetzt ließ Cora die Erwachsene raushängen. Das konnte ich nun allerdings gar nicht leiden. »Wer hat sich hier nie unter Kontrolle!«, flippte ich aus. »Wer hat denn bitte letzte Woche meinen CD-Player ruiniert, nur weil es mal wieder nicht schnell genug gehen konnte?«

»Ach, kommst du jetzt auf die Tour?«, ereiferte sich Cora. »Da fällt mir auch was zu ein. Wer hat denn bitte beim Umzug meine Blumenvase von Tante Herta zu Bruch gehen lassen?«

»Und wer hat denn vielleicht …?«, wollte ich weiterschießen, aber Papa streckte seinen Kopf hinter der Zeitung hervor und machte dem Streit ein Ende.

»Wer hat denn bitte den CD-Player repariert, und wer hat denn bitte eine neue Blumenvase gekauft, die viel schöner war als die alte?«

»Du, Papa«, gaben Cora und ich einstimmig zu.

»Also, dann. Kann ich vielleicht eine ruhige Mahlzeit mit einer friedlichen Familie verbringen?«, wollte Papa wissen.

Mama seufzte. »Du vergisst, dass sie beide hormonverseuchte Monster sind, unsere Mäuschen.«

Der Kloß in meinem Hals war mindestens doppelt so dick wie der Kloß, den ich am ersten Schultag im Hals stecken gehabt hatte. Was um alles in der Welt konnte ich Mechthild sagen, um sie wieder zu besänftigen?

Ich wartete am Schultor, aber Mechthild ließ sich nicht blicken. Als ich bis nach dem zweiten Gong ausgeharrt hatte, ging ich hängenden Kopfes in die Klasse. Mechthild saß an ihrem Platz und stierte an mir vorbei. Sie musste schon zehn Minuten vor Schulbeginn ins Klassenzimmer gehuscht sein, um mir nur nicht zu begegnen.

»Mechthild, bitte!«, sagte ich, während ich mich neben sie setzte.

Sie tat so, als hätte sie mich gar nicht gehört. Und dann kam auch schon Frau Ammerung herein und machte jede weitere Kommunikation unmöglich.

Mechthild, es tut mir so entsetzlich leid. Ich bin ein Riesenarschloch. Ich hab dich angelogen, weil ich mit Cora zur Domplatte gehen wollte, um Carlo zu sehen. Und ich dachte, du fändest das sicher doof, und deshalb habe ich dir nichts gesagt. Kannst du mir verzeihen?

Ich schob Mechthild den Zettel unter der Bank zu. Und hatte Glück. Zumindest öffnete sie ihn und las. Dann aber zerknüllte sie den Zettel mit der Faust und warf ihn auf den Boden. Verdammt!

Mechthild würdigte mich die ganzen ersten beiden Stunden keines Blickes. Ich schob ihr vergeblich weitere Zettelchen zu. Sie ließ sie alle ungeöffnet. In der Pause ging sie mir konsequent aus dem Weg.

»Mechthild, nun lass uns doch bitte reden!«, jammerte ich und versuchte ihren großen Schritten zu folgen. Aber Mechthild wollte nicht reden. Nach fünf Minuten gab ich es auf und lehnte mich, den Tränen nahe, an die Schulmauer. Was konnte ich noch tun?

Plötzlich stand Helen vor meiner Nase. Die hatte mir gerade noch gefehlt.

»Was???«, fauchte ich sie an.

»Nichts. Ich wollte nur Hallo sagen. Mir scheint, du bist nicht so gut drauf«, flötete Helen.

Ich war verwundert. Ihre Stimme war unerträglich freundlich.

»Was soll das?«, fragte ich misstrauisch.

»Ich dachte nur, man könnte ja vielleicht mal wieder ein paar normale Worte miteinander wechseln. Schließlich sind wir in derselben Klasse.«

Was hatte dieses Biest vor? Sie führte doch irgendwas im Schilde. Aber was? Ich brauchte nicht lange darüber zu grübeln.

»Du kennst Marco Sommer aus der 9a, stimmt's?«

Aha. Daher wehte also der Wind. Helen schleimte mich an, um mehr über meine und vor allem Coras Verbindung zu Marco zu erfahren. Prima, dachte ich mir, ich spiel dein Spielchen mit, du dumme Sumpfschnepfe.

»Ach, der Marco. Jaja«, flötete ich so belanglos, wie ich nur konnte. »Ein netter Kerl.«

Helen wand sich sichtlich unter der Anstrengung, freundlich zu mir zu sein. Und weil ich sonst schon nichts zu lachen hatte, genoss ich ein bisschen ihre Qual.

»Und? Deine Schwester … Wie heißt sie noch gleich?«

»Cora.«

»Ah ja, Cora. Die ist bei dem in der Klasse, oder?«

»Bei wem?«, stellte ich mich dumm.

»Bei Marco«, presste Helen heraus.

»Jaja«, flötete ich. »Würdest du mich jetzt bitte entschuldigen«, fügte ich hinzu und ging einfach weg. Hol dich doch der Teufel, dachte ich. Ich schaute über den Schulhof, um Mechthild zu erspähen. Wo war sie nur?

Auf einmal hatte ich einen Zettel vor den Augen. Es war der Zettel, den ich Mechthild in der ersten

Stunde zugesteckt und den sie achtlos auf den Boden geworfen hatte. Und wer hatte wohl den Zettel aufgehoben und seine Nase in Angelegenheiten gesteckt, die ihn nichts angingen? Ekeltyp Alexander.

»Gib her!«, grunzte ich und versuchte nach dem Zettel zu schnappen. Aber Alexander war schneller und ich bekam das Papier nicht zu fassen.

»Kombiniere«, setzte er an. »Juliane Seeger ist in Carlo Schneider aus der 8c verknallt und hat ihre beste Freundin deshalb verarscht. Interessant. Interessant.«

»Das geht dich gar nichts an!«, versuchte ich so cool wie möglich rüberzubringen. »Außerdem ist es ganz anders, als du denkst. Und überhaupt. Was kümmert dich das?«

»Es ist immer gut, Informationen zu haben, die keiner haben sollte, oder?«, meinte Alexander, und plötzlich sah sein sommersprossiges Gesicht aus wie eine Giftschlange nach der Häutung. Wie ich diesen Typen hasste!

»Mach doch, was du willst«, raunzte ich und ließ Alexander stehen.

Während der nächsten Stunden überlegte ich abwechselnd, wie ich jemals wieder Zugang zu Mechthild kriegen könnte, was Alexander Schlimmes mit den Informationen über Carlo anstellen und wie ich jemals wieder ein normales Leben führen könnte.

In der zweiten großen Pause sah ich Carlo im hinteren Teil des Schulhofes. Und weil Mechthild sich irgendwo versteckt hielt, um meinen Bitten zu entgehen, und ich eh nichts zu tun hatte, außer meinem schrecklichen Leben dabei zuzuschauen, wie es den Bach runterging, setzte ich mich in seine Nähe auf eine Bank und beobachtete unauffällig die Szenerie.

Was ich zu sehen bekam, riss meine Laune vom Keller ins Erdinnere. Carlo steuerte auf Helen zu und quatschte sie an. Ich beobachtete, wie Helen mit extrem hochgezogenen Augenbrauen an Carlo vorbeistierte, ihn ab und zu mit einem knappen Nicken wissen ließ, dass sie ihn hörte, und ansonsten über Carlos Schulter hinweg ihren Blick auf Marco heftete.

Marco allerdings stand vor meiner Schwester und hielt ihr eine Tüte Gummifrösche hin. Cora liebte Gummifrösche. Das schien Marco zu wissen. Ich beobachtete, wie Cora nicht umhinkonnte, tief in die Tüte zu greifen. Marco strahlte. Cora jedoch drehte sich mit ihrer Froschbeute einfach von ihm weg und stierte in die entgegengesetzte Richtung, in die Raucherecke. Klar, denn da stand Marcel mit seinen Oberstufenfreunden und drehte gerade Tabak in ein Papierchen. Cora schmachtete ihn so lange an, bis Marcel ihr mit einem Nicken zu verstehen gegeben hatte, dass er sie erkannte.

All das passierte vor meiner Nase auf meinem Schulhof und nicht etwa im Kino auf der Leinwand. Unglaublich. Zu schade, dass ich bei der ganzen Geschichte zur Zuschauerin degradiert worden war.

Als die Schule vorbei war, flitzte Mechthild so schnell aus der Klasse, dass ich ihr kaum mit den Augen folgen konnte. Ich wollte ihr hinterherlaufen, wurde aber von Helen aufgehalten.

»Und? Bist du heute wieder auf der Domplatte?«, säuselte sie zuckersüß.

»Weiß nicht!«, grunzte ich und rannte an ihr vorbei. Aber Mechthild war verschwunden.

Beim Mittagessen stocherte ich in meinen Makkaroni und grübelte.

»Seid ihr immer noch verkracht?«, fragte Mama besorgt und meinte damit Cora und mich.

»Nö«, antwortete Cora, und ich war ein kleines bisschen erleichterter.

Nach dem Essen schlich ich zu Cora ins Zimmer und klagte ihr das ganze Ausmaß meines Leids.

»Schreib Anna einen Brief. Spiel Helens Spielchen mit, bis du ihr so richtig einen reinwürgen kannst. Verschwende keinen Gedanken an diesen Alexanderwurm und, vor allen Dingen, beweg deinen Hintern, kauf einen gigantischen Blumenstrauß und mach, dass du zu Mechthild kommst, um die Sache ins Reine zu bringen«, fasste Cora zusammen.

Ich drückte ihr einen dicken Kuss auf die Wange.

»Lass das!«, maulte Cora, aber ich merkte, dass sie sich eigentlich über meinen Kuss freute.

Ich schnappte mir mein Fahrrad, radelte zum Blumenladen, erstand von meinem gesamten Taschengeld einen üppigen Strauß Sonnenblumen, die Mechthild über alles liebte, und musste mir dann eingestehen, dass ich gar nicht so genau wusste, wo Mechthild eigentlich wohnte. Ich kannte zwar die Adresse, Barthelstraße 145, aber nach der Schule gingen Mechthild und ich sonst entweder zu mir oder aber Mechthild setzte sich in die Straßenbahn und fuhr nach Hause. Wo auch immer das war.

An der Ecke vor dem Kiosk gab es einen Stadtplan. Die Barthelstraße war ein ganz schönes Stück entfernt. Auf der Fahrt dachte ich darüber nach, wie merkwürdig es doch war, dass ich noch nie bei Mechthild gewesen war. Ich wusste eigentlich gar nichts über sie. Ich hatte sie schrecklich angelogen. Das stimmte. Aber war es nicht auch eine Art Vertrauensbruch, wenn man seiner besten Freundin nie etwas von zu Hause erzählte?

Die Barthelstraße 145 war ein riesiger Altbau mit hohen Fenstern und einem majestätischen Treppenaufgang. Ich stellte mein Rad ab, stieg die Treppe empor und wollte auf den Klingelschildern nach der richtigen Etage suchen. Aber auf dem Klingelschild stand nur ein einziger Name: Slawitzki.

War das möglich? Lebte Mechthilds Familie etwa ganz alleine in dem Riesenhaus? Ich klingelte. Eine hübsche dunkelhaarige Frau öffnete. Sie sah ziemlich jung aus und lächelte mich freundlich an.

»Hallo, Frau Slawitzki. Ich bin Jule Seeger. Ist Mechthild da?«

»Ich bin Caren Hansen. Das Hausmädchen«, lachte die junge Frau und bat mich hereinzukommen. Der Flur, den ich betrat, war gar kein Flur. Es war eine riesige Halle, in deren Mitte eine breite Treppe zum ersten Stock hinaufführte.

»Moment bitte«, sagte Caren Hansen. »Ich schau, wo das gnädige Fräulein ist.«

Das gnädige Fräulein. Kein Wunder, dass Mechthild manchmal so eine komische Sprache draufhatte. Ich schaute mich in der Halle um. Links und rechts ging jeweils eine Tür ab. Die linke war einen Spalt offen. Ich konnte meine Neugierde nicht bezähmen und schlich mich leise an die offene Tür heran.

»Verdammt! Wo hast du meine Zigaretten versteckt?«, hörte ich eine Frauenstimme aus dem Raum fluchen. Die Stimme war tief wie die Mechthilds, aber nicht so klar und stark, sondern gebrochen und lallend.

Ich linste in den Raum und sah eine Frau, die auf dem flauschigen Fußboden vor der Couch saß und mit den Händen den Boden abtastete. War sie blind? Ich verspürte sofort das Bedürfnis, ihr behilflich zu sein, schlüpfte in den Raum und ging auf sie zu.

»Kann ich Ihnen helfen?«

»Wer zum Teufel bist du? Was hast du in meinem Haus verloren?«, zeterte die Frau. »Polizei!!!«

Ich ließ vor Schreck die Sonnenblumen fallen. »Ich … Aber …«, stotterte ich.

In dem Moment kam Mechthild in den Raum. Ohne ein Wort griff sie unter die Couch, zog eine Packung Zigaretten hervor, holte eine heraus, steckte sie sich in den Mund, nahm ein Feuerzeug, zündete die Zigarette an, paffte einmal und steckte sie dann der Frau auf dem Boden in den Mund. Die Frau zog kräftig daran. Mechthild sammelte die Sonnenblumen vom Boden auf, zog mich am Handgelenk aus dem Raum und verschloss die Tür. Sie zerrte mich die Treppe hoch in ein Zimmer und öffnete erst dann den Mund.

»Was willst du hier?«

In Mechthilds Stimme hörte ich eine Mischung aus Wut, Scham und Traurigkeit.

»Ich wollte mich entschuldigen«, stammelte ich. Ich war schrecklich verwirrt und völlig aus dem Konzept, was meine einstudierte Entschuldigungsrede anging. Aus einem Impuls heraus warf ich mich Mechthild einfach um den Hals. Ich hatte sie noch nie so richtig ganz umarmt.

Mechthild stand stocksteif da und ließ es geschehen.

Mir schossen die Tränen in die Augen. »Ich hab dich lieb. Bitte sei nicht mehr böse. Ich will nicht, dass wir aufhören, Freundinnen zu sein«, sprudelte es aus mir heraus.

Zögerlich begann Mechthild, mir den Rücken zu tätscheln.

»Lüg mich nie wieder an«, sagte Mechthild ganz leise.

»Nie wieder«, schwor ich bei allem, was mir heilig war, und wenn es mir auch noch so schwer fallen würde.

Irgendwie hatte unser Streit auch etwas Gutes. Nachdem ich nun einmal unangemeldet bei Mechthild hereingeplatzt war, erzählte sie mir all die Dinge aus ihrem Leben, die sie mir immer verheimlicht hatte.

Mechthilds Mutter war Alkoholikerin, schon seit Jahren. Sie hatte bereits etliche Entziehungskuren hinter sich, war aber immer wieder rückfällig geworden. Mechthilds Vater war ein schrecklich erfolgreicher Geschäftsmann. Er erfüllte ihr jeden Wunsch, den man mit Geld erfüllen konnte. Aber Mechthild hatte schon lange kein Interesse mehr an den Geschenken ihres Vaters. Sie hätte sich gewünscht, dass er da wäre. Aber der Vater war nie da. Er arbeitete bis spät in die Nacht, fuhr ständig auf Geschäftsreise und brachte sich, wenn er dann mal zu Hause war, einen Stapel Arbeit mit, verzog sich in sein Büro und ließ sich nicht blicken. Mechthilds Mutter und der Vater sprachen kein Wort mehr miteinander und der einzige Mensch, der sich um Mechthild kümmerte, war Caren, das Hausmädchen.

»Das ist ja entsetzlich«, sagte ich voller Mitleid, als Mechthild zu Ende erzählt hatte.

»Ich will aber kein Mitleid«, sagte Mechthild streng. »Ich will, dass ich für dich dieselbe bin wie vorher, klar?«

»Klar«, sagte ich. Ich konnte Mitleid schließlich selber nicht ausstehen.

»Mein Vater ist an allem schuld«, sagte Mechthild hart. »Männer machen nichts als Ärger.«

»Willst du dich deshalb niemals verlieben?«, fragte ich vorsichtig.

»Wenn mein Vater damals nicht fremdgegangen wäre, dann würde meine Mutter jetzt nicht so sein, wie sie ist«, sagte Mechthild und legte eine Platte auf. Offenbar war das Thema jetzt für sie beendet.

Ich dachte an meinen Papa und war schrecklich froh, dass der so ganz anders war. Außer dass er mich beim Umzug einfach entwurzelt hatte, konnte ich mich kaum über ihn beklagen. Ich schwor mir, ab jetzt nur noch lieb zu Mechthild zu sein. Ich war schließlich der einzige Mensch, den sie noch hatte auf der ganzen Welt.

Zu Hause beim Abendessen wunderten sich Mama und Papa nicht schlecht, warum ich sie die ganze Zeit mit Rehaugen anschaute und ihnen jeden Wunsch von den Augen ablas.

»Pubertierende Mädchen sind unergründlich wie Bergseen«, philosophierte Papa.

»Ich hab dich lieb«, sagte ich, und Papa schmolz dahin.

Nach dem Essen setzte ich mich an meinen Schreibtisch, nahm einen Bogen von meinem liebsten Briefpapier mit Kätzchen und schrieb Anna einen Brief.

Liebe Anna,

ich möchte dir die Sache mit der besten Freundin erklären. Weißt du, durch den Umzug blieb mir doch nichts anderes übrig, als ohne dich auszukommen. Und du kannst mir glauben, das ist gar nicht so einfach. Du warst und bist die beste Freundin, die ich je hatte und die man sich vorstellen kann. Aber jetzt gibt es auch noch Mechthild. Sieh es mal so: Ich habe eine beste Freundin in meinem alten Zuhause und eine beste Freundin in meinem neuen Zuhause. Ihr seid überhaupt nicht miteinander zu vergleichen und nie würde es mir einfallen, eine lieber zu haben als die andere. Mit dir verbindet mich unsere ganze Kindheit und mit Mechthild verbindet mich mein neues Leben hier in Köln. Ich wünsche mir so sehr, dass du das verstehen kannst und mir nicht mehr böse bist. Ich hab dich sehr lieb.

Deine beste Freundin Jule.

Ich steckte den Brief in einen Umschlag, ging noch schnell zum Briefkasten, gab dem Brief einen Kuss und warf ihn ein. Mehr konnte ich nicht tun. Was ich geschrieben hatte, war die Wahrheit und ich konnte nur hoffen, dass Anna das verstehen würde.

Tatsächlich kam fünf Tage später ein Brief von Anna, in dem sie mir erklärte, dass sie Verständnis für meine Lage hätte. Klar, sie war schrecklich enttäuscht gewesen. Aber wenn sie ehrlich war, hatte sie sich nach meiner Abreise ja auch näher mit Tatjana angefreundet.

Ich rief Anna sofort an und wir quatschten eine ganze Stunde lang. Schnell kam das Gespräch auf Carlo.

»Eins verstehe ich nicht«, sagte Anna. »Wenn Carlo doch in Helen verliebt ist und du nicht willst, dass Helen sich am Ende auch in Carlo verliebt, dann kann es dir doch nur recht sein, wenn Helen Chancen bei Marco hat. Also, tu was dafür, dass sie ihn kennenlernt.«

»Hm«, brummte ich.

»Ist doch ganz einfach«, fuhr Anna fort. »Cora findet Marco ohnehin lästig. Es gibt also keinen Grund, warum du deine Kontakte zu Marco nicht spielen lassen solltest, um ihn und Helen zu verkuppeln. Dann hast du freie Bahn.«

»Du hast recht!«, freute ich mich. »Das ist noch

besser, als Helen einen reinzuwürgen, weil ich Marco kenne, sie aber nicht.«

»Genau!«, sagte Anna stolz.

Meine Anna. Im Lösen von kniffligen Problemen war sie schon immer gut, ob es sich nun um Matheaufgaben oder, wie sich jetzt herausstellte, um liebestechnische Verwicklungen handelte.

· 6 ·

»Alles, wenn Marco mich dann nur in Ruhe lässt!«, sagte Cora, nachdem ich ihr von Annas Ratschlag erzählt hatte.

»Du musst mir aber helfen!«, sagte ich. »Du bist diejenige, die Marco kennt!«

Cora kniff die Augen zusammen und hatte sich nach einer halben Minute entschieden.

»Ist gut, aber nur, wenn du nicht wieder was Grottenpeinliches machst!«

Am nächsten Tag in der Schule waren Mechthild und ich mit Cora verabredet, um die ersten Schritte der Helen-Marco-Verkupplungsaktion einzufädeln.

Cora brauchte Marco nur kurz anzulächeln und schon stand er überglücklich an ihrer Seite, kramte eine weitere Tüte Gummifrösche aus seiner Hosentasche und versuchte die Gunst der Stunde zu nutzen und Cora in ein Gespräch zu verwickeln.

Jetzt begann mein Part. Ich brauchte gar nicht lange zu suchen, da sah ich Helen auch schon ganz in der Nähe neidisch herübergucken.

»Hi!«, flötete ich.

»Oh, hallo!«, ergriff Helen die Chance direkt beim Schopfe. Eigentlich hatte ich mir ja vorgenommen,

Helen während unseres Gespräches unauffällig in Coras und Marcos Nähe zu führen, aber das war überhaupt nicht nötig. Ohne die leiseste Spur von Schamgefühl hakte Helen mich unter, als seien wir die besten Freundinnen, und zog mich energisch in die richtige Richtung. Ich hätte kotzen können. Wenn es nicht der Sache gedient hätte, hätte ich mich augenblicklich losgerissen und wäre zum nächsten Klo gerannt, um mir den Arm abzuseifen. So aber ertrug ich mein Leid heroisch und machte auf dem Weg widerlichen Smalltalk mit Helen.

»Konntest du Mathe heute?«, säuselte sie.

»Ehrlich gesagt, nein«, gestand ich gespielt vertrauensvoll.

»Guck mal«, tat Helen überrascht. »Da ist ja deine Schwester!«

»Ach, was für ein Zufall!«, gackerte ich zurück. »Lass uns mal hingehen!«

Ich spürte in meinem Arm förmlich die Unruhe, die in Helen aufstieg, als wir uns zu Cora und Marco gesellten.

»Darf ich vorstellen. Helen. Meine Schwester Cora. Marco.«

Jetzt war Mechthild an der Reihe. Wie zufällig schlenderte sie auf uns zu. »Cora, Jule, kommt ihr mal kurz?«, rief sie.

»Klar«, sagte Cora, und schon standen Helen und Marco alleine da. Mechthild redete irgendeinen Unsinn auf uns ein und wir taten allesamt schrecklich beschäftigt.

Cora behielt die Situation im Auge und gab uns Zwischenmeldungen. »Sie reden … Marco guckt aber ständig rüber zu mir … Verdammt! Ich glaube, er hört ihr gar nicht zu … Nein, jetzt lässt er sie stehen … Verflixt! Er kommt rüber und holt seine Gummifrösche aus der Tasche. Plan fehlgeschlagen und ich hab ihn jetzt am Hals!«

Tatsächlich wurde Cora Marco für den Rest der Pause nicht mehr los.

Während der Englischstunde beobachtete ich Helen. Sie sah unglücklich aus. Offensichtlich war ihr auch aufgefallen, dass sie bei Marco nicht hatte landen können. Fast hätte sie mir ein bisschen leidgetan, weil ich so gut nachfühlen konnte, wie ihr zumute war. Aber nur fast!

Am Nachmittag kletterten die Temperaturen in die Höhe und Mechthild und ich verabredeten uns zum Schwimmen.

Im Freibad war die Hölle los. Jedes Fleckchen gelb vertrocknetes Gras war mit Handtüchern bedeckt. Aus unzähligen Gettoblastern tönten tausend verschiedene Musiken und mischten sich zu einem komischen Brei aus Rhythmen und Stimmen.

Mechthild und ich schauten uns blinzelnd um, ob wir noch irgendwo ein Plätzchen ergattern könnten.

»Mich trifft der Schlag!«, zischte ich Mechthild zu. »Da ist Carlo.«

»Und gleich daneben sind noch vier Quadratmeter Wiese frei!«, stellte Mechthild fest.

Seit unserer Aussprache hatte sie sich mit meiner Verliebtheit einigermaßen abgefunden. »Du musst eben selbst die Erfahrung machen, dass alle Männer Mistkerle sind«, hatte sie erst vor ein paar Tagen entschieden. »Also, warum dann nicht bei diesem Carlo.«

Ich war zwar felsenfest davon überzeugt, dass mein Carlo sich niemals in einen Mistkerl verwandeln würde, aber wenn Mechthild unter dieser Prämisse bereit war, mir Carlo zu gönnen, wollte ich es nicht auf eine Diskussion ankommen lassen.

Mechthilds Toleranz für meine Carlomanie ging jetzt allerdings so weit, dass sie mich zu dem freien Fleckchen Wiese neben Carlo und seinen Kumpels zog. Ich setzte mich entschieden zur Wehr, aber Mechthild hatte kein Erbarmen.

Sie breitete unsere Handtücher aus und drückte mich auf den Boden. »Je eher du merkst, wie Männer wirklich sind, desto besser«, raunzte sie.

Ich fühlte mich unerträglich unwohl in diesem Moment. Auffälliger ging es ja wohl nicht mehr! Ich versuchte, dieses »Mich-kann-nichts-aus-der-Ruhe-bringen«-Gesicht aufzusetzen, brachte aber nur eine klägliche Grimasse zustande. Ich betete zu Gott, dass Carlo mich einfach nicht sehen würde.

Mechthild war gerade dabei, sich ihre Hose und ihr T-Shirt auszuziehen. Darunter kam ein Badeanzug zum Vorschein, wie ich ihn das letzte Mal gesehen hatte, als ich mit meiner Großmutter im Thermalbad von Baden-Baden beim Rentnerschwimmen hatte mitmachen müssen. Mit großen knallbunten Blumen drauf und aus einem Material wie ein schlabbriges Schlauchboot. Sofort hatte Mechthild die Aufmerksamkeit aller umliegenden Leute auf sich gezogen. Sie steckten die Köpfe zusammen und kicherten. Ich wäre am liebsten gestorben. Was, wenn Carlo dieses Ungetüm von Badeanzug sehen würde! Leute, die mit Leuten zusammenhingen, die solche Badeanzüge trugen, waren definitiv zu uncool für einen Skater, oder?

»Was ist?«, fragte Mechthild. »Was guckst du so komisch?«

Was sollte ich sagen? Mechthild, du bist peinlich in deinem Schlauchboot? Das konnte ich unmöglich bringen. Ich hatte mir andererseits geschworen, Mechthild nie mehr anzulügen. Aber galt das auch, wenn die Wahrheit sie mehr verletzen würde als eine Notlüge?

»Wo hast du denn den Badeanzug her?«, fragte ich, ohne weiter das Für und Wider von Wahrheiten abzuwägen.

Mechthild runzelte die Stirn und kniff die Augen zusammen. »Passt dir daran was nicht?«

Ich atmete tief durch. Jetzt gab es kein Zurück mehr. »Wenn ich ehrlich bin, finde ich ihn grauenhaft. Kein Mensch trägt mehr solche Badeanzüge. Du hast doch genug Taschengeld. Wieso kaufst du dir nicht mal einen neuen, etwas moderneren?«

Mechthild sagte nichts, aber ihr Blick sprach Bände. Ich hatte mit meiner Frage deutlich zu verstehen gegeben, dass ich verdammt oberflächlich war, und Mechthild war enttäuscht von mir.

»Tut mir leid«, hauchte ich.

Mechthild zuckte die Schultern. »Schon gut.«

»Nein, nicht gut. Ich bin deine Freundin und es sollte mir furzegal sein, ob du in einem Designerbadeanzug, in einem Müllsack oder nackig rumrennst.«

Mechthild legte sich neben mich. »Weißt du, Jule, früher hatte ich immer die modischsten und teuersten Klamotten an.«

Ich schaute sie ungläubig an. »Ehrlich?«

Da musste Mechthild lachen. »Ja, ehrlich! Traust du mir gar nicht zu, was?«

Ertappt. Jetzt musste ich auch lachen. »Und wieso …?«

»Wieso ich jetzt rumlaufe wie der letzte Penner?«, unterbrach mich Mechthild.

»Das hast du gesagt!«

»Weißt du, wenn man so oft umgezogen ist wie ich und immer wieder neue Leute in neuen Schulen kennenlernen musste, dann stellt man irgendwann fest, dass einen die meisten Leute gar nicht selbst meinen, sondern nur das, was du nach außen hin darstellst.«

Ich nickte. »Und dann hast du dir irgendwann überlegt, dass du da keine Lust mehr drauf hast?«

»Ja. Wer mich wirklich mag, dem ist es egal, wie ich aussehe.«

Mechthild hatte so recht. Ich schämte mich furchtbar. »Glaubst du jetzt, dass ich dich nicht wirklich mag?«

Mechthild schüttelte den Kopf und ich war schrecklich erleichtert.

»Ich hab's kapiert«, sagte ich ernst.

Ich hatte es wirklich kapiert. Und weil Carlo der tollste Junge von der ganzen Welt war, würde er Leute, die mit Leuten rumhingen, die Schlauchbootbadeanzüge trugen, klasse finden, weil er selbst auch keinen Wert auf Äußerlichkeiten legte.

Carlo spielte mit zwei Freunden Skat und saß seitlich zu mir gedreht. Was für ein Profil! Besonders seine süßen Schmolllippen hatten es mir angetan. Es musste wundervoll sein, sie zu küssen. Nicht, dass ich schon mal geküsst hatte, aber ich stellte es mir wundervoll vor.

Seit ich in Carlo verliebt war, übte ich abends im Bett oft mit meinem Unterarm küssen. Mein Unterarm küsste zwar nicht zurück, aber er fühlte sich zumindest weich und warm an und er hatte einen leichten Flaum. So fühlte sich der Flaum auf Carlos Oberlippe bestimmt auch an.

Carlo hatte seinem Gejubel nach zu urteilen die Skatrunde gewonnen, packte die Karten weg und ging zum Schwimmbecken.

»Geh auch!«, forderte mich Mechthild auf.

»Bist du verrückt?«

»Wieso? Das ist doch genial. Du kannst doch so super schwimmen. Zeig ihm, welch unwiderstehliches Frauenzimmer ihm zu Füßen liegt!«

Mechthild drückte sich mal wieder ziemlich drastisch aus, aber sie hatte recht. Wenn ich eins konnte, dann war das schwimmen.

Todesmutig ging ich zum Becken, wartete, bis Carlo zufällig in meine Richtung schaute, und machte vom Beckenrand einen formvollendeten Startsprung ins überfüllte Wasser.

Ohne mich nach Carlo umzuschauen, legte ich dann zwanzig Bahnen Kraul und sechs Bahnen Rücken hin. Die ganze Zeit, während das Wasser um meine Ohren sprudelte und ich geschickt den plantschenden Leuten auswich, dachte ich: Er beobachtet dich. Ganz sicher beobachtet er dich jetzt. Ich nahm mir vor, nach der nächsten Bahn wie zufällig genau neben ihm anzuhalten.

Als ich das in die Tat umsetzte und, ohne auch nur ein bisschen außer Atem zu sein, neben Carlo aus dem Wasser tauchte, wäre ich am liebsten gleich wieder untergetaucht. Neben Carlo hielt sich Helen am Beckenrand fest und machte ziemlich dämlich aussehende Wassergymnastik. Verdammt! Die schon wieder.

»Helen, schön dich zu sehen!«, tönte ich.

»Oh, Jule, du bist auch hier?«, sagte Helen gedehnt. Seit ihrer Schlappe bei Marco hatte sie ihr aufkeimendes Interesse an mir wieder verloren. Ich war ihr nicht mehr nützlich, wieso sollte sie sich also weiter mit mir abgeben.

Für einen Moment schoss mir durch den Kopf, dass es ja durchaus möglich war, dass Helen sich jetzt von Marco entlieben würde, weil sie sich keine Chancen mehr ausmalte. Und was, wenn sie sich dann doch noch in Carlo verliebte?

»Ach, Helen. Marco hat letztens gefragt, wie es dir geht!«, log ich spontan.

Das wirkte.

»Ach, wirklich. Äh ... ja und ...?«, stotterte sie. »Was wollte er denn genau wissen?«

Ich log Helen ein bisschen was vor und nutzte dabei die Gelegenheit, Carlo einmal kurz anzulächeln. Zu mehr kam ich nicht, denn sein Blick klebte wie Pattex an der dummen Kuh.

»Ach, hallo, Carlo«, sagte ich dann betont beiläufig und leider völlig verspätet.

»Ach, hallo«, nuschelte er, ohne dabei den Blick von Helen abzuwenden.

Im nächsten Moment aber nahm irgendetwas Carlos Aufmerksamkeit in Beschlag, denn er grinste breit in Richtung Sprungturm.

In fünf Meter Höhe stand ausgerechnet der Blödmann von Alexander und machte Faxen. Er nahm Anlauf, bremste ab, hopste gewagt auf dem schwankenden Brett herum und sprang danach schlussendlich mit einem lauten Schrei kopfüber ins Becken.

»Der Spinner!«, sagte Carlo, aber in seiner Stimme schwang Sympathie mit. Fand Carlo den Ekeltyp etwa nett? Zugegeben. Alexanders gewagter Sprung aus fünf Metern Höhe hatte mir auch ein kleines bisschen imponiert. Ich war zwar ein Ass im Schwimmen, vor der Höhe am Sprungturm allerdings fürchtete ich mich zu Tode. Höher als vom Ein-Meter-Sprungbrett hatte ich mich noch nie zu springen getraut. Allein von der Vorstellung bekam ich wackelige Knie. Trotzdem blieb Alexander der bescheuertste Typ, den ich kannte.

Helen hatte die kurze Unaufmerksamkeit von Carlo genutzt, einfach wegzuschwimmen. Als Carlo das bemerkte, stieg er aus dem Wasser, ohne sich auch nur noch einmal zu mir umzusehen. Verdammt!

Ich schwamm noch eine Bahn, um mich abzureagieren, und als ich dann tropfnass zu Mechthild zurückkam, berichtete sie mir, Carlo habe gerade hastig seine Sachen zusammengepackt und sei gegangen.

»Das bringt doch alles nichts!«, sagte ich mutlos. »Er wird sich nie in mich verlieben.«

Mechthild zuckte die Schultern. Sie sagte es nicht, aber ich wusste, was sie dachte. Männer machen halt nichts als Ärger!

»Ich hab schon lang nichts mehr von dem netten Jungen gehört, neben dem du in der Schule gesessen hast, bevor Mechthild in die Klasse kam«, sagte Mama beim Abendessen betont beiläufig. »Wie hieß er noch gleich. Albrecht?«

»Alexander«, murmelte ich tonlos.

»Hübscher Name«, befand Mama.

Was war hier eigentlich los? Irgendwas an Mamas Stimme gefiel mir nicht. Und was sollten diese dämlichen Fragen bezüglich Alexander? O. k., ich hatte in den ersten Tagen an der neuen Schule oft die eine oder andere Lügengeschichte von Alexander erzählt. Dass er nett ist. Dass wir uns verstehen. Dass er mir Bio erklärt hat. Aber war das ein Grund, jetzt nach ihm zu fragen?

»Wieso fragst du nach ihm?«, wollte ich von Mama wissen.

Sie grinste schief, tätschelte meine Hand und schaute mir tief in die Augen. »Meinst du, ich sehe nicht, was mit meinem Häschen los ist?«

»Was soll denn mit mir los sein?«

»Du stocherst in deinem Essen rum. Du redest kaum einen Ton. Du verkriechst dich in deinem Zimmer. Du beredest immer irgendwelche Sachen mit Cora. Du hast Geheimnisse vor mir – du bist verliebt.«

Ich seufzte. Dieser Frau konnte man einfach nichts vormachen. »Es ist nicht Alexander. Um es genau zu sagen, Alexander ist der bescheuertste Ekeltyp, den es gibt.«

»Aber verliebt bist du, oder?«, fragte Mama siegessicher.

»Hmm.«

»Nun lass dir doch nicht alle Würmer aus der Nase ziehen.« Mama wurde ungeduldig.

»Aber versprich mir bitte Folgendes: Sag nicht ›süüüüüß‹, weil du so gerührt bist, dass dein kleines Mäuschen sich das erste Mal verliebt hat. Und noch wichtiger: Sag um alles in der Welt nicht, dass ich dir leidtue. Ich hasse es, wenn ich dir leidtue«, motzte ich.

»Gibt es denn Grund dafür?«, fragte Mama sanft.

Das hätte sie nicht tun dürfen. Ohne dass ich auch nur den geringsten Einfluss darauf hatte, rollten mir Tränen aus den Augen. Mamas Blick triefte nur so vor Mitleid. Aber meine Unterlippe zitterte viel zu sehr, um ihr eine weitere Warnung zukommen zu lassen.

Cora hatte bis jetzt geschwiegen. Nun tippte sie Mama auf die Schulter. »Er heißt Carlo. Und er liebt eine andere«, klärte sie Mama auf.

Das war zu viel. Ich schmiss mich in Mamas Arme und ließ mich so lange bemitleiden, bis ich keine Tränen mehr übrig hatte.

Mama legte mir kalte Kompressen auf die verquollenen Augen und erzählte eine echt abgefahrene Geschichte, die sie bisher vor uns geheim gehalten hatte.

»Ihr wisst ja, dass euer Vater gerade sein Vordiplom machte, als ich im ersten Jahr an der Uni war. Ich hab mich sofort in ihn verliebt und mir ging es genauso wie dir, Jule. Ich benahm mich, als hätte man mir die Stimmbänder herausoperiert, und trieb mich ständig in seiner Nähe herum. Euer Vater allerdings interessierte sich nicht die Bohne für mich. Das ging ungefähr zwei Semester lang so. Ich hatte herausgefunden, dass er hinter diesem Mädchen namens Violetta her war. Violetta! Ihr könnt euch sicher vorstellen, welche Art Mädchen wohl hinter so einem Namen steckte. Balletttänzerin. Gertenschlank. Lange blonde Haare. Ich hatte keine Chance. Dachte ich.«

An dieser Stelle hielt Mama versonnen inne.

»Aber die hattest du dann irgendwann doch, sonst wären Cora und ich ja nicht auf der Welt«, versuchte ich Mama zum Weiterreden zu bewegen.

»Stimmt. Es war bei der Semesterabschlussfete. Ich hatte mir ordentlich einen angesoffen.«

»Mama!«, sagte Cora gespielt empört und kicherte amüsiert.

»Ja, auch eure Mutter hatte eine wilde Phase!«, sagte Mama stolz. »Tja. Und bei dieser Fete beschloss ich, euren Vater zu vergessen und ab sofort zu ignorieren. An dem Abend bin ich ihm zum ersten Mal aufgefallen und er hat sich sofort in mich verliebt.«

Mama seufzte.

Cora seufzte.

Ich seufzte.

»Dann bestehen ja noch ernst zu nehmende Hoffnungen für mich und Carlo«, sagte ich. »Obwohl ich mir nicht vorstellen kann, dass ich jemals dazu in der Lage wäre, ihn zu ignorieren.«

· 7 ·

In der Mathestunde hörte ich nur mit einem Ohr zu und kritzelte mit dem Rest meiner Aufmerksamkeit Cs auf mein Heft. Das C war so ein wundervoller Buchstabe. Seit ich in Carlo verliebt war, sah ich überall Cs. Vitamin C, C-Dur, ABC-Pflaster. Mit C fingen so wundervolle Wörter an wie Christstollen, Cappuccinoeis, Cremekuchen. Und Carlo.

»Wer rechnet denn mal Aufgabe sieben C?«, fragte mein Mathelehrer gerade und blätterte in seinem Notenheft. »Juliane.«

Manche Cs waren aber auch zum Kotzen. Ich blamierte mich schrecklich und schrieb irgendeinen Mist an die Tafel. Vier minus. Mechthild schüttelte den Kopf, als ich zerknirscht zurück an meinen Platz kam. Wissend tippte sie auf die Cs in meinem Heft.

»Jaja«, sagte ich. »Ich weiß. Männer machen nichts als Ärger.«

In der nächsten Stunde hatten wir Bio. Herr Förster erzählte die ganze Stunde von Insekten und deren Metamorphose von einem Stadium ins nächste. Von der Raupe zum Schmetterling. Von der Larve zum Käfer. Blabla.

Am Ende der Stunde holte er aus seiner dicken speckigen Aktentasche ein Einmachglas.

»Ihhh! Was is'n das?«, quietschte Helen in der ersten Reihe.

In dem Einmachglas wimmelte es nur so von teigig-gelben Würmchen.

»Das sind Mehlwürmer. Aus Mehlwürmern werden irgendwann Mehlkäfer«, erzählte Herr Förster. »Ich werde jetzt Zweiergruppen einteilen, und jedes Pärchen bekommt ein paar Mehlwürmer, sozusagen als Pflegekinder. Ich möchte, dass ihr in den kommenden Wochen für ihr Wohlbefinden sorgt, sie beobachtet und alles aufschreibt, was ihr seht.« Herr Förster schritt die Reihen ab. »Helen und Ann-Sophie. Carsten und Michael. Ria und Nora. Carmen und Mechthild. Jule und ...«, Herr Förster schaute zur Reihe hinter mir, »... und Alexander. Das sind die Gruppen.«

»Moment mal«, sagte ich. »Können wir vielleicht tauschen?«

»Nein, können wir nicht«, antwortete Herr Förster. »Ich hab euch jetzt so aufgeschrieben und jetzt wird's so gemacht, Juliane.«

Ich hasste Herrn Förster. Wie konnte er mich nur mit Alexander in eine Zweiergruppe stecken? Sah er denn nicht, dass Alexander und ich zusammenpassten wie Prinz Charles und Lady Di? Wollte er, dass ich einen frühen Tod starb?

»Wir treffen uns jeden Tag um drei bei mir«, befahl Alexander, nachdem er sich mit einem kleinen Glas voller ekliger Mehlwürmer vor mir aufgebaut hatte.

»Spinnst du?«, blaffte ich ihn an. »Meinst du, ich habe Lust, dich jeden Tag auch noch in meiner Freizeit zu sehen?«

Das hätte ihm so passen können. Wahrscheinlich lauerte er nur darauf, mir jeden Nachmittag um drei einen neuen widerlichen Streich zu spielen. Aber nicht mit mir! Ich riss Alexander das Glas aus der Hand. Er griff danach und brachte es wieder in seine Gewalt.

Herr Förster hatte den Raum noch nicht verlassen und beobachtete schwer interessiert die Szene. »Wenn ihr das nicht alleine geregelt bekommt, bleibt mir wohl nichts anderes übrig, als mich einzuschalten«, sagte er, und es kam mir so vor, als habe er einen Mordsspaß daran. »Ich schlage vor, Fräulein Juliane und Herr Alexander treffen sich täglich nach Schulende für eine Viertelstunde hier im Bioraum und kümmern sich um ihre Brut!« Mit den Worten verschwand Herr Förster breit grinsend aus dem Raum.

»Das ist alles deine Schuld!«, schrie ich Alexander wütend an.

»Ach ja?«, motzte er zurück. »Wer wollte denn hier nicht zusammenarbeiten?«

Am nächsten Tag nach Schulende winkte ich Mechthild wehmütig nach und machte mich grummelnd auf den Weg zum Bioraum. Was für ein Albtraum.

»Sie fressen Mehl«, begrüßte mich Alexander, der bereits vor dem Einmachglas mit unseren Mehlwurmkindern hockte.

»Aha«, grunzte ich und hockte mich in einigem Sicherheitsabstand ebenfalls vor das Glas.

»Ich geh!«, sagte ich, als nach zwei Minuten immer noch nichts passiert war, außer dass unsere Brut sich vollfraß.

Ich stand auf und wollte Alexander mit den Würmern alleine lassen. Er passte sowieso viel besser zu den Viechern. Sie waren ihm irgendwie ähnlich. Aber ich kam nicht weit. Vor dem Bioraum stand Herr Förster mit einem breiten Grinsen.

»Wohin des Wegs, Juliane?«

»Ich ... äh ... wollte nur ein bisschen frische Luft reinlassen für die lieben Kleinen«, stammelte ich.

Herr Förster nickte. »Aha. Ich dachte schon, du wolltest dich drücken.«

»Wie kommen Sie denn darauf?«, flötete ich so unschuldig wie ein Lamm. Ich erwartete, dass Alexander mich verpetzen würde, aber er hielt zu meiner Überraschung den Mund.

Jeden Tag nach Schulschluss saß ich mit Alexander im Bioraum und starrte auf die Würmer, die von Tag zu Tag fetter wurden. Träge machten wir uns ein paar blödsinnige Notizen.

Sie fressen.

Sie wachsen.

Einer ist tot.

Von Tag zu Tag wurde es unerträglicher, schweigend neben Alexander vor dem Glas zu hocken. Wir würdigten uns keines Blickes, und sobald die Viertelstunde vorbei war, sprangen wir von unseren Plätzen auf und eilten aus dem Raum.

»Bist du immer noch in Carlo verknallt?«, fragte Alexander eines Tages unvermittelt in die Stille des Bioraums.

Ich war völlig verdattert, seine Stimme zu hören, so sehr hatte ich mich schon an unser Schweigen gewöhnt. »Das geht dich nichts an«, knurrte ich.

»Also biste noch in ihn verknallt«, schlussfolgerte Alexander.

Ich schwieg.

»Und er weiß immer noch von nix«, spekulierte Alexander weiter. »Und er interessiert sich für dich wie diese Mehlwürmer für unsere Biohausaufgabe. Nämlich gar nicht.«

Das reichte! Ich griff nach dem erstbesten Gegenstand, der mir in die Quere kam – das Glas mit den Mehlwürmern! –, und warf es mit voller Wucht nach Alexander. Der duckte sich geschickt und das Glas zersplitterte scheppernd auf dem Fliesenboden.

»Bist du wahnsinnig!«, schrie Alexander.

Ich war vor lauter Schreck über meine eigene Tat wie gelähmt.

Alexander schäumte vor Wut. »Du hättest mich umbringen können, du blödes Weib!«

»Schade, dass es nicht geklappt hat! Dann wäre ich dich endlich los!«

Alexander starrte mich hasserfüllt an.

Mir schoss das Blut in den Kopf. Was ich da gesagt hatte, war nicht nett gewesen. So hart hatte ich eigentlich gar nicht sein wollen. Aber Alexander schaffte es einfach, mich zur Weißglut zu bringen.

»Alexander, ich …«, setzte ich an, mich zu entschuldigen.

Aber Alexander unterbrach mich. »Das wird dir noch leidtun«, sagte er scharf und lief aus dem Raum.

Ich merkte, wie mir die Tränen in die Augen schossen. Überall auf dem Boden wuselten orientierungslose Mehlwürmer herum. Ich machte mich schluchzend daran, die ekligen Viecher aufzusammeln, in ein heiles Einweckglas zu stecken und die Scherben wegzufegen, während ich mich fragte, was Alexander mit seinen letzten Worten gemeint haben könnte.

Was Alexander damit gemeint hatte, wurde mir schlagartig klar, als ich am nächsten Tag in der großen Pause mit Mechthild an der Mauer lehnte. Ich sah das Ekel geradewegs auf Carlo zusteuern.

»Warte mal«, sagte ich zu Mechthild und deutete mit dem Kopf Richtung Carlo und Alexander. »Was macht der Mistpickel da?«

Alexander kramte in seiner Hosentasche, holte etwas heraus und drückte es Carlo in die Hand. Es war der verfluchte Zettel, den Mechthild bei unserem Streit auf den Boden geworfen hatte.

»Oh, mein Gott!«, hauchte ich, einer Ohnmacht nah. Carlo las den Zettel und zuckte mit den Schultern. Alexander schaute sich suchend um, und noch eh ich begriff, wonach er suchte, und mich in Deckung hätte bringen können, zeigte er mit dem ausgestreckten Finger in meine Richtung. Carlo sah mir direkt in die Augen. Danach setzte mein Verstand aus. Ich rannte wie eine Besessene vom Schulhof. Nie wieder würde ich auch nur einen Fuß in diese Schule setzen. Nie wieder!

Ich rannte, bis mir der Atem ausging, und hockte mich dann in einen schattigen Hauseingang. Ich hatte gar nicht gemerkt, dass Mechthild mir die ganze Zeit hinterhergelaufen war. Ich hatte sie nicht einmal rufen hören. Mechthild, deren Kondition um einiges schlechter war als meine, sackte völlig aufgelöst neben mich auf die Treppenstufe.

»Oh, mein Gott!«, keuchte sie, während sie verzweifelt nach Atem rang und mir den Nacken tätschelte.

»Das ist das Schrecklichste, was mir in meinem ganzen Leben jemals passiert ist«, krächzte ich. Ich war so außer mir, dass ich nicht einmal heulen konnte.

»Wir müssen zurück«, sagte Mechthild sanft. »Die Stunde fängt gleich an.«

»Ich geh nicht mehr zurück. Nie mehr.«

»Dann geh ich auch nicht zurück.«

»Aber du musst zurückgehen«, beschwor ich Mechthild in einem plötzlichen Anfall von Energie. »Du musst zurückgehen und herausfinden, was nach meinem Abgang passiert ist. Bitte!«

Ich schleppte mich nach Hause und log Mama vor, mir sei schrecklich schlecht. Sie glaubte mir. Kein Wunder. Ich sah aus, als wäre mir Mr. Tod persönlich über den Weg gelaufen. Ich legte mich ins Bett, zog die Decke über den Kopf und horchte auf das schleppende Pochen meines Herzens. Zu mehr war ich nicht in der Lage.

Ab halb zwei wurde ich unruhig. Die Schule war jetzt zu Ende und Mechthild musste jeden Moment klingeln, um mir endlich zu berichten, was nach meinem unsäglichen Abgang noch passiert war.

Es klingelte um 14 Uhr 34.

»Es ist nichts passiert?«, fragte ich ungläubig.

»Nichts«, wiederholte Mechthild geduldig. »Als ich Carlo nach der Schule gesehen hab, hat er einen ganz normalen Eindruck gemacht und ist auf seinem Skateboard davongefahren. In der Klasse war auch nichts Außergewöhnliches. Alexander hat einfach so dagesessen. Auch Helen schien zu sein wie immer.«

In meiner Fantasie hatte ich mir ausgemalt, Carlo wäre mit all seinen Kumpels in die Klasse gerannt gekommen und hätte nach mir gesucht, um mich bloßzustellen. Ich hatte mir vorgestellt, dass Helen und ihre Crew wie die Hühner gegackert hätten und dass Alexander womöglich noch gesagt hätte: »Die heult bestimmt. Wie immer.«

Aber laut Mechthild war nichts von alledem geschehen.

»Die Welt dreht sich ganz normal weiter, Jule!«, sagte Mechthild.

»Trotzdem. Ich kann nie wieder in die Schule. Er weiß es. Was soll ich denn bitte schön machen, wenn er mir begegnet? Und früher oder später wird er mir begegnen.«

Mechthild seufzte. »Jule, du bist komisch. Du

willst ihn unbedingt haben, aber er soll nicht wissen, dass du ihn haben willst. Mal ehrlich. Wie soll denn das funktionieren? Du solltest Alexander dankbar sein. Immerhin ist es jetzt endlich mal raus.«

So hatte ich die Sache noch nie gesehen. Und so wollte ich die Sache auch gar nicht sehen.

Es war schrecklich. Am nächsten Morgen war mir klar, dass es überhaupt nichts nützen würde, noch ein paar Tage zu Hause herauszuschlagen, indem ich mich weiter krank stellte. Der ganze Schlamassel war nicht mehr rückgängig zu machen.

Ich huschte in der Schule wie ein Schatten an den Wänden vorbei, um in die Klasse zu gelangen, ohne Carlo zu treffen. Während des Unterrichts vermied ich es, Alexanders Blick zu begegnen. Er hatte mich tief getroffen und ich wollte nicht, dass er es meinen Augen ansah.

Nach Schulschluss kostete es mich eine höllische Überwindung, im Bioraum zu erscheinen. Als ich hereinkam, war von Alexander allerdings weit und breit keine Spur zu sehen.

Statt der Mehlwürmer krabbelten jetzt eklige schwarze Käfer durch das Mehl. Ich hockte zehn Minuten angewidert vor ihnen. Alexander kam nicht. Dafür kam Herr Förster.

»So allein?«

»Alexander ist zur Toilette«, hörte ich mich plötzlich sagen.

Herr Förster nickte und ließ mich wieder alleine.

Moment mal!, rüttelte ich mich selbst wach. Was war das denn? Ich konnte es nicht fassen, aber ich hatte gerade eben dem Menschen den Hintern gerettet, den ich am allermeisten auf der ganzen Welt hasste, dem Menschen, der mir das Schrecklichste angetan hatte, was mir je ein Mensch angetan hatte. Was um alles in der Welt hatte ich mir dabei gedacht? Ich hätte ihn auflaufen lassen können. Herr Förster hätte ihm eine Sechs verpasst. Alexander hätte vielleicht die Klasse nicht geschafft, wäre sitzen geblieben und ich wäre ihn für immer losgeworden. Aber was tat ich völlig verdusseltes Huhn? Ich nahm ihn in Schutz!

Am nächsten Tag im Biounterricht verlasen die Zweiergruppen ihre Mehlwurmaufzeichnungen. Zwölfmal: Sie fraßen. Sie wurden dicker. Einer starb. Dann waren es plötzlich Mehlkäfer.

Alexander las unsere Aufzeichnungen vor und würdigte mich keines Blickes.

Wenn du wüsstest, dass ich dein Leben gerettet habe, du stinkende Ratte, dachte ich. Aber ich sagte kein Wort.

»Du warst immer schon zu gut für diese Welt«, sagte Anna am Telefon, als ich ihr die Geschichte von Alexanders Rettung berichtete.

»Du bist eben einfach zu bekloppt für diese Welt«, sagte Cora.

»Da steckt irgendwas dahinter, ich weiß nur noch nicht, was«, mutmaßte Mechthild, die langsam anfing, sich Sorgen um mich zu machen. Jede Pause musste sie mit mir entweder im Mädchenklo oder hinter der Turnhalle verbringen, damit ich ja Carlo nicht begegnete.

»Soll das jetzt ewig so weitergehen?«, fragte Mechthild mich.

»Ja, das soll es«, sagte ich aus tiefster Überzeugung.

»Dich muss man vor dir selbst schützen.« Mechthild drehte sich auf dem Absatz um.

»He!«, schrie ich panisch. »Wo willst du denn hin?«

»Ich geh auf den Pausenhof. Du kannst ja nachkommen, wenn du dich einsam fühlst«, rief mir Mechthild zu und verschwand.

Diese hinterlistige Ziege, dachte ich. Sie weiß genau, wie sie mich kriegt.

Und tatsächlich. Nachdem ich drei Tage lang beide großen Pausen mutterseelenallein hinter der Turnhalle verbracht hatte, war ich mürbe. Ich kroch aus meinem Versteck und wagte mich auf den Pausenhof. Tatsächlich. Mechthild stand wie eine Statue auf dem Hof und schaute in meine Richtung.

Ein breites Grinsen erschien auf ihrem Gesicht, als sie mich kommen sah.

»Du hast gewonnen«, sagte ich matt. »Wo ist er, damit ich es hinter mich bringe.«

Mechthild deutete hinter sich. Dort stand Carlo mit seinen Kumpels zusammen. Ich seufzte schwer und ging todesmutig direkt an ihnen vorbei. Tausend Gedanken schossen mir durch den Kopf. Er wird lachen. Er wird sagen, dass er es sich verbittet, von mir geliebt zu werden. Er wird laut rufen, dass ich bescheuert bin.

Es passierte nichts. Carlo schaute kurz zu mir

herüber mit einem Blick, der eigentlich nichts sagte. Er war weder belustigt noch sauer noch sonst was. Er war gar nichts.

Ich ging zurück zu Mechthild und zuckte die Schultern. »Ich bin ihm so egal, wie einem nur was egal sein kann.«

Mechthild streichelte mir über die Wange. »Männer …«

»… machen nichts als Ärger. Ich weiß.«

• 8 •

»Und? Willst du jetzt aufgeben?«, fragte mich Cora barsch.

»Was denn sonst?«

»Vielleicht ist er ja zu schüchtern. Kann doch sein, dass er sich nicht traut, etwas zu sagen.«

»Das glaubst du doch wohl selber nicht, oder?«

An Carlo hatte ich bisher noch nichts Schüchternes feststellen können. Wenn es darum ging, Helen anzulabern, hatte er jedenfalls ein immenses Selbstvertrauen und ließ sich auch nach der hundertsten Abfuhr nicht von einem weiteren Angriff abhalten.

»Ich ignoriere ihn jetzt«, sagte ich unbeteiligt.

»Ist ja 'ne tolle Taktik«, lachte Cora.

»Bei Mama hat das funktioniert.«

»Das war vor hundert Jahren. Da konnte man auch noch ein Taschentuch fallen lassen und hatte prompt 'nen Heiratsantrag an der Backe.«

»Immerhin war es damals noch romantisch. Was ist eigentlich mit dir und Marcel? Kommst du wenigstens weiter?«

Cora legte den Kopf schief und grinste. »Heute Abend ist im Jugendkeller Disko.«

»Ja und?« Cora machte es mal wieder spannend.

»Ist dein Marcel nicht ein bisschen zu alt für den Jugendkeller?«

»Im Prinzip schon. Aber heute legt er Platten auf.«

Meine Schwester! Wo hatte sie nur immer all diese Informationen her?

»Ich geh mit den Mädels hin, stell mich locker ans DJ-Pult und lasse mich darüber aus, was für eine Kindergartenveranstaltung das hier ist«, erläuterte Cora mir ihren Plan.

»Und wie erklärst du, was du auf dieser Kinderveranstaltung treibst?«, fragte ich skeptisch.

Cora legte wieder den Kopf schief und schaute mich grinsend an. Was hatte dieses Grinsen zu bedeuten? Mit Sicherheit nichts Gutes.

»Ich bin natürlich nur in diesem Kinderkeller, weil ich auf meine kleine Schwester aufpassen muss!«

»O nein!«, tönte ich. »Da mach ich nicht mit. Ich geh da nicht hin. Carlo wird auch da sein. Wenn ich da hingehe, sieht es ja bloß aus, als würde ich ihm nachlaufen.«

Cora schaute mich unbeeindruckt an. »Ich hab noch einen gut bei dir.«

Da hatte sie allerdings recht. Trotzdem. Ich wollte ihr diesen Gefallen auf keinen Fall tun. Das war einfach zu viel verlangt. »Und …«, stotterte ich, verzweifelt bemüht, ein Argument zu finden. »Mama würde es mir eh nicht erlauben.«

»Mama!!!«, brüllte Cora augenblicklich.

Meine Mutter erschien im Türrahmen. »Was ist?«

»Jule traut sich nicht zu fragen. Drum frag ich jetzt. Hättest du was dagegen, wenn sie heute Abend in den Jugendkeller geht? Ich passe auch den ganzen Abend auf sie auf und wir sind spätestens um neun wieder zu Hause?«

»Wann fängt das denn da an?«, wollte Mama wissen.

»Um sieben«, sagte Cora.

»Bis neun lohnt sich ja kaum«, sagte Mama lachend. »Ich hol euch um zehn ab.«

Warum musste ich nur so moderne, verantwortungslose Eltern ohne den geringsten Funken an Autorität haben?

»Keiner aus meiner Klasse darf da hin!«, log ich in meiner Not.

»Wirklich nicht?«, fragte Mama.

»So ’n Quatsch«, schaltete sich Cora ein. »Ich hab schon Helen da gesehen. Und Alexander.«

Mama reichte das an Informationen. Ich verkniff es mir, ihr auch zu erzählen, dass im Jugendkeller Rauschgift auf der Theke verkauft würde, dass man dort zum Geschlechtsverkehr gezwungen würde und dass dort jeden Freitagabend mindestens drei Mädchen auf Nimmerwiedersehen verschwinden würden. Sie hätte ja doch nur mit den Schultern gezuckt.

Cora war zufrieden. »Punkt zehn vor sieben bist du fertig.« Das war ein Befehl.

Um zehn vor sieben stand ich gestiefelt und gespornt im Flur. Es klingelte.

Cora öffnete die Tür. »Mechthild?«

»Meinst du, ich gehe ohne Verstärkung und stehe den ganzen Abend mutterseelenalleine in einer Ecke rum, während du Marcel anschmachtest?«, fauchte ich.

»Mir soll es recht sein«, meinte Cora.

Wir waren ein komisches Trio. Cora hatte sich höllisch aufgestylt: Sie hatte die Haare mit roten Strähnchen angemalt, ihr Top ließ den Bauchnabel mehr als frei und ihr Rock war so kurz, dass sie ihn sich eigentlich auch hätte sparen können.

Ich hatte meine Jeans angezogen und, auf Coras Rat hin, ihr enges T-Shirt mit »Zicke« vorne drauf. Ich wusste nicht so recht, ob ich mich mit dieser Aussage so wohlfühlen würde, aber Cora hatte mich überzeugt.

»Das wirkt ungemein selbstbewusst. Carlo wird's gefallen!«

Ich hatte nichts zu verlieren, also glaubte ich Cora.

Mechthild hatte ihre Latzhose mit den Blumenflicken angezogen. Obendrein hatte sie nicht gerade die beste Laune. Ein Besuch im Jugendkeller kam ihrer Vorstellung von einem tollen Abend nicht im Entferntesten nah.

»Was tut man nicht alles für die beste Freundin!«, hatte sie geseufzt, als ich sie anflehte mitzukommen.

Im Jugendkeller war noch absolut tote Hose.

»Gott, wie peinlich!«, raunzte Cora. »Ich kann unmöglich als eine der Ersten hier aufkreuzen!«

Also mussten wir noch eine halbe Stunde mit

Cora um den Block gehen. Als wir um halb acht zurück zum Jugendkeller kamen, hatte sich schon eine ganz stattliche Gruppe vor der Tür versammelt. Cora fand ihre Freundinnen und ward nicht mehr gesehen.

Im Keller selbst war es schrecklich stickig. Ich holte Mechthild und mir erst einmal eine Cola und versuchte mich zu entspannen. Mechthild stand mit völlig genervtem Gesicht da und war mir nicht gerade eine Hilfe dabei, cool zu wirken und als hätte ich jede Menge Spaß.

Cora postierte sich mit ihren Freundinnen am DJ-Pult. Marcel hatte lässig den Kopfhörer an einem Ohr und legte Platten auf. Er machte seine Sache wirklich gut, abgesehen davon, dass er bisher noch kein einziges Lied von den Backstreet Boys gespielt hatte.

Ich beobachtete, wie ihm Coras Geschmachte nicht verborgen blieb. Er grinste ihr ein paarmal zu. Cora war total nervös. Aber das sah wahrscheinlich nur ich, die ich sie schon mein Leben lang kannte.

»Was wollt ihr denn hier?«, fragte eine Stimme, die ich aus Tausenden herausgehört hätte. Helen und Ann-Sophie schauten uns kritisch an.

»Was dagegen?«, raunzte Mechthild.

»Ich wundere mich nur«, sagte Helen. »Ich kann mir kaum vorstellen, dass Dorftrampel wie ihr tanzen können.«

»Und ich wusste nicht, dass man tanzen kann, während man den Hintern zusammenkneift«, giftete ich zurück.

»Sie wird schon sehen, wer hier besser tanzen

kann!«, sagte Mechthild entschlossen und ging zielstrebig auf die Tanzfläche. Oh nein, dachte ich. Nicht zu Britney Spears. Ich ahnte, dass Mechthild sich innerhalb der nächsten fünf Minuten zum Gespött des ganzen Jugendkellers machen würde. Ich hatte sie zwar noch nie tanzen sehen, aber ich konnte mir bei aller Liebe nicht vorstellen, dass sie es konnte.

Doch da hatte ich mich gewaltig geschnitten. Mechthild legte einen Tanz aufs Parkett, der sich sehen lassen konnte. So plump wie sie sonst daherkam, beim Tanzen wirkte sie auf einmal wie losgelöst. Wow!

Ich schaute mich nach Helen um und registrierte zu meiner Befriedigung, dass sie Bauklötze staunte. Ich steuerte auf sie zu, um ihr einen Spruch zu drücken. Doch kurz bevor ich sie erreicht hatte, blieb ich abrupt stehen. Carlo war plötzlich aus dem Getümmel getreten und ich sah, dass er Helen bat, mit nach draußen zu kommen.

Wie eine Katze schlich ich mich hinter den beiden her. Carlo führte Helen an eine menschenleere Stelle hinter dem Gebäude. Ich versuchte kein Geräusch zu machen und hockte mich in ein Gebüsch ganz in ihrer Nähe.

»Also«, sagte Carlo cool. »Ich wollte dich was fragen. Und zwar, ob du mit mir gehen willst.«

Aus meiner Kehle drang ein ganz komisches Geräusch. Ich biss mir fest auf die Zunge. Die beiden hatten mich nicht gehört.

Helen legte ihre blonde Mähne hinter ihrem Nacken in Positur und seufzte. »Carlo. Du bist echt ein netter Junge. Aber du bist mir zu jung. Verstehst du?«

Carlo verstand. Ohne auch nur noch ein Wort zu sagen, wandte er sich von Helen ab und brauste mit versteinerter Miene genau in meine Richtung. Ich wollte mich flach auf den Boden werfen, konnte mich aber nicht bewegen. Ich konnte nur hoffen, dass er mich hier nicht im Gebüsch hocken sehen würde. Umsonst gehofft. Carlo blickte für eine Sekunde in mein Gesicht, schüttelte nur den Kopf und verschwand.

Da hockte ich im Gebüsch und machte mich zum x-ten Mal zum Gespött der Menschheit. Am liebsten wäre ich ihm nachgelaufen und hätte gesagt: »Ich musste mal und das Klo war voll. Da bin ich ins Gebüsch!« Das wäre zwar auch nicht gerade das Cleverste gewesen, aber immerhin noch besser, als im Gebüsch zu sitzen und zu belauschen, wie Carlo von Helen einen Korb bekam. Ich wusste gar nicht, welches Gefühl mir mehr zu schaffen machen sollte, die Peinlichkeit oder mein Schmerz darüber, dass Carlo mir gerade in glasklarer Deutlichkeit bewiesen hatte, wie weit er davon entfernt war, sich in mich zu verlieben.

Ich wollte nur noch nach Hause. Helen war zurück in den Keller gegangen und ich beschloss, mich, so gut es ging, mit eingeschlafenen Beinen aus meinem Hinterhalt zu schleichen. Aber daraus wurde nichts. An dieselbe Stelle, wo eben noch Helen und Carlo gestanden hatten, pflanzte sich jetzt ein neues Paar. Ich traute meinen Augen nicht. Es waren Cora und Marcel.

Cora gackerte nervös wie ein aufgescheuchtes Huhn. »Du bist echt ein cooler DJ.«

»Findest du?«, fragte Marcel und drückte meine Schwester auf einen Mauervorsprung. Er setzte sich neben sie, fasste sie ohne Vorankündigung um den Nacken und fing an, sie wild zu küssen. Ich dachte, ich seh wohl nicht recht. Sie küssten sich bestimmt fünf Minuten lang. Dann machte Cora sich los.

»Erzähl doch mal was von dir. Was hast du denn so für Hobbys«, fragte sie, und ich merkte ihrer Stimme an, wie unsicher sie war.

»Ich will jetzt aber nicht reden«, sagte Marcel.

Mir wurde mit einem Mal klar, dass ich ihn nicht ausstehen konnte. Er fasste wieder nach dem Hals meiner Schwester und zog sie an sich. Aber diesmal legte meine Schwester nicht ihre Arme um seine Schultern, sondern ließ sie kraftlos zur Seite baumeln.

Sie will das nicht, dachte ich und wurde unruhig in meinem Versteck. Marcels rechte Hand wanderte über Coras Rücken. Und wie der Blitz hatte er plötzlich seine linke auf Coras Brust gelegt.

»Lass das!«, stammelte Cora. Was war nur mit ihr los? Sie war doch sonst eine Ausgeburt an Durchsetzungsvermögen. Wieso ließ sie sich von diesem Mistkerl so viel gefallen?

»Magst du das nicht?«, grunzte Marcel, der sich nicht stören ließ und einfach weiter an meiner Schwester rumgrapschte.

»Können wir nicht ein bisschen reden? Das geht alles so schnell.«

»Ich dachte, du seist cooler als die anderen Küken«, säuselte Marcel.

Mir platzte der Kragen. Ich sprang aus meinem Versteck, stürmte auf die beiden zu und baute mich dicht vor ihnen auf. »Kommst du, Cora?«

Marcel machte ein Gesicht, als würde ihm jeden Moment ein Alien aus dem Bauch platzen. Aber in Coras Augen sah ich ganz deutlich, dass sie mir in diesem Augenblick schrecklich dankbar war.

»Ich komme«, sagte sie, machte sich von Marcel los und verschwand mit mir Richtung Keller.

»Weiber!«, grunzte uns Marcel hinterher.

Ich drehte mich noch einmal um, streckte die Brust vor und tippte auf mein T-Shirt. »Zicken!«

Wir gabelten Mechthild auf, die immer noch völlig ekstatisch auf der Tanzfläche rumflippte, und machten uns auf den Weg nach Hause.

»Es ist nicht mal halb neun«, sagte Cora. Sie versuchte cool zu wirken, aber sie zitterte vor Empörung. »Mama muss davon nichts erfahren. Ist das klar?«

Es war klar.

»Und den Namen Marcel will ich nie wieder hören. Ist das klar?«

Es war klar.

Wir tigerten durch den lauen Sommerabend und hingen unseren Gedanken nach. Auf unserem Weg kamen wir bei der Schule vorbei. Wir setzten uns eine Weile schweigend auf die Treppe vor der Eingangstür.

»Man sollte alle Mädchen vor ihm warnen!«, sagte Cora und spuckte verächtlich auf den Boden.

Aus einem plötzlichen Impuls heraus griff ich in Coras kleine Umhängetasche und zog ihren Lippenstift heraus. »Wie heißt der Mistkerl mit Nachnamen?«, fragte ich sie.

»Scheiße!«

»Nee, jetzt mal im Ernst.«

»Krümmeler«, sagte Cora. »Ich hätte es mir denken können, bei so einem Namen.«

Ich schmierte mit rotem Lippenstift eine Nachricht auf die gläserne Schultür.

MARCEL KRÜMMELER IST EIN ARSCHLOCH.

MÄDCHEN, LASST DIE FINGER VON IHM!

Cora schaute sich mein Werk einen Moment lang an.

»Er wird wissen, dass ich das war«, sagte sie zweifelnd. »Aber das soll er ruhig wissen!«, setzte sie hinzu, und da klang wieder die gute alte Unerschütterlichkeit durch, die ich von ihr kannte.

Zu Hause angekommen wunderte Mama sich nicht schlecht, dass wir so früh kamen. Wir erzählten ihr, wir seien müde, und krochen in unsere Betten.

Mechthild und ich lagen lange wach. Plötzlich öffnete sich die Tür von Coras Zimmer.

»Kann ich auch noch rein?«, fragte Cora mit einer ganz kindlichen Stimme.

»Klar«, sagte ich, rückte ganz dicht an Mechthild ran und schlug die Bettdecke zurück. Cora krabbelte unter die Kissen und da lagen wir dann wie die Ölsardinen in meinem viel zu engen Bett und schwiegen.

»Gut, dass es nicht dein erster Kuss war«, sagte ich irgendwann in die Stille.

»Ja«, antwortete Cora.

»Ich dachte immer, du wärst mit Jungs von der schnellen Truppe«, gab Mechthild leise zu.

»Bin ich nicht«, sagte Cora und ihre Stimme zitterte ein bisschen.

»Du wirkst immer so forsch«, meinte Mechthild.

»Wisst ihr, was ich mir von einem Jungen wünsche?«, fragte Cora, ohne eine Antwort zu erwarten. »Ich wünsche mir, dass er mir Blumen schenkt. Dass er mir Briefe schreibt. Dass er mich anruft und dass er sich für mich interessiert. Und dann habe ich auch Lust, ihn zu küssen.«

Ich seufzte.

· 9 ·

Am Montagmorgen war ein Riesengedränge am Schultor. Marcel war hektisch dabei, mit einem Schwamm meine Nachricht abzuwischen. Aber es hatten sie schon genug Leute gesehen. Spätestens am Mittag würde die ganze Schule davon wissen. Ich war zufrieden.

Während der ersten Stunde starrte ich Helen an und versuchte krampfhaft herauszufinden, was Carlo so toll an ihr fand. Ich verstand das einfach nicht. Wie konnte ein interessanter, freundlicher, wundervoller Junge wie Carlo ein so arrogantes, affektiertes, gemeines Weib wie Helen wollen? Es konnten doch nicht nur ihre langen blonden Haare und ihre üppige Oberweite sein.

Als ich in der zweiten Stunde immer noch nicht zu einem Resultat gekommen war, starrte ich Alexander an. Seit unserer gemeinsamen Mehlwurmzucht hatten wir kein Wort mehr miteinander gesprochen und würdigten uns keines Blickes. Es war ganz schön erholsam, von seinen Attacken verschont zu bleiben. Ich musste mich nicht mehr vor ihm in Acht nehmen und ich musste mich nicht mehr über ihn aufregen.

Also musste ich mir auch keinen noch so kleinen Gedanken mehr um ihn machen. Stattdessen dachte ich an Carlo. Es war mittlerweile gar nicht mehr schön, an ihn zu denken. Früher hatte ich mir in sonnigen Farben ausgemalt, wie es sein würde, seine Haare zu streicheln oder ihn zu küssen. Wenn ich jetzt an ihn dachte, überschwemmten mich ganz andere Gefühle als Wonne. Peinlichkeit, Traurigkeit, Resignation. Er würde sich nie in mich verlieben.

In der ersten großen Pause schlenderte ich mit Mechthild über den Hof. Ich hielt halbherzig nach Carlo Ausschau und widmete mich mit dem Rest meiner Konzentration Mechthild.

»Woher um alles in der Welt kannst du so gut tanzen?«, fragte ich sie.

Mechthild war sichtlich erfreut über meine unverhohlene Bewunderung. »Das ist eine lange Geschichte.«

»Nu erzähl schon.«

»Früher. Also … bevor … du weißt schon … war meine Mutter ganz anders. Sie war lustig und immer voller Energie. Wenn sie besonders guter Laune war, schaltete sie das Radio an und begann, so wie sie war, ob in Schürze oder im Schlafanzug, zu tanzen. Sie wirbelte mich im Kreis herum und zeigte mir, wie man mit den Hüften wackelt. Wenn mein Vater vorbeikam, lachte er immer und dann nahm er meine Mutter und …« Mechthild hörte abrupt auf weiterzuerzählen.

»Und?«, fragte ich.

»Ach nichts.«

Mechthilds Ton machte unmissverständlich klar, dass jede weitere Frage sinnlos war.

Dann küsste er sie, vollendete ich den Satz in meinen Gedanken und mir wurde klar, dass auch Mechthilds Eltern mal bessere Zeiten miteinander erlebt hatten.

Cora kam auf uns zu.

»Hast du gesehen, was heute Morgen vor der Eingangstür los war?«, fragte ich sie zufrieden.

Cora wollte gerade antworten, als sie den Mund unverrichteter Dinge wieder zuklappte. Marcel kam auf sie zugesteuert und sein Gesicht verriet nichts Gutes. »Pass auf, Küken«, sagte er drohend. »Pass auf, was du tust!«

Mir wurde richtig flau im Magen. Marcel schien nicht zum Spaßen aufgelegt zu sein. Auch Cora fiel keine passende Antwort ein. Aber in dem Moment stellte sich jemand zwischen Marcel und meine Schwester und baute sich zu seiner vollen Größe auf. Marco.

»Pass du lieber auf. Sonst bekommst du es mit mir zu tun«, fauchte er und scherte sich dabei einen Dreck darum, dass Marcel einen ganzen Kopf größer und bestimmt zehn Kilo schwerer war als er selbst.

Marcel grinste höhnisch. »Oh, ein Held! Viel Spaß mit Fräulein Rühr-mich-nicht-an.«

Er steckte sich lässig eine Zigarette in den Mund und schlenderte aus unserem Blickfeld.

Cora sah schrecklich erleichtert aus. Marco griff in seine Hosentasche und holte die obligatorische Tüte Gummifrösche heraus. Cora griff hinein, und während sie einem Frosch das Leben aushauchte, schaute sie Marco mit einem Blick an, der neu war. Marco schien das zu merken, denn er wuchs mindestens drei Zentimeter in die Höhe.

Am Nachmittag hörte ich mir alle meine Backstreet-Boys-CDs an. Ich legte mich auf mein Bett und sang mit.

Als Cora aus ihrem Zimmer herauskam, wusste ich, was kommen würde. Sie würde zum CD-Player rennen, auf AUS drücken und sagen: »Kann man denn hier nie seine Ruhe haben.«

Aber ich hatte mich getäuscht. Cora setzte sich zu mir auf die Bettkante und lächelte.

»… the shape of my heart«, trällerte sie mit.

»Was ist denn mit dir los?«, fragte ich.

»Nichts«, säuselte Cora und drückte mir völlig zusammenhangslos ein Küsschen auf die Wange.

Beim Abendessen strich sie eine Viertelstunde die Butter auf ihrem Graubrot hin und her. Papa, Mama und ich wechselten fragende Blicke.

»Wenn du im Lotto gewonnen hast, bestehe ich darauf, dass du es uns erzählst«, witzelte Papa.

Cora lachte. »Darf man hier einfach mal gute Laune haben, ohne dass gleich die ganze Familie verstört ist?«

Sie durfte.

In den nächsten Tagen benahm Cora sich zunehmend merkwürdig. Als ich eines Nachmittags in ihr Zimmer stürmte – ich hatte mir angewöhnt, ebenso unangeklopft in ihr Zimmer zu platzen, wie sie ständig durch meins polterte –, lag sie auf dem Bett und hatte einen Brief in der Hand, den sie versuchte, vor mir zu verstecken. Aber sie war nicht schnell genug.

»Von wem ist der?«

Cora drückte den Brief an sich und sagte keinen Ton.

Ich stürzte mich auf sie, bekam den Brief zwar nicht zu fassen, erhaschte aber einen Blick auf die Unterschrift.

Marco.

Und daneben ein dickes rotes Herz.

»Marco hat dir einen Liebesbrief geschrieben?«, rief ich. »Was schreibt er denn?«

Cora seufzte und reichte mir widerstandslos den Brief.

Liebe Cora,
in dem Rock, den du heute in der Schule anhattest, sahst du wirklich toll aus. Ich finde, Rot steht dir am allerbesten. Aber auch alle anderen Farben sind an dir schön. Ist ja auch egal. Jedenfalls wollte ich dich fragen, ob du Lust hast, mal mit mir ein Eis essen zu gehen. Ich lade dich natürlich ein. Egal, welches Eis du willst. In Mathe habe ich heute nichts verstanden. Du? Mathe ist nicht so mein Fall. Du bist viel besser in der Schule als ich. Aber gestern beim Fußball habe ich zwei Tore geschossen. Vielleicht hast du ja mal Lust zuzusehen. Am Sonntag haben wir ein Heimspiel. Aber vielleicht findest du Fußball ja auch doof.

Liebe Grüße
Marco

»Ist der süüüüüß!«, flötete ich. Ich meinte den Brief und Marco gleichzeitig.

Cora grinste breit. »Irgendwie schon.«

Am Sonntagnachmittag war Cora unruhig. Sie schaute beim Kuchenessen immer wieder auf die Küchenuhr, atmete tief ein, schüttelte dann den Kopf und stopfte sich ein weiteres Stück Kuchen in den Mund.

»Hast du noch was vor?«, fragte Mama.

»Nö«, sagte Cora. »Gar nichts.«

Ich hatte sie durchschaut. Sie trug einen innerlichen Kampf aus. Sollte sie zum Fußballplatz gehen, oder sollte sie nicht? Ich kannte das Gefühl, wenn man sich weder für das eine noch für das andere entscheiden konnte.

»Du, Cora«, sagte ich deshalb. »Hast du zufällig Lust, mit mir zum Fußballspiel zu kommen? Ich wollte mir mal unsere Schulmannschaft angucken.«

Cora war einen Moment lang verdutzt, dann hatte sie meine kleine Entscheidungshilfestellung verstanden und strahlte. »Wenn du unbedingt willst«, sagte sie, sprang vom Tisch auf und rannte in ihr Zimmer, um sich umzuziehen.

Das Fußballspiel hatte schon angefangen. Wir suchten uns einen Platz auf der höher gelegenen Wiese, von dem aus wir das Feld gut im Blick hatten. Zu meinem Entsetzen spielte da in Marcos Mannschaft der mistigste Mistkerl aller Zeiten mit. Alexander.

»Muss der eigentlich immer überall sein, wo ich bin?«, fragte ich Cora.

Die hatte allerdings wenig Aufmerksamkeit für meinen Alexandergroll übrig. Flatterig wie ein Schmetterling verfolgte sie Marco, der in einer Tour über den Platz hetzte. Als er einmal flüchtig in unsere Richtung blickte und erkannte, dass Cora ihm zusah, verlor er prompt den Ball an die gegnerische Mannschaft, die daraufhin beinahe ein Tor geschossen hätte.

Von dem Moment an schien Marco nur noch für Cora zu spielen. Ich hatte meine Schwester noch nie so gesehen. An ihrem Lächeln war nichts Aufgesetztes. Sie strahlte aus tiefstem Herzen.

»Cora, du bist so was von verliebt!«, sagte ich wissend.

Cora fühlte sich ertappt. »Quatsch. Verlieben fühlt sich anders an. Mir ist überhaupt nicht wie vor einer Mathearbeit zumute.«

»Vielleicht fühlt es sich ja ganz anders an, wenn man in den Richtigen verliebt ist.«

Cora seufzte nur.

Alexander schoss das entscheidende Tor zum 3:2-Sieg seiner Mannschaft. Dieser Mistkerl konnte aber auch alles. Turmspringen. Tore schießen. Nur wie ein normaler Mensch sein, das konnte er leider nicht.

Marco kam, völlig verschwitzt und selig lächelnd, auf Cora zugelaufen. »Gehst du … äh … geht ihr noch mit auf 'ne Cola? Wir feiern den Sieg.«

»Klar«, sagte Cora freudestrahlend.

Ich saß mitten in einer Horde feierwütiger Jungs, rührte mit meinem Finger die Eiswürfel in der Cola um und kam mir schrecklich überflüssig vor. Cora hatte nur Augen für Marco. Er erklärte ihr mit unerschütterlicher Geduld die Abseitsregel. Wenn Cora sich an der Nase kratzte, kratzte Marco sich auch an der Nase. Wenn Cora den Arm hob, hob auch Marco den Arm. Sie benehmen sich wie zwei verrückte Marionetten, dachte ich missmutig. Wenn Cora zu ihrem Glas griff, griff auch Marco zu seinem Glas. Sie tranken parallel. Sie stellten die Gläser zur selben Sekunde auf den Tisch zurück, und als sie die Hände zurückzogen, berührten sie sich kurz. Sie zuckten sogar gleichzeitig zusammen und klappten gleichzeitig die Lider herunter. Bei so viel verliebtem Geturtel wurde mir fast schlecht. Ich gönnte meiner Schwester diese Erfahrung wirklich sehr, aber musste ausgerechnet ich das alles mit ansehen?

Alexander erzählte zum x-ten Mal, wie er dem Gegner den Ball abgeluchst und das dämliche entscheidende Tor geschossen hatte. Und obwohl die Geschichte schon so ausgenudelt war wie eine alte Socke, freuten sich die anderen Jungs jedes Mal wieder aufs Neue.

Alexander würdigte mich keines Blickes. Er tat einfach so, als kenne er mich nicht, als wäre ich nicht in seiner Klasse, als hätte er nie Mehlwürmer mit mir großgezogen, als sei ich gar nicht da. Nicht, dass ich mit ihm hätte sprechen wollen. Igitt! Aber es war schon bescheuert, so gar nicht beachtet zu werden.

Ich zupfte Cora am T-Shirt. Es war rot, genau wie ihre Shorts und ihre Haarspange. »Ich hau ab.«

Cora nickte. Sie sah allerdings nicht aus, als habe sie den Inhalt meiner Worte verstanden.

»Ich bin eine Schmeißfliege«, sagte ich zum Test.

Cora nickte wieder mit demselben nichts raffenden Lächeln. Ein hoffnungsloser Fall.

Ich machte mich auf den Weg nach Hause und bedröhnte mich den Rest des Abends mit den Backstreet Boys.

Am nächsten Tag in der ersten großen Pause gingen Marco und meine Schwester in aller Öffentlichkeit Hand in Hand über den Schulhof.

»Ich fass es nicht«, sagte Mechthild. »Sie konnte ihn doch nicht mal leiden.«

»Die Liebe ist unergründlich!«, grunzte ich.

»Er wird sie trotzdem unglücklich machen, wenn die erste Verliebtheit vorbei ist«, beendete Mechthild das Thema.

Ich sah Helen am anderen Ende des Schulhofs. Sie starrte ungläubig auf die Turteltäubchen.

»Die platzt bestimmt gleich vor Wut«, meinte ich zu Mechthild.

»Wurde auch mal Zeit, dass sie so einen richtigen Dämpfer kriegt.«

Klar, dass Helen ihre ganze Wut jetzt an mir ausließ. Der einstweilige Waffenstillstand, der zwischen uns geherrscht hatte, war vorbei.

In der Englischstunde schrieben wir einen Vokabeltest. Ich hatte nicht dafür geübt. Das sah mir gar nicht ähnlich, aber irgendwie konnte ich mich in den letzten Tagen nicht mehr richtig konzentrieren. Ich lugte unauffällig zu Mechthild herüber und schrieb so viel, wie ich sehen konnte, ab. Mechthild merkte, dass ich ohne sie keine Chance hatte, und schob ihr Blatt ganz nah an mich heran. Frau Ammerung bekam nicht das Geringste mit. Sie las in ihrer Originalausgabe von *Macbeth*, als gäbe es nichts Spannenderes auf der Welt.

Es ging gut, bis Helen sich in einer solchen Lautstärke räusperte, dass Frau Ammerung verdutzt aufschaute. Mechthild schaffte es nicht mehr rechtzeitig, ihr Blatt zurückzuschieben. Frau Ammerung kam auf uns zu, schnappte sich sowohl Mechthilds als auch meinen Zettel und disqualifizierte uns beide. Helen grinste zufrieden. Diese Beulenpest!

In der Pause knöpfte ich sie mir vor. »Was sollte das denn?«, donnerte ich.

»Was denn?«, tat Helen unschuldig.

»Du hast uns auffliegen lassen, du Schlampe. Du bist eine schlechte Verliererin!«

»Was soll das denn heißen?«, giftete Helen.

»Das weißt du ganz genau! Du bist so eifersüchtig auf meine Schwester, dass es dir schon aus den Ohren rauskommt!«

Gott, war es ein Glück, dass Helen nichts von meiner Liebe zu Carlo wusste. Ich warf ihr ihre Eifersucht vor und selbst war ich mindestens genauso eifersüchtig, wenn ich sah, wie Carlo, auch nach seinem Korb, Helen weiterhin anschmachtete.

»Eifersüchtig?«, rief Helen spitz. »Auf diesen Heini? Deine Fantasie geht mit dir durch, Dorftrampel!«

War ja klar, dass sie es nicht zugeben würde.

»Lass sie«, sagte Mechthild und zog mich weg.

»Marco hat gesagt, Bayern München ist viel besser als Borussia Mönchengladbach!«, sagte Cora beim Abendessen.

»Hm«, meinte Papa angestrengt.

Seit Tagen ging das jetzt schon so. Marco hat das gesagt. Marco hat dies gesagt. Marco findet jenes. Marco glaubt Pipapo.

»Marco hat gesagt, er übt für die Schulfete Bluestanzen mit mir.«

»Das ist aber nett von ihm«, sagte Mama gnädig.

»Allerdings«, plapperte Cora weiter. »Er mag eigentlich gar nicht tanzen. Aber für mich, hat er gesagt, würde er alles tun.«

Ich hustete laut in der irrigen Hoffnung, so das Thema wechseln zu können. Denkste!

»Marco findet, wenn man zusammen geht, dann ist es wichtig, die Hobbys des anderen zu teilen.«

»Und?«, fragte ich reichlich barsch. »Willst du jetzt auch in einen Fußballverein eintreten?«

»Bäbäbä!«, gackerte Cora. »Welche Laus ist dir denn über die Leber gelaufen?«

Mama seufzte und runzelte die Stirn. Wahrscheinlich überlegte sie nun angestrengt, wie sie das Thema in unkritischere Bereiche lenken könnte.

»Und mit wem tanzt du auf der Fete, Jule?«, fragte sie.

Da hatte sie dummerweise einen noch viel kritischeren Bereich erwischt. Mit wem um alles in der Welt sollte ich schon tanzen? Ich schwieg einfach, in der Hoffnung, Cora würde wieder einen »Marco-hat-gesagt«-Satz bringen. Aber Mama ließ nicht locker.

»Mit Carlo?«, fragte sie.

»Nein! Nicht mit Carlo!«, brüllte ich. »Und wenn du es genau wissen willst: Ich werde zu dieser saudämlichen Fete gar nicht gehen. Nicht gehen. Nicht tanzen. Nichts!«

Ich sprang vom Tisch auf und rannte in mein Zimmer. So war ich schon lange nicht mehr ausgeflippt, aber es tat verdammt gut, mal ein bisschen Dampf abzulassen. Ich schnappte mir sämtliche Kuscheltiere, die meine Sammlung hergab, und schleuderte eins nach dem anderen an die Zimmerwand. »Lasst mich doch alle in Ruhe!«, schrie ich. »Ich hasse euch!«

Als ich mich abreagiert hatte, sackte ich vor meinem Bett zusammen und blickte über das Schlachtfeld von Kuscheltieren. Mit einem Mal taten sie mir so schrecklich leid, dass ich anfing zu heulen, eins nach dem anderen aufsammelte und mich aus tiefstem Herzen bei ihm für die Misshandlung entschuldigte. Und weil ich so gemein zu ihnen gewesen war, durften sie an diesem Abend ausnahmsweise alle bei mir im Bett schlafen.

· 10 ·

»Du hast eine Oma?«, fragte ich erstaunt, nachdem Mechthild mir eröffnet hatte, dass sie das ganze Wochenende nicht da sein würde. »Von der hast du ja noch nie erzählt.«

»Ich hab sogar eine Oma mit passendem Opa.«

Mechthild war mir manchmal immer noch ein Rätsel. Im einen Moment hatte ich das Gefühl, sie in- und auswendig zu kennen, im nächsten Augenblick glaubte ich, vor einem fremden Menschen zu stehen.

»Und wo wohnen deine Großeltern?«

»Im Osten. Bei Leipzig in einem ganz kleinen Dorf.«

»Fährst du alleine?«

»Mit meinem Vater.«

»Mechthild! Lass dir doch nicht alle Würmer einzeln aus der Nase ziehen!«

»Es gibt nichts rauszuziehen! Ich fahre mit meinem Vater für ein Wochenende zu meinen Großeltern. Was um alles in der Welt ist daran so interessant?«

Genau das hätte ich ja auch gerne gewusst, aber ich fragte nicht weiter. Mechthild tat zwar so, als wäre dieser Wochenendbesuch eine reine Routineangelegenheit, aber so gut kannte ich sie dann doch, dass ich die Unruhe bemerkte, die in ihr steckte. Mir blieb mal wieder nichts anderes übrig, als zu spekulieren. War ihre Oma krank? Wollte sie ihre Oma noch ein letztes Mal vor ihrem Tod sehen? Ging es um eine Erbschaft?

Ich langweilte mich fürchterlich. Ein ganzes Wochenende ohne Mechthild hatte ich noch nie aushalten müssen, seit ich sie kannte.

Mit Cora war ebenfalls nicht zu rechnen. Sie verbrachte jede freie Minute mit Marco.

»Komm doch mit. Wir fahren an den See«, sagte sie freundlicherweise.

Was ihre Liebenswürdigkeit betraf, hatte Marco wirklich einen guten Einfluss auf sie.

»Nee, sorry. Aber auf fünftes Rad am Wagen habe ich echt keinen Bock«, antwortete ich.

Sollte ich mich vielleicht neben die zwei Turteltauben an den See legen und Däumchen drehen?

»Dann nicht«, flötete Cora erleichtert und verschwand.

»Was ist denn mit dir los?«, fragte mich Papa verdutzt, als ich ihm freiwillig dabei helfen wollte, die Dachterrasse zu fegen. »Ist dir langweilig?«

»Quatsch«, tönte ich. »Mir ist nur nach körperlicher Betätigung.«

Mein Vater ließ sich von mir aber nicht so leicht hinters Licht führen. »Wenn ich dich sonst bitte, mir bei der Gartenarbeit zu helfen, schaust du mich an, als hätte ich dich zu neun Jahren Zwangsarbeit verurteilt. Kann es sein, dass du unausgelastet bist, weil Mechthild nicht da ist?«

»Nein. Ich hab nur Bock auf frische Luft«, verteidigte ich mich halbherzig.

Papa lächelte. »Wie wäre es, wenn du dann mal mit deinem alten Vater 'ne Runde Fahrrad fahren würdest?«

»Hm.« So richtig verlockend hörte sich das nicht an. Aber was hatte ich schon für Alternativen? »O. k., lass uns Rad fahren.«

Mit meinem Papa Rad zu fahren war keine erholsame Angelegenheit. Er radelte nicht, er fuhr die Tour de France.

Nach zehn Kilometern durch den Stadtwald überholte ich ihn mit letzter Kraft und wedelte mit der Hand. »Stopp! Pause! Sonst hast du mal eine Jule gehabt!«

Papa bremste. »Hups! Sind wohl mal wieder die Pferde mit mir durchgegangen.«

Wir setzten uns ins Gras und verputzten die Butterbrote, die Mama uns zusammen mit einer Thermoskanne Eistee eingepackt hatte.

»Und, Engelchen?« Papa benutzte die »Jetzt-haben-wir-endlich-mal-Zeit-zwischen-Papa-und-Tochter-zu-reden«-Stimme. »Wie ist denn so der Stand der Dinge?«

»Was meinst du denn, Papa?«, fragte ich zurück.

»Och, so allgemein.«

»Allgemein. Aha. Ja. Allgemein ist das Wetter ganz passabel und in der Schule läuft es auch ganz gut.« Ich wusste genau, dass das nicht die Dinge waren, die Papa gerne wissen wollte, aber ich ließ ihn zappeln. Sollte er doch fragen, wenn er auf was Bestimmtes hinauswollte. Ich fand es zu drollig, wie schwer er sich mit diesen Dingen manchmal tat.

»Und wie läuft es so als … äh … Frau, die du ja jetzt bist?«

Ich konnte mich nicht mehr zusammenreißen und prustete los vor Lachen. »Papa! Du bist so süüüüß!«

Papa schaute mich unsicher an. »Ist süß etwas Gutes oder etwas Schlechtes für einen Vater?«

Ich weiß nicht, ob es an der Sonne lag, aber ich hatte plötzlich ein schrecklich warmes Gefühl ums Herz herum, nahm Papa in den Arm und drückte ihn ganz fest. »Das ist was ganz besonders Gutes«, sagte ich. »Und als Frau läuft es so na ja. Männer machen halt nichts als Ärger.«

»Tatsächlich? Hm. Aber ich doch nicht, oder?«

»Nee, du bist die glorreiche Ausnahme. Ich spreche auch hauptsächlich von einem Mann.«

»Carlo«, sagte Papa stolz, als wäre es eine Leistung, dass er sich den Namen gemerkt hatte.

»Du, Papa. Jetzt mal angenommen, du findest eine Frau eine ganze Weile völlig egal. Jetzt nicht doof, nur völlig egal. Könnte es dir dann trotzdem noch passieren, dass du dich in sie verliebst? Vielleicht, weil du eine andere nicht mehr liebst, die dir die ganze Zeit im Kopf rumging?«

»So liegen die Dinge also«, erkannte Papa messerscharf. Er schüttelte den Kopf. »Jule, mein Engel, ich versteh das nicht. Du bist so ein bildhübsches, lustiges und intelligentes Mädchen. Es muss doch tausend Jungs geben, die bei dir Schlange stehen. Und du suchst dir ausgerechnet den einen aus, der sich nicht für dich interessiert.«

»Ach, Papa. Da steht keiner Schlange. Und selbst wenn. Ich will nur Carlo, auch wenn es noch so bescheuert ist.«

»Du bist wie deine Mutter«, meinte Papa und grinste von einem Ohr zum anderen.

Mechthild hatte mich am Sonntagabend nicht angerufen. Vielleicht war sie erst ganz spät nach Hause gekommen und hatte sich nicht mehr getraut. Vielleicht aber auch nicht. Die Unruhe, die ich seit Mechthilds Oma-Geständnis mit mir rumschleppte, brodelte auf hundertachtzig.

Ich brannte darauf, sie endlich in der Schule zu sehen. Aber sie kam nicht in die Schule. Das war vielleicht eine doofe Situation. Meine beste Freundin war nicht da und ich hatte nicht den geringsten Schimmer, wieso.

»Frau Ammerung, äh … wissen Sie, warum Mechthild nicht da ist heute?«

»Irgendeine Familienangelegenheit zieht sich in die Länge«, klärte mich Frau Ammerung auf. »Sie wird morgen wiederkommen.«

Irgendeine Familienangelegenheit. Was um alles in der Welt war damit gemeint? Ich musste auf die Antwort wohl bis zum nächsten Tag warten.

»Dein Vater lässt dich einen Tag aus der Schule, nur weil in Leipzig das Wetter so schön war?«, plärrte ich. »So einen Vater hätte ich auch gerne.«

Ups. Das hätte ich lieber nicht gesagt. Mechthilds Vater, der nie da war, wenn sie ihn brauchte, wäre ein verdammt schlechter Tausch gewesen gegen meinen Vater, der mit mir Rad fuhr und mir sagte, was für ein hübsches und intelligentes Wesen ich war.

Das wusste auch Mechthild und schaute mich böse an. »Wir können gerne tauschen«, sagte sie schroff.

»Entschuldigung.«

»Schon gut.«

»Wie war es denn bei deiner Oma?«

»Ganz nett.«

Ich wurde das Gefühl einfach nicht los, dass Mechthild mir etwas Entscheidendes verheimlichte. Aber wieder bekam ich nichts aus ihr heraus.

»Es gibt nur einmal im Jahr eine Schulfete und du willst nicht hingehen!« Cora regte sich schrecklich auf. »Ich versteh dich nicht, Jule.«

Seit Cora glücklich mit Marco ging, herrschte zwischen uns eine miese Stimmung. Ich konnte so viel Glück einfach nicht den ganzen Tag ertragen und Cora fand Menschen, die nicht glücklich waren, irgendwie merkwürdig. Sie verstand nicht, dass ich keine Lust hatte, auf ein Schulfest zu gehen, auf dem niemand mit mir tanzen wollte.

»Ich verstehe auch nicht, warum du nicht zu dem Fest gehen willst«, seufzte Mama. »Das wird doch bestimmt lustig.«

»Auf Schulfesten passieren immer die verrücktesten Sachen«, meinte Cora. »Denk nur an Mamas Semesterfete.«

»Willst du mir erzählen, dass so was erblich ist?«, fragte ich genervt.

Cora zuckte die Schultern. »Wer weiß!«

»Außerdem will Mechthild nicht hingehen. Also gehe ich auch nicht.« Das war gelogen. Nachdem ich verkündet hatte, dass mir die Fete den Buckel runterrutschen könne, hatte Mechthild mir zuliebe gesagt, dass wir uns stattdessen ja auch einen netten Videoabend machen könnten.

Die nächsten Tage in der Schule gab es nur ein Thema unter den Mädchen. Schulfete. Schulfete. Schulfete. Das ging mir vielleicht auf die Nerven.

Ich spazierte mit Mechthild über den Schulhof und zog ein Gesicht, das keine Lektion, die Cora mir jemals über das Sich-nichts-von-schlechter-Laune-anmerken-Lassen gegeben hatte, in den Griff kriegen konnte.

»Da kommt Mr. Sargnagel«, sagte Mechthild routiniert.

Mechthild hatte sich angewöhnt, immer »Da kommt Mr. Sargnagel« zu sagen, wenn Carlo sich uns näherte.

»Ich sehe schwarz für dich, wenn du nicht langsam aufhörst, diesen Sargnagel anzuschmachten«, hatte Mechthild erst gestern zu mir gesagt.

Wenn ich ehrlich war, hätte ich nichts lieber getan, als auf der Stelle damit aufzuhören, diesen Sargnagel anzuschmachten. Aber ich konnte nicht. Auch jetzt begann mein Herz wie wild zu pochen, nur weil er zufällig in meine Richtung schlenderte. Er würde mich nicht ansehen, er würde vorbeigehen und in meinem Brustkorb würde dasselbe dumpfe Gefühl zurückbleiben wie jedes Mal.

»Gehst du zur Schulfete?«

Ich traute meinen Ohren nicht. Hatte Carlo mich da gerade gefragt, ob ich zur Schulfete gehe?

»Klar.«

Gott, war ich froh, dass ich sprechen konnte. Ich sah, wie Mechthild die Augenbrauen hochzog. Bitte, dachte ich, sag jetzt nichts.

Mechthild sagte nichts. Danke!

»Dann sehen wir uns da.« Carlo drehte sich um und verschwand.

»Oh, mein Gott!«, wimmerte ich. »Hast du das gehört?«

»Ich bin ja nicht taub«, entgegnete Mechthild.

»Er hat mich angesprochen. Oder träum ich?«

»Du bist wach. Und es war nicht gerade eine Liebeserklärung.«

Mechthild verstand gar nichts. Carlo hatte mich aus völlig freien Stücken angesprochen, obwohl wir schon eine Ewigkeit kein Wort mehr miteinander gewechselt hatten. Er hatte mich angesprochen, obwohl ich mich, was ihn anging, schon so peinlich benommen hatte, wie die Peinlichkeits-Miss-Universum. Er hatte mich angesprochen, weil er Helen vergessen hatte und weil ihm endlich eingefallen war, dass er mich mochte.

»Ich brauche was zum Anziehen«, kreischte ich.

Mechthild schüttelte den Kopf, als habe sie es mit einer Geisteskranken zu tun. »Du hast Probleme!«

Ich hatte wirklich Probleme. Mama schüttelte den Kopf und sah ziemlich unerweichlich aus.

»Dein Kleideretat ist für diese Saison ausgeschöpft, Jule!«

Ich hatte mir eine sündhaft teure Goretexjacke gekauft, mit der man auch im Regen Fahrrad fahren konnte, ohne nass zu werden. Es hatte seitdem nicht ein Mal geregnet und ich ärgerte mich schwarz über diese Fehlinvestition.

»Kann ich nicht an das Herbst-Winter-Geld?«, jammerte ich.

Was unser Kleidergeld anbetraf, war Mama, ganz gegen ihre sonstige Natur, knallhart. Sie war der Meinung, dass wir früh genug lernen sollten, mit Geld umzugehen, und war außerdem strikt gegen den Marken-Kaufrausch, wie sie es nannte.

Ich wollte ja gar keine Marke. Ich wollte doch nur einen Fummel für das verdammte Schulfest.

»Du hast Taschengeld«, stellte Mama trocken fest.

»Boah!« Ich knallte eine Tür und fügte mich in mein Schicksal. Dann ging ich zur Bank und hob fast mein gesamtes Sparguthaben ab. Fünfunddreißig Euro. Das musste reichen.

Bei H&M war Ausnahmezustand. Wahrscheinlich wurden in allen Schulen der Stadt in den nächsten Tagen Schulfeten gefeiert und alle Mädchen hatten die schwerwiegende Aufgabe, besser auszusehen als ihre Erzfeindin.

»Muss das alles so glitzern?«, fragte Mechthild, während ich Tops und Miniröcke auf ihrem Arm stapelte. In so was war Mechthild geduldig. Da sie selbst keinerlei Drang verspürte, auch nur ein Teil anzuprobieren, stellte sie sich als lebendiger Kleiderständer, In-einer-anderen-Größe-Bringer und Reißverschluss-Verschließer zur Verfügung.

»Ja, das muss so glitzern«, sagte ich und drückte ihr ein weiteres paillettenbesetztes Top in den Arm.

In der Umkleidekabine erlitt ich einen Nervenzusammenbruch nach dem anderen. Zu eng. Zu weit. Zu wenig Busen. War ich denn so neben der Norm, dass mir keiner der Röcke und keins der Tops passen wollte?

Endlich hatte ich ein himbeerfarbenes Top gefunden, das weder schlabberte noch zwickte. Ich versuchte dazu einen weißen Minirock aus Jeansstoff, vorne zum Knöpfen. Perfekt!

Ich trat aus der Kabine, um mich von Weitem im großen Spiegel anzuschauen, und drehte mich vor Mechthild hin und her. »Und?«

»Is' o. k.!«, sagte Mechthild.

Ich merkte ihr an, dass sie zu allem Ja und Amen gesagt hätte, wenn wir dann den Laden verlassen hätten und endlich bei McDonald's zum After-Shopping-Essen gegangen wären. Ich musste also selbst entscheiden.

»Bonbon auf Schlagsahne. Schick.« Diese ironische Stimme kam aus der Nebenkabine und gehörte keiner anderen als Helen. Sie hatte ein schwarzes Minikleid an und sah darin zu meiner Bestürzung aus wie ein Filmstar.

»Beerdigung auf der Reeperbahn. Schick!«, giftete ich zurück.

Ich kaufte Himbeerbonbon auf Schlagsahne für neunundzwanzig Euro und verbriet den Rest meines Ersparten für ein ausgiebiges Festessen bei meinem Lieblingsburgerladen.

• 11 •

»Ich bin so aufgeregt, dass ich schreien könnte«, gackerte ich im Auto.

Papa schaute in den Rückspiegel zu Mechthild und mir, dann auf den Beifahrersitz zu Cora und grinste breit. »Kann ich nicht mitkommen?«, witzelte er. »So hübsch, wie ihr drei ausseht, kann ein Aufpasser bestimmt nicht schaden.«

»Klar«, meinte Cora lachend. »Ich habe mir noch nie etwas mehr gewünscht, als mit meinem Vater zum Schulfest zu gehen.«

Wir sahen aber auch echt klasse aus. Ich hatte meine Bonbon-Sahne-Montur an. Die Haare hatte mir Cora kunstvoll mit einem pinken Haarteil verziert und hochgesteckt. Mama hatte mir ihre silbernen Klippohrringe, zwei riesige Kreolen, ausgeliehen.

Cora hatte ein nigelnagelneues Jeansminikleid an. Dazu hatte sie sich eine passende jeansblaue Umhängetasche und ein blaues Haarband gekauft. Selbst ihr Lidschatten war jeansblau.

Und Mechthild trug einen unglaublichen Hosenanzug mit einem wilden Muster, bei dem es einem ganz schwindelig wurde, wenn man zu lange hinsah. Cora hatte auch Mechthilds wilde Zottelmähne zu einem kunstvollen Knoten zusammengesteckt. Sie hätte ihr auch ein bisschen silbernen Lidschatten verpasst, wenn Mechthild nicht schreiend die Flucht ergriffen hätte.

»Wir sind da, meine Damen«, sagte Papa wie ein Chauffeur, als wir an der Schule angekommen waren. Er bekam zum Dank zweimal einen Kuss auf die Wange und einen feuchten Händedruck von Mechthild.

»Tut nichts, was ich nicht auch tun würde!«, rief er uns lachend hinterher.

Die Turnhalle war über und über geschmückt mit Luftballons und Girlanden. An der Decke hatte der Hausmeister eine riesige Diskokugel anmontiert, die sich langsam drehte und glitzernde Lichtreflexe auf den Boden warf. Die Musik lief auf Hochtouren, auf einer langen Tischreihe standen Kuchen, Frikadellen und Saftbowlen. Offiziell gab es auf Schulfesten nur antialkoholische Getränke, aber es war klar, dass die Jungs aus der Oberstufe, wenn sie denn überhaupt noch zu der »Kinderparty« kamen, ihr Bier mit hineinschmuggelten.

Cora rannte sofort zu Marco. Sie verzogen sich in eine stille Ecke und knutschten. Die beiden konnten stundenlang fast völlig bewegungslos dasitzen und sich küssen.

»Das muss doch stinklangweilig sein«, hatte Mechthild einmal gesagt. Ich hatte die Schultern gezuckt. Schließlich hatte ich noch nie mit jemandem geknutscht.

Ich setzte den Kartoffelsalat ab, den Mama für die Fete beigesteuert hatte, und schaute mich nach Carlo um. Wo war er bloß? Nicht, dass er plötzlich krank geworden war. Nicht auszudenken, wenn er sich ein Bein gebrochen hatte und nicht zur Fete erscheinen würde.

Mechthild wollte tanzen. »Kommste mit?«

»Nee. Ich trink lieber was.« Ich war viel zu angespannt, um einigermaßen lässig zu tanzen. Ich schüttete mir so ein bisschen Saftbowle in einen Pappbecher und fixierte die Tür.

Zuerst sah ich Helen hereinstolzieren. Sie trug zu ihrem schwarzen Minikleid silberne Sandaletten und machte beim Hereinkommen ein Gesicht Marke »Hier kommt der Star des Abends«.

Wenn wir in Amerika wären, dachte ich, würde Helen sicher zur Ballkönigin gewählt werden. In amerikanischen Highschoolfilmen wurden immer Zimtzicken wie Helen zur Königin gewählt. König würde dann Carlo werden. Und ich, das Mauerblümchen mit den inneren Werten, würde leer ausgehen. Aber in amerikanischen Highschoolfilmen wendete sich das Blatt gegen Ende immer. Das Mauerblümchen bekommt den König, und wenn sie nicht gestorben sind …

Als Nächstes sah ich Alexander in den Raum spazieren. Gott sei Dank ging er schnell von der Tür weg, sodass ich ihn nicht allzu lange anschauen musste. Schließlich konnte ich die Tür für keine Sekunde aus den Augen lassen.

Und dann kam endlich Carlo hereingeschlendert. Er sah in seinem stinknormalen Skateroutfit einfach hinreißend aus.

Mein Herz bummerte bis in mein künstliches

Haarbüschel. Würde er jetzt auf mich zukommen? Würde er mich zum Tanzen auffordern?

Carlo schaute sich suchend um. Ohne mein Großhirn zu fragen, fuhr meine rechte Hand in die Luft und winkte ihm zu. Gott, Jule, geht es nicht noch ein bisschen auffälliger, dachte ich.

Carlo hatte mich gesehen und winkte lässig zurück. Er schaute sich weiterhin suchend um. Wahrscheinlich wollte er sich erst mal ein Bild verschaffen oder nach seinen Freunden Ausschau halten, dachte ich. Sein Blick streifte Helen. Die schaute arrogant in eine andere Richtung. Ich hatte schon Angst, er würde sich trotzdem wieder an ihre Seite stellen und auf sie einreden, aber ich hatte mich geirrt. Carlo schaute sich zu mir um, grinste breit und kam zielstrebig auf mich zugeschlendert.

»Da biste ja«, sagte er.

»Da bin ich ja«, sagte ich, und es kam mir ein bisschen vor wie das »Ja, ich will« beim Standesamt.

»Tanzen wir also«, sagte Carlo.

Ich nickte. Er weiß, was er will, dachte ich flatterig, deshalb fragt er nicht, sondern entscheidet einfach. Ich brauche einen Mann, der mir sagt, wo es langgeht, versicherte ich mir schnell und folgte ihm auf die Tanzfläche.

Carlo war ein guter Tänzer. Er hatte so eine Mischung aus Hip-Hop und Breakdance drauf. Seine Beine schienen aus Gummi zu sein. Ich dagegen musste schrecklich peinlich aussehen, unbeholfen, wie ich ein Bein neben das andere setzte. Jule, sei doch mal locker, dachte ich verzweifelt. Aber es nützte nichts.

Ich schaute mich um. Mechthild zwinkerte mir zu. Wenn ich doch nur Mechthilds Talent fürs Tanzen gehabt hätte. Helen tanzte mit Ann-Sophie gleich neben uns. Sie wackelte so elegant mit den Hüften, dass ich vor Neid einen ganz heißen Kopf bekam. Hinter Helen tanzte Alexander. Und selbst der sah aus wie die Lässigkeit in Person. Verdammt aber auch!

Als das Lied zu Ende war, setzte ein ganz altes Stück ein. *Careless Whisper* von George Michael. Die meisten Leute gingen jetzt von der Tanzfläche. Zu so einem Stück konnte man nur Blues tanzen, alles andere hätte bescheuert ausgesehen. Ich wusste nicht, was ich machen sollte. Sollte ich einfach gehen? Sollte ich warten, was Carlo tat?

Während ich noch nachdachte, packte Carlo mich an den Händen und legte meine Arme um seinen Hals. Einfach so.

Man kann sich den Wackelpudding in meinen Beinen gar nicht vorstellen. Er zog mich ganz nah an sich heran, sodass meine Wange an seine gepresst war. Mein ganzer Körper war in Unordnung. Meine Lunge saß da, wo mein Herz hingehörte. Mein Magen rutschte dahin, wo eigentlich meine Leber war. Mein Blut lief verkehrt herum durch meine Adern.

Wenn ich nur nicht so gezittert hätte! Aber Carlo schien das gar nicht zu merken. Er führte mich in langsamen Schritten über die Tanzfläche. Ich schloss die Augen, musste sie aber direkt wieder aufmachen, weil mir ganz schwindelig wurde. Carlos Wange war erfrischend kühl im Gegensatz zu meiner. Ich guckte direkt auf sein Ohr. Ich liebte dieses Ohr.

Hinter dem Ohr erspähte ich Helen. Sie schielte zu uns herüber und machte ein Gesicht wie sieben Tage Regenwetter. Schon Scheiße, wenn der Verehrer plötzlich eine andere will, was?, dachte ich selbstzufrieden.

Careless Whisper war viel zu schnell zu Ende. Carlo nahm meine Hände von seinem Hals und wir standen ein paar Sekunden betreten voreinander. Was machte man bloß in so einer Situation? Musste ich jetzt was sagen? Oder war's ganz o. k., dass ich den Mund hielt? Warum musste dieser ganze Mann-Frau-Kram auch so kompliziert sein? Wieso war es nur so anders als mit Freundinnen? Bei denen überlegte man doch auch nicht bei jedem Wort und jedem Schritt, ob man das Richtige tat.

»Raus?«, fragte Carlo plötzlich.

»Klar«, sagte ich so lässig, wie ich es eben konnte. Ich schaute mich zu Mechthild um und schickte ihr einen verzweifelten »Oh-mein-Gott«-Blick.

Mechthild zuckte die Schultern Marke »Da kann ich dir jetzt auch nicht mehr helfen!«.

Carlo hatte sich schon in Bewegung gesetzt und ich stolperte ihm hinterher. Vor der Turnhalle hatten sich ein paar Leute zum Frische-Luft-Schnappen versammelt. Unter anderem sah ich auch Helen, die in ihrem schwarzen Mini an der Turnhallenmauer lungerte und sich mit ein paar Jungs aus der Parallelklasse unterhielt.

Carlo steuerte auf einen seiner Freunde zu. Musste das denn jetzt sein? Ich hatte gedacht, wir würden uns alleine irgendwo in einen stillen Winkel verkriechen und uns unterhalten. Ich hatte gehofft, dass meine Anspannung dann ein bisschen nachlassen würde. Carlo würde einen Witz machen, über den wir beide schrecklich lachen müssten, und dann …

Carlos Freund würdigte mich keines Blickes und Carlo machte auch keine Anstalten, mich vorzustellen. O. k., dachte ich, wahrscheinlich ist es uncool, seinem Kumpel ein Mädchen vorzustellen. Das muss das Mädchen bestimmt selber machen. Wieso war ich nur so unerfahren in solchen Dingen? Wahrscheinlich, weil in Skaterkreisen alles anders lief als bei Mechthild und mir.

»Hi. Ich bin Jule«, sagte ich zu dem Freund von Carlo.

Der schaute mich ganz verdutzt an. »Von mir aus«, sagte er grinsend und Carlo grinste ebenfalls. Ich grinste auch. Wahrscheinlich handelte es sich um so eine Art Insider und ich wollte mir auf keinen Fall die Blöße geben, den nicht zu kapieren.

Carlo und sein Freund, dessen Namen ich immer noch nicht wusste, unterhielten sich ein bisschen übers Skaten. Dann holte Carlo eine Packung Zigaretten aus seiner Hosentasche. Ich hatte Carlo noch nie rauchen sehen, jetzt aber steckte er sich eine in den Mund, sein Freund ebenso, und als ich die Packung vor die Nase gehalten bekam, griff ich auch zu.

Jule, um Gottes willen, was tust du da?, dachte ich. Ich hatte in meinem ganzen Leben noch nie an einer Zigarette gezogen. Und ich hatte bis zu diesem

Moment auch nicht die Absicht gehabt, es jemals zu tun. Ich fand, dass Zigaretten stanken wie die Pest, und ich hatte nicht die geringste Lust, mir irgendeinen Lungenkrebs anzulachen. Aber jetzt stand ich mit einer Zigarette in der Hand bei Carlo und es gab kein Zurück mehr. Ich konnte unmöglich so was sagen wie: »Ach, doch lieber nicht.«

Carlo hielt mir sein Feuerzeug hin und ich versuchte, die Flamme zu treffen.

»Ziehen, nicht pusten«, lachte Carlo.

Ich zog und dachte im selben Augenblick, ich müsste auf der Stelle sterben. Bah! Das war ja widerlich. Ich hustete mir die Seele aus dem Leib und die beiden Jungs lachten sich einen Ast ab.

Toll, Jule, wieder mal die Peinlichkeitstrophäe gewonnen. Du taugst auch zu gar nichts.

»Ich rauch sonst immer Camel«, sagte ich.

»Nee, is klar«, sagte Carlos Freund ohne Namen.

Ich zog noch einmal und versuchte verzweifelt, den ganzen Rauch so lange in meinem Mund zu behalten, wie es eben ging. Auf Wiedersehen, Mundschleimhaut, dachte ich.

Carlos Freund klopfte Carlo auf die Schultern, zwinkerte ihm zu, guckte mich noch einmal grinsend an und verschwand. Endlich war ich mit Carlo alleine, wenn man von Helen absah, die immer noch mit einem Trupp Leute an der Mauer lehnte. Und wenn man von Alexander absah, der gerade aus der Turnhalle geschlendert kam und mich böse anstarrte.

Carlo warf seine Kippe auf den Boden. Sie war nicht mal halb aufgeraucht. Ich warf meine gleich hinterher. Gott sei Dank war ich die los! Wir hatten immer noch kein Wort miteinander gesprochen und je länger das Schweigen anhielt, desto abstruser erschienen mir alle Sätze, die mir einfielen. Und, wie läuft es so in der Schule? Hast du nette Lehrer? Was machst du in den Ferien? Konnte man solche blödsinnigen Fragen noch stellen, wenn man schon Wange an Wange Blues getanzt hatte?

»Willste küssen?«, fragte Carlo mitten in das Schweigen hinein.

Oh, mein Gott! Natürlich wollte ich küssen. Ich wollte nichts auf der Welt lieber, als Carlo zu küssen. Aber jetzt, wo er es so mir nichts, dir nichts fragte, hatte ich mit einem Mal einen schrecklich trockenen Mund. Konnte man mit einem schrecklich trockenen Mund überhaupt küssen?

Carlo kam einen Schritt auf mich zu und legte einen Arm um meine Schultern. »Also dann«, sagte er.

O. k. Das war also der Moment, auf den ich all die Zeit gewartet hatte. Ich stand vor Carlo, er hatte den Arm um mich gelegt und wollte mich küssen. Freu dich, Jule, sagte ich mir. Aber ich freute mich gar nicht. Mein Herz pochte zwar, aber nicht vor Glück, sondern weil ich mit einem Mal nur noch wegwollte. Ich verstand überhaupt nicht, was los war. Ich wusste nur, dass ich Carlo auf keinen Fall küssen wollte.

Carlo zog mich näher an sich ran. Seine Lippen waren jetzt fast auf meinem Mund.

Mit einem heftigen Stoß schubste ich ihn von mir weg. Ich rannte in die Turnhalle zurück, vorbei an

Helen und vorbei an Alexander, der den Mund offen stehen hatte. Ich rannte auf die Tanzfläche und erblickte Mechthild, Cora und Marco, die wild tanzten.

»Was ist passiert?«, fragte Mechthild, als sie meinen aufgelösten Gesichtsausdruck sah.

»Du hast ihn geküsst!«, jubelte Cora, ohne eine Antwort von mir abzuwarten.

Ich schüttelte den Kopf. »Er wollte mich küssen. Aber dann hatte ich so ein merkwürdiges Gefühl bei der ganzen Sache. Und da bin ich weggelaufen.«

Mechthild verzog das Gesicht zu einem wissenden Grinsen, Cora allerdings schaute mich fassungslos an.

»Du bist weggelaufen?«, fragte sie. »Der Typ, hinter dem du seit Wochen her bist, will dich küssen und du rennst weg? Kannst du mir mal sagen, wozu wir all die Pläne geschmiedet haben, wofür wir uns dein Geheule angehört haben, wozu ...«

Cora hätte noch Stunden so weiterzetern können, aber offensichtlich hatte sie es sich anders überlegt. »Was für ein komisches Gefühl?«, wollte sie plötzlich wissen.

»Es kam mir alles nicht richtig vor. Unecht. Falsch. Ich weiß doch auch nicht. So hab ich mir das jedenfalls nicht vorgestellt. Und ich fühle auch auf einmal gar nichts mehr für Carlo.« Ich kam jetzt richtig in Fahrt. »Und überhaupt. Er ist ein Riesenarschloch. Er hat mich seinem Freund nicht vorgestellt. Er raucht. Er hat kein einziges nettes Wort gesagt. Er ...«

Jetzt war es um meine Fassung geschehen. Die

Tränen schossen nur so aus mir raus. »Wieso war ich bloß die ganze Zeit in einen Jungen verliebt, der ein richtiger Ekeltyp ist?«

Cora und Mechthild schauten mich betroffen an. Marco schien die ganze Situation unangenehm zu sein. Jungs können ja im Allgemeinen nicht so viel mit weiblichen Gefühlsausbrüchen anfangen.

Cora nahm mich von links in den Arm, Mechthild von rechts.

»Wenn dein Gefühl so eindeutig war, war es gut, dass du ihn nicht geküsst hast!«, sagte Cora sanft. Mechthild nickte.

»Aber was mach ich denn jetzt?«, wollte ich wissen. Ich hatte Carlo weggestoßen und war abgehauen. War ich ihm nicht wenigstens eine Erklärung schuldig?

»Ich weiß nicht, Jule«, meinte Cora. »Wenn er doch ein Mistkerl ist, wieso willst du ihm was erklären?«

»Immerhin wollte er mich küssen. Wie würdest du dich denn fühlen, wenn du jemand küssen wolltest, und der stößt dich weg?«

Ich hatte sie überzeugt. Mechthild zuckte die Schultern. Sie hatte zu dem Thema Männer ihre Meinung oft genug kundgetan und hatte offensichtlich nichts Neues dazu beizusteuern.

»Ich geh hin und sag ihm einfach, dass … dass …«

Ja, was wollte ich ihm sagen? Carlo, ich war zwar über Wochen in dich verschossen wie eine Wahnsinnige, aber jetzt ist mir auf einmal aufgefallen, dass das alles irgendwie nicht stimmt, und deshalb habe ich dich nicht geküsst? Er musste mich doch für völlig hysterisch halten.

Als ich noch so hin und her überlegte, was ich Carlo als Erklärung abliefern könnte, traute ich meinen Augen nicht. Durch die Eingangstür schlenderten Helen und Carlo herein. Helen lachte offensichtlich über einen Scherz von Carlo. Ich bekam sofort eine Höllenwut auf sie. Was hatte die denn jetzt plötzlich für ein Interesse an Carlo? Sie hätte ihn die ganze Zeit haben können. Aber in dem Moment, wo er mich küssen will, da kommt sie angeschissen? Boah, war ich sauer.

Ich stapfte auf die beiden zu. »Carlo, kann ich dich mal unter vier Augen sprechen?«

Helen schüttelte angewidert den Kopf. »Sag mal, Jule, hast du eigentlich gar keine Würde? Du musst doch sehen, wann es genug ist, oder?«

»Wie bitte?«, raunzte ich zurück.

Was meinte diese dumme Kuh eigentlich? Ich bewies schließlich gerade Würde, indem ich Carlo eine Erklärung für meine Abfuhr geben wollte.

»Du schmeißt dich einem Jungen an den Hals, versuchst ihn gegen seinen Willen zu küssen, wirst weggeschubst und kommst dann wieder angekrochen? Wenn das mal nicht würdelos ist!«

In meinem Kopf explodierten irgendwelche Nervenenden. Ich sah nur noch rot. »Ich habe ihn weggeschubst!«, schrie ich.

In null Komma nix hatte sich eine Gruppe von Leuten um uns versammelt. Sie witterten, dass ihnen hier gleich eine gute Show geliefert werden würde.

Helen lachte künstlich. »Nee, is klar. Carlo hat mir gerade erzählt, dass du seit Wochen wie eine Klette an ihm hängst. Und jetzt sollen wir dir glauben, dass du ihn weggeschubst hast?«

»Aber so ist es gewesen!«, schrie ich mit sich überschlagender Stimme. »Carlo! Sag, dass es so gewesen ist!«

Carlo grinste nur dämlich und schüttelte langsam den Kopf. In dem Moment legte Helen ihren Arm um Carlos Hüfte. Ich hatte das Gefühl, alles nur noch in Zeitlupe wahrzunehmen. Carlo strahlte über beide Backen, alle Umstehenden tuschelten und lachten. Inmitten der Menge sah ich Alexander stehen.

Alexander! Er war meine letzte Chance. Er hatte mich die ganze Zeit beobachtet, die ich mit Carlo vor der Turnhalle zugebracht hatte. Er musste einfach gesehen haben, dass ich es gewesen war, die Carlo weggeschubst hatte.

»Alexander!«, brüllte ich und zog ihn in die Mitte der Arena. »Du hast es gesehen! Du kannst bezeugen, dass ich nicht lüge!«

Alexander schaute mich sprachlos an.

In dem Moment fing Helen wieder an zu lachen. »Klar! Du bist ja echt der absolute Hit, Jule! Jetzt soll auch noch Alexander für dich lügen, obwohl er sonst nur der Ekeltyp für dich ist!«

Alexanders Augen wurden zu schmalen Schlitzen. »Weißt du was, Jule. Mach deine Männergeschichten gefälligst ohne mich aus. Und bleib doch, wo der Pfeffer wächst!«, sagte er eiskalt und bahnte sich einen Weg durch den Kreis von Gaffern.

»Gott, Jule. Du bist dir wirklich für nichts zu schade.« Helen wendete sich von mir ab. »Komm, Carlo, wir gehen.«

Ich reagierte nicht mehr. Aus der Menschenmenge lösten sich zwei Gestalten. Mechthild und Cora hatten erst zu spät mitbekommen, was gerade abgegangen war. Jetzt konnten sie mich nur noch am Arm packen und wegziehen.

»Es gibt nix mehr zu sehen!«, raunzte Cora die Gaffer an.

· 12 ·

Ich wollte an diesem Abend nicht mehr über die Schulfete sprechen. Was gab es überhaupt noch zu sagen? Ich stand vor der ganzen Schule da wie ein Vollidiot. Jule, die Klette ohne Würde. Keiner glaubte mir. Und ich hatte keinerlei Beweise, um die Wahrheit ans Tageslicht zu bringen. Wieso passierte so was eigentlich immer mir?

Cora drückte mich. »Wir finden schon eine Lösung.«

Cora war auch dann noch optimistisch, wenn alles in Trümmern lag. Sie lachte mich noch einmal aufmunternd an und verschwand in ihr Zimmer.

Mechthild hatte die ganze Zeit wenig gesagt. Schweigsam zogen wir unsere Schlafanzüge an und kletterten ins Bett.

»Ich weiß, was du denkst«, sagte ich dann. »Du hast es mir immer gesagt. Männer machen nichts als Ärger. Und Verlieben ist bescheuert.«

Mechthild schaute mich lieb an und zuckte die Schultern, sagte aber nichts.

»Und weißt du was«, fuhr ich fort. »Du hast verdammt noch mal recht. Aber ich musste wohl selbst die Erfahrung machen.«

»Ach, Jule«, seufzte Mechthild.

»Ich möchte, dass wir uns etwas schwören, Mechthild! Wir schwören bei unserer Freundschaft, dass wir uns nie wieder verlieben werden. O. k.?«

Mechthilds Gesicht strahlte. »Ja, da bin ich dabei. Wir haben schließlich uns. Wir brauchen die Jungs nicht. Stimmt's?«

»Stimmt!«

Ein ganz klein bisschen von dem Kloß in meinem Hals löste sich auf. Mechthild setzte sich im Bett auf und hob feierlich zwei Finger zum Schwur. Ich tat es ihr gleich. Wir schworen. Dann kuschelten wir uns in die Kissen und Mechthild streichelte mir den Rücken. Sie wusste, dass ich das liebte und dass das eine todsichere Methode war, mich zum Einschlafen zu bringen. Aber diesmal funktionierte es nicht. Ich begann deshalb nach einer ganzen Weile tief und schwer zu atmen, um Mechthild vorzugaukeln, ich sei eingeschlafen. Sie fiel drauf rein und begann Sekunden später leise zu schnarchen. Süße Mechthild, wollte nicht eher einschlafen, als bis sie mich ins Reich der Träume gestreichelt hatte.

Im Reich der Träume war dann auch einiges los, als ich endlich, nach stundenlangem Wachliegen, An-die-Wand-Starren und Böse-Gedanken-Wälzen, einschlief.

Ich träumte von meinem Klassenzimmer. Alexander hatte mich wie an einen Marterpfahl an den Kartenständer gefesselt und tanzte um mich herum. Heul doch! Heul doch! Auf meinem T-Shirt prangte in großen Druckbuchstaben das Wort »Klette!«. Helen trat aus einer Umkleidekabine, die sich plötzlich am hinteren Ende des Klassenzimmers befand, und trug ein bonbonrosa Brautkleid. Carlo kam im Frack auf seinem Skateboard angerast. Er konnte nicht bremsen und steuerte mit Vollgas genau auf mich zu. Ich schloss die Augen und stieß einen verzweifelten Schrei aus. Neiiiiiiiin!

Als ich schweißgebadet aufwachte, stellte Mechthild mir gerade ein Frühstückstablett hin. »Du hattest einen Albtraum.«

Cora kam mit frisch gepresstem Orangensaft dazu. »Mama und Papa sind ganz früh zum Markt gefahren.«

Das beruhigte mich. So hatten wir Zeit, den Samstagmorgen dazu zu nutzen, meine Lage zu besprechen, ohne gestört zu werden.

»Kein Wort zu ihnen!«, warnte ich meine Schwester.

»Ist doch logo.«

Cora wusste selbst nur zu gut, dass meine Mutter die haarsträubende Ungerechtigkeit, die ihrem kleinen Mäuschen widerfahren war, nicht auf sich sitzen lassen könnte. Es war ihr zuzutrauen, dass sie sich Carlos Eltern vorknöpfen und sie veranlassen würde, ihren Sohn zu zwingen, eine Richtigstellung in der Zeitung abzudrucken.

»Also, was machen wir?«, fragte Cora, während wir uns Marmeladenbrote schmierten.

»Ich glaube, es ist eh alles hoffnungslos«, sagte ich schwach.

In dem Moment klingelte das Telefon.

»Wer auch immer das ist, ich bin nicht da!«, rief ich erschrocken.

Im nächsten Augenblick wurde mir klar, wie albern ich mich benahm. Wer sollte es denn schon sein? Carlo? Helen? Unfug. Die würden doch nie bei mir anrufen.

Es war Marco. Cora telefonierte eine ganze Weile mit ihm. Sie sagte immer nur »Echt?« und »Mein Gott« und »Die Schweine«. Ich sah ihrem Gesicht an, dass die Neuigkeiten etwas mit mir zu tun hatten.

»Helen und Carlo haben gestern noch wild geknutscht. Sie sind jetzt zusammen.« Cora seufzte. »Wenn du mich fragst, Jule, so hart das sein mag, aber ich glaube, Carlo wollte Helen nur eine Show liefern. Er wollte dich küssen, um sie eifersüchtig zu machen. Und als das nicht funktioniert hat, hat er ihr wahrscheinlich gesagt, dass er nie eine andere küssen würde als Helen, die Wundervolle.«

Ich schluckte. Was Cora da sagte, machte auf eine unerträgliche Art und Weise jede Menge Sinn.

»Und Carlo hat Helen natürlich keine größere Freude machen können, als Jule zu demütigen. Sie geht jetzt mit ihm, weil er Jule fertiggemacht hat. Gott, wie erbärmlich!«, spann Mechthild weiter.

»Und ich dumme Kuh hab gedacht, er hat sich doch noch in mich verliebt«, sagte ich kopfschüttelnd.

»Du warst verliebt in den Mistkerl. Kein Wunder, dass du es nicht gemerkt hast«, versuchte Cora mich zu trösten.

»Ich hab ja was gemerkt. Nur leider zu spät.«

Für eine ganze Weile sagte keine von uns ein Wort. Uns war allen der Appetit vergangen.

Doch plötzlich machte sich ein Gefühl in meinem

Bauch breit, das ich noch nicht kannte. »Ich will Rache!«, sagte ich entschieden. »Und ich will meine Ehre wiederherstellen. Koste es, was es wolle.«

Cora lachte. »So kenne ich dich!«

Mechthild nahm eine Scheibe Brot in die Hand und zerquetschte sie mit der Faust. »Es wird ihnen noch leidtun!«

Der Entschluss war gefasst. Jetzt musste nur noch ein Plan her.

»Das mach ich auf keinen Fall!« Marco war fassungslos, nachdem Cora ihm unseren Plan unterbreitet hatte. Er fühlte sich sichtlich in die Enge getrieben. Drei weibliche Augenpaare schauten ihn erwartungsvoll an.

»Du musst!«, sagte Cora mit ihrer zuckersüßesten Stimme. »Bei allen anderen würde er noch mehr Verdacht schöpfen!«

»Ich kann doch nicht … Ich kann dich doch nicht …« Marco fehlten die Worte.

Cora nahm seine Hände in ihre und schaute ihm tief in die Augen. »Es ist doch nur für eine Stunde, wenn überhaupt. Du triffst ihn offenbar rein zufällig irgendwo. Ihr kommt so ins Gespräch und du erzählst, dass du mit mir Schluss gemacht hast, weil ich … weil ich … eine Klette bin.«

Cora warf mir einen kurzen Blick zu.

Ich nickte und übernahm. »Dann wird er sagen, dass alle Seeger-Weiber Kletten sind. Die kleine wie die große. Und dann musst du lachen und einen auf Freundschaft machen. So ’ne Art Verbrüderung.«

Marco seufzte unwillig.

Cora zwinkerte mir zu und brachte den Plan zu Ende. »Und dann musst du ihn dazu bringen, dir die Sache mit Jule zu erzählen. So Marke: Wie hast du die Olle denn reingelegt? Er wird alles beichten, und weil du einen Kassettenrekorder in deiner Sporttasche hast, hat Jule ein lupenreines Beweismittel!«

»Ihr habt sie doch nicht alle!«, jammerte Marco. »Da fällt der doch nie drauf rein.«

»Es kommt ganz auf dein schauspielerisches Talent an«, schaltete sich Mechthild in das Gespräch ein. »Wir üben das so lange, bis du überzeugend klingst.«

Marco war noch ganz und gar nicht überzeugt.

Cora musste andere Mittel anwenden. »Tu es mir zuliebe. Ich kann einfach nicht ertragen, dass Jule mit dieser Lüge leben muss. Sei ein Held, ja?«

Cora schmeichelte noch eine Weile um Marco herum, bis dieser schließlich mit einem schwachen Lächeln nickte.

»O. k. Ich versuch es.«

Den Rest des Wochenendes verbrachten wir damit, Marcos spärlich vorhandenes schauspielerisches Talent auf Vordermann zu bringen. Immer wieder spielten wir die Situation durch. Wir sperrten Mama und Papa demonstrativ aus unseren Zimmern aus und handelten uns eine ganze Menge verwunderter Blicke ein. Aber wir schafften es, unser Vorhaben geheim zu halten, und am Sonntagabend bekam es Marco fast überzeugend hin, so zu tun, als habe er mit Cora Schluss gemacht, und nichts wäre ihm lieber, als mit Carlo ein Bündnis gegen die Seeger-Weiber zu schließen.

Zwar hatte mich das eifrige Planen ein bisschen von meiner peinlichen Lage abgelenkt, aber noch war ich für alle in der Schule die »Klette ohne Würde«. Dementsprechend mulmig war mir zumute, als ich am Montagmorgen durch das Schultor ging.

Mechthild und Cora hatten mich von beiden Seiten eingehakt und steuerten mich durch die Schule. Marco hatte den Auftrag bekommen, sich den ganzen Tag nicht in Coras Nähe blicken zu lassen, damit es später glaubhafter erscheinen würde, dass er sich am Wochenende von ihr getrennt hatte. Ich hatte mir fest vorgenommen, nicht den Blick zu senken, sondern den Tatsachen ins Auge zu sehen.

Auf dem Gang steckten ein paar Mädchen die Köpfe zusammen und wisperten und gluckstEN. Vor der Klassentür standen Helen und Carlo und küssten sich ungeniert. Ich hätte sie umbringen können!

Cora war grandios. Um den Plan vorzubereiten, schickte sie Carlo mit einem bösen Blick eine Nachricht. »Alle Männer sind Schweine.«

Das genügte, um glaubhaft anzukündigen, dass es zwischen ihr und Marco Schwierigkeiten gegeben hatte.

Cora verabschiedete sich mit einem heimlichen Augenzwinkern von uns, und Mechthild und ich gingen in den Klassenraum. Alexander schaute mir direkt in die Augen. Ich erwartete eine gemeine Bemerkung. »Da ist sie ja, die Klette!« oder so etwas in der Art. Aber nichts passierte. Er schaute einfach weg und vertiefte sich in sein Mathebuch. Das allerdings hielt er verkehrt herum.

Ja, allen Grund hast du, dich in Grund und Boden

zu schämen, Mistbazille, dachte ich. Alexander hätte mir mit der Wahrheit helfen können, aber er hatte nichts gesagt. O. k., im tiefsten Inneren wusste ich, dass ich daran selber schuld war. Ich hätte auch niemandem geholfen, der mich ständig in aller Öffentlichkeit Ekeltyp nennt. Andererseits, Alexander war mir gegenüber tatsächlich immer eklig gewesen und wer wusste schon, welche Namen er mir gegeben hatte.

Was denke ich überhaupt über den nach!, sagte ich mir. Ich hatte schließlich Wichtigeres zu tun. Ich musste herausfinden, wo Marco den Mistkerl von Carlo am Nachmittag rein zufällig treffen konnte.

Ausgerechnet Helen verschaffte mir, ohne es zu ahnen, diese wichtige Information. Sie hatte in jeder unterrichtsfreien Sekunde nichts anderes zu tun, als vor all ihren Freundinnen von Carlo zu schwärmen, natürlich nicht ohne mir ständig Seitenblicke zuzuwerfen. Und dabei flutschte es ihr irgendwann raus. »Nee, heute Nachmittag treffen wir uns nicht. Carlo muss zum Zahnarzt.«

So weit, so gut. Aber welcher Zahnarzt? Und um welche Uhrzeit?

Ann-Sophie half, diese Fragen zu klären. »Aber wieso trefft ihr euch nicht danach?«

»Weil er den Termin erst um halb fünf hat. Und sein Zahnarzt hinten an der Severinsstraße ist. Und am Abend hab ich ja Ballett.«

Strike. Dumme Pute, wenn du wüsstest, dass du gerade deinen Spinnenfreund ans Messer geliefert hast!

Nach dieser erfreulichen Entwicklung machten

mir die schiefen Blicke und das Getuschel für den Rest des Schultages gar nichts mehr aus.

Wie eine Räuberbande versammelten wir uns um vier Uhr nachmittags bei Marco vor dem Haus. Wir machten einen kleinen Tontest. Der Kassettenrekorder nahm wunderbar auf, auch wenn er in Marcos Sporttasche steckte. Dann setzten wir uns auf unsere Räder.

In der Severinsstraße gab es Gott sei Dank nur einen Zahnarzt, wie wir anhand des Telefonbuchs herausgefunden hatten. Wir versteckten uns in einem Hauseingang und beobachteten die Passanten. Pünktlich um halb fünf spazierte Carlo ins Haus des Zahnarztes. Wir warteten eine halbe Stunde, da kam er auch schon wieder heraus. Hoffentlich hat er bis zum Nerv gebohrt, dachte ich finster. Jetzt ging es los.

Marco schlenderte aus dem Hauseingang in Richtung Carlo und sprach ihn an. Carlo beäugte Marco misstrauisch, aber nach ein paar Sekunden hellte sich sein Gesicht auf. Er lachte aus vollem Hals sein blödes, gemeines Lachen. Der Fisch hatte angebissen!

Cora, Mechthild und ich jubelten lautlos in unserem Versteck. Marco machte, soweit man das aus der Entfernung sehen konnte, seine Sache besser als bei allen Proben. Nach etwa acht Minuten klopfte Marco dem Mistkerl auf die Schultern und die beiden verabschiedeten sich. Carlo ging pfeifend in die entgegengesetzte Richtung, Marco kam mit triumphierendem Lächeln auf uns zu.

»Alles im Kasten!«

Wir umarmten ihn und jubelten.

»Jetzt spendiere ich euch allen ein Eis!«, rief ich. »Und dabei hören wir es uns an!«

Am nächsten Tag in der Schule klopfte mir das Herz bis zum Hals. Ich musste einen günstigen Augenblick finden, um den letzten Teil des Plans auszuführen.

»Herr Förster. Mir ist schlecht.«

Das war nur halb gelogen. Ich hatte in der Pause zugesehen, wie Carlo und Helen turtelnd über den Schulhof gewandert waren. Da konnte einem schon mal schlecht werden.

Herr Förster schaute mich prüfend an. Ich setzte mein kränkstes Gesicht auf und ließ die Mundwinkel sinken.

»Dann leg dich im Ruheraum etwas hin, Juliane.«

Ich musste mich zusammenreißen, langsam und gequält aus dem Klassenzimmer zu schleichen. Kaum war ich auf dem Gang, legte ich einen Sprint hin.

Der Ruheraum war ein schlichtes Zimmer im Erdgeschoss unserer Schule. Darin befand sich außer einer tristen Liege lediglich ein Wasserspender. Man ging in den Ruheraum, wenn man was mit dem Kreislauf hatte, wenn einem schlecht war oder wenn man seine Hausaufgaben vergessen hatte. Oder eben, wenn man einen Racheplan ausgetüftelt hatte!

Der Ruheraum lag nämlich für mein Vorhaben strategisch ungemein günstig. Nebenan war das

Hausmeisterbüro. Und im Hausmeisterbüro war die Lautsprecheranlage der Schule. Und genau an die musste ich ran.

Den Kassettenrekorder hatten Mechthild und ich schon in der Pause in einem Gebüsch versteckt. Ich nahm ihn mit in den Ruheraum und lauschte an der Wand. Der Hausmeister war da. Er hörte Radio, und wenn ich die Ohren spitzte, konnte ich sein Schmatzen hören. Wahrscheinlich nahm er gerade sein zweites oder drittes Frühstück zu sich. Er war ein ziemlich dicker Klops und man sah ihn eigentlich immer nur essen.

Verdammt, dachte ich, das kann lange dauern. Ich wartete zehn Minuten, dann beschloss ich, dass Warten nichts nützte. Ich musste in die Offensive gehen. Ich schlich mich aus dem Ruheraum und ging zum Münzsprechgerät auf dem Schulhof.

»Pfeifer«, meldete sich der Hausmeister mit vollen Backen.

Ich verstellte die Stimme so gut ich konnte. »Hier Ammerung, Herr Pfeifer. Ich stör Sie ungern, aber im fünften Stock ist die Damentoilette verstopft. Sie sollten sich der Sache direkt annehmen, sonst gibt es noch eine üble Überschwemmung.«

Herr Pfeifer schluckte heftig an seinem Brot. »Aber selbstverständlich, gnädige Frau. Ich eile. Ich fliege.«

Das war geschafft. Ich hatte mir absichtlich die Toilette im fünften Stock ausgesucht. Seit Tagen war der Aufzug defekt und Hausmeister Pfeifer würde ewig brauchen, bis er schwitzend und außer Atem oben angelangt wäre.

Ich raste zurück zum Ruheraum, griff nach meinem Kassettenrekorder, vergewisserte mich mit dem Ohr an der Tür, dass der Hausmeister wirklich weg war, und trat in sein Heiligtum ein.

Zwischen Kisten mit Nägeln, Glühbirnen und Kabeln fand ich die Lautsprecheranlage. Verdammt. Wieso gab es da denn so viele Knöpfe? Ich hatte nicht ewig Zeit.

Ich drückte todesmutig den Knopf, der mir am sympathischsten erschien, und gleichzeitig den Startknopf meines Kassettenrekorders.

Es klappte. Es piepste einmal laut, und dann hörte ich aus den Lautsprechern im Flur Carlos Stimme. Wir hatten zuvor aus dem Band Marcos Stimme herausgeschnitten und Carlos Beichte so zusammengeschnitten, dass sie absolut hieb- und stichfest war.

»Ey, clever muss man sein. Wenn ein Plan schiefgeht, musst du blitzschnell umschalten. Ich hatte eigentlich vor, diese Jule zu küssen, um Helen eifersüchtig zu machen. Das hat voll nicht geklappt, weil das Miststück sich nicht küssen lassen wollte. Also hab ich Helen einfach verklickert, dass Jule mich küssen wollte und ich das verhindert habe, so Marke: Ey, Baby. Ich küss doch nicht jede, ich will nur dich. Und es hat voll geklappt. Helen und ich sind zusammen, und dieser dämlichen Jule glaubt doch eh keiner.«

Ich drückte schnell auf den Ausknopf und auf irgendeinen Knopf an der Lautsprecheranlage und verließ fluchtartig den Raum. Ich zitterte wie Espenlaub. Es hatte mich keiner erwischt. Aber war es nicht schrecklich auffällig, wenn ich jetzt gleich nebenan mit einem Kassettenrekorder ertappt würde? Ich warf ihn kurzerhand aus dem Fenster des Ruheraums. Dann legte ich mich auf die Liege und stellte mich tot oder zumindest schlafend.

Ich stellte mir vor, was wohl gerade in anderen Teilen der Schule los sein würde.

Der Hausmeister war sicher hin- und hergerissen zwischen zwei Gedanken. Soll ich den Übeltäter stellen, der an meiner Lautsprecheranlage herumgefuhrwerkt hat? Dann müsste ich all die Stockwerke wieder herunterklettern, die ich gerade mühsam geschafft habe, und der Schuldige wäre eh längst über alle Berge. Oder soll ich nach der Toilette schauen? Wahrscheinlich war er noch nicht auf den Trichter gekommen, dass die Toilette nur ein Trick gewesen war, um ihn aus seinem Zimmer zu locken.

Dann stellte ich mir Cora vor und Mechthild und Marco, die sich sicher kaum auf ihren Plätzen halten konnten vor Lachen und Freude. Mit viel Genuss stellte ich mir Helen vor, die rot angelaufen war vor Wut und sich schwor, ihrem Carlo sofort in der nächsten Pause einen Laufpass zu geben. Und zuletzt stellte ich mir Carlo vor, der wie ein Häufchen Elend in seiner Bank saß und von allen angegafft wurde. Sicher war nach meiner Durchsage ein heilloses Chaos in seiner Klasse ausgebrochen. Alle lachten sich schlapp und Carlo war entlarvt und bloßgestellt. Er hatte es nicht anders verdient.

Während ich mich noch in dem Gedanken entspannte, wie Carlo stotternd versuchte, seine Unschuld zu beteuern, wurde ich unsanft in die Realität zurückgeholt.

»Juliane! Komm bitte sofort mit.«

Vor der Tür hatte sich ein ganzer Trupp versammelt. Frau Ammerung, Herr Förster, Hausmeister Pfeifer und der Direktor. Ich wurde ins Direktorenzimmer kommandiert und musste mich auf einen Stuhl setzen.

Wie um alles in der Welt hatte das so schnell rauskommen können? War ich wirklich so naiv gewesen?

»Schlimm genug, dass du dir für deine privaten Streiche Zugang zu unserer Schulsprechanlage verschafft hast, Juliane«, begann der Direktor. »Aber die Stimme einer Lehrerin zu imitieren, um einen Angestellten unserer Schule von seinem Platz zu locken, das führt zu weit. Ganz abgesehen von der Vortäuschung einer Krankheit, um in den Ruheraum gehen zu können. Ich verstehe das nicht. Du bist doch sonst so ein umgängliches Mädchen. Oder gab es schon Ärger mit Fräulein Seeger?«

Herr Förster schüttelte den Kopf. Gott sei Dank sagte er jetzt nichts von der Mehlwurmzwangsarbeit mit Alexander.

Auch Frau Ammerung schüttelte den Kopf. »Sie ist ja noch gar nicht lange in der Klasse und hat sich bisher nichts zuschulden kommen lassen. Eine unauffällige Schülerin.«

Na, vielen Dank, dachte ich. Unauffällig. Das war ich also. Aber jetzt hatte ich mich von der Unauffälligkeit verabschiedet und mich furchtbar auffällig benommen. Ich war kriminell. Ich hatte eine Handvoll Verbote missachtet. Ich …

»Juliane. Kannst du uns bitte erklären, wie es zu der Sache kommen konnte?«, fragte der Direktor.

Was sollte ich tun? Ich hatte zwei Möglichkeiten. Entweder ich erzählte die Wahrheit, was sehr lange gedauert hätte. Und wollte ich mein ganzes Privatleben vor dieser Versammlung ausbreiten, die eh nichts von mir wusste, als dass ich unauffällig war? Nein, das wollte ich nicht. Ich entschied mich für Möglichkeit Nummer zwei.

»Ich weiß nicht. Es war ein Streich.«

Damit war das Urteil gefällt. Die Angeklagte zeigt keine Reue und hat keine strafmildernden Umstände zu ihrer Verteidigung vorzubringen. Also Höchststrafe. Ein Tadel ins Klassenbuch und eine Nachricht an die Eltern.

Als ich wieder in die Klasse gehen durfte, wusste ich gar nicht mehr, ob ich mich über die ganze Sache freuen sollte oder nicht. Was, wenn ich mich mit alldem nur noch lächerlicher gemacht hatte? Klar, die Wahrheit war jetzt ans Tageslicht gebracht worden, aber nützte mir das wirklich was? Und war es den Ärger wert gewesen? Was würden Mama und Papa sagen, wenn sie von der Sache erfuhren?

Als ich aber in die Klasse trat, kehrte ein Teil meines Triumphgefühls augenblicklich zurück. Mechthild strahlte mich an wie ein Honigkuchenpferd. Helen schickte mir den bösesten Blick, den ich je an ihr gesehen hatte. Und alle anderen in der Klasse schauten mich mit unverhohlener Bewunderung an. Einige nickten anerkennend mit den Köpfen, andere grinsten schief. Sogar die Mädchen, die sich sonst immer um Helen scharten, blinzelten mir zu. Als Letztes streifte mein Blick Alexander. Und irgendwie sah er sehr zufrieden aus. Wahrscheinlich ahnte er, dass ich für die Nummer mächtig Ärger bekommen würde.

Ich war froh, dass Mechthild und Cora mir zur Seite standen, als ich beim Mittagessen mit meinen Eltern konfrontiert wurde. Papa war in der Mittagspause extra nach Hause gekommen, nachdem Mama ihm von dem Anruf erzählt hatte, den der Direktor gleich nach meiner Verurteilung getätigt hatte.

»Was um alles in der Welt hast du dir dabei gedacht, Jule?«, wollte Papa wissen, und er sah nicht aus, als könne man ihn mit ein paar Krokodilstränen besänftigen.

Ich seufzte, schaute von Cora zu Mechthild und beschloss, dass es an der Zeit war, Mama und Papa die ganze Geschichte zu erzählen.

Es war schon Nachmittag und Papa hatte längst im Büro angerufen, dass es später werden würde, als ich endlich zu Ende erzählt hatte.

Mama seufzte. »Wieso hast du uns denn nicht erzählt, dass du so einen Stress mit dieser Helen hast und dass dieser Carlo dir so wehgetan hat?«

Ich zuckte mit den Schultern. Ich wusste es doch selber nicht. Irgendwie hatte ich nicht gewollt, dass meine Eltern von all dem etwas mitbekamen. Ich hatte nicht gewollt, dass sie sich einmischten, dass sie mir halfen, dass ich ihnen leidtat.

»Ich wollte allein damit fertig werden.«

Auf Papas Gesicht breitete sich ein Grinsen aus. »Und du bist sehr gut alleine damit fertig geworden. Meine Tochter! So viel Ausgefuchstheit hätte ich dir gar nicht zugetraut. Die Sprechanlage! Nicht schlecht. Nicht schlecht!«

Papa hätte sicher noch weiter gelobt, wenn Mama ihm nicht einen warnenden Blick zugeschickt hätte. Aber ich wusste, dass sie beide verstanden, wieso ich es getan hatte. Und ich wusste, dass sie zu mir hielten.

»Eine Woche Stubenarrest«, sagte Mama halbherzig.

»Eine Woche?«, zeterte ich.

»Das ist viel zu hart«, mischte sich Cora sofort ein.

Ich wollte gerade ansetzen, einen Schwall von Argumenten anzubringen, als Mama von ganz alleine kippte. »Zwei Tage. Und einmal Dachgarten schrubben!«

Ich fiel ihr um den Hals. Das war eine akzeptable Strafe. Nach all der Aufregung hatte ich sowieso Erholungsbedarf, und da Mechthild mich besuchen durfte, machte mir der Hausarrest fast nichts aus.

»Es ist eigentlich ganz schön, dass ihr jetzt alles wisst«, sagte ich erleichtert.

»Beim nächsten Mal ist es sicher der Richtige«, sagte Papa.

»Nee. Es gibt kein nächstes Mal«, erwiderte ich. »Ich werde mich nie wieder verlieben.«

Papa schmunzelte. »Ja klar.«

· 13 ·

Helen hatte Carlo tatsächlich noch am selben Tag den Laufpass gegeben und er musste sich tagelang gefallen lassen, dass man hinter seinem Rücken tuschelte und lachte. Er litt ohne Ende!

Wenn ich ihm auf dem Flur oder dem Schulhof begegnete, schickte er mir böse Blicke zu, aber er traute sich nie, mich auf die Sache anzusprechen oder den Versuch zu wagen, sich zu rächen.

Mein Stubenarrest war schnell vorbei und der Alltag hatte uns bald wieder. Irgendwie war nach der ganzen Sache die Schule leichter zu ertragen.

Als hätte ich sie von ihrem hohen Ross heruntergeholt, verhielt Helen sich ausgesprochen still. Es war ihr ganz und gar nicht recht, dass nun Gott und alle Welt wussten, dass sie auf Carlos Tricks reingefallen war. Sie, die Unfehlbare, hatte sich mächtig blamiert.

Ann-Sophie und die anderen Mädchen, die sich sonst nicht mal trauten, mir Guten Tag zu sagen, wurden jetzt zunehmend gesprächig. Offensichtlich hatten sie einen Anlass gebraucht, um mit dieser ständigen Helen-Anhimmelei aufzuhören. Und mit der Zeit stellten Mechthild und ich fest, dass sie eigentlich sogar alle ganz nett waren. Wir trafen uns ein paar Mal mit ihnen im Eiscafé und sprachen über die Schule, die Lehrer und über die Backstreet Boys. Zu meiner Verwunderung standen sie alle auf die Backstreet Boys, sobald Helen nicht in der Nähe war.

»Wieso musst du denn schon wieder zu deinen Großeltern?«, fragte ich Mechthild genervt.

»Was weiß ich.«

»Du musst es doch wissen.«

Mechthild verlor die Fassung. So hatte ich sie noch nie gesehen. »Verdammt noch mal, Jule, das ist eine Familienangelegenheit. Das geht dich gar nichts an. Lass mich in Ruhe!«

Mechthild dampfte ab und ließ mich einfach so stehen. Ich versuchte sie zu Hause zu erreichen, aber es nahm keiner den Hörer ab.

Ich hatte es doch nicht böse gemeint. Ich wollte doch nicht neugierig sein. Ich hatte mich doch nur so geärgert, dass Mechthild schon wieder ein ganzes Wochenende nicht da sein würde. Wieso ging sie bei dem Thema Großeltern nur so schrecklich in die Luft?

Mechthild rief vor ihrer Abreise nicht mehr an. Sie fuhr im Streit weg. Ich hatte schrecklich schlechte Laune.

Am Samstag langweilte ich mich zu Tode. Ich telefonierte mit Anna.

»Was kann sie nur so Geheimnisvolles bei ihren Großeltern wollen?«

»Keinen Schimmer. Vielleicht geht es den Großeltern nicht gut.«

»Daran hab ich auch schon gedacht, aber das könnte sie mir doch sagen, oder?«

Wir wussten keine Lösung. Anna unterbrach mich, nachdem sie eine Viertelstunde meinem Mechthild-Problem gelauscht hatte.

»Jule, ich muss dir auch was erzählen.«

»Was denn?«, fragte ich schnell, nachdem ich den zögerlichen Unterton in Annas Stimme gehört hatte. »Ist was Schlimmes passiert?«

»Nein, nichts Schlimmes. Ich hab mich verliebt. Er heißt Peter und er ist schrecklich süüüüüüß!«

O Gott. Anna hatte sich verliebt. Ich musste sie unbedingt davon abhalten, sich weiter in die Sache reinzusteigern. Ich wusste schließlich nur zu gut, wo das enden würde.

»Anna, pass auf. Ich weiß ja, wie schön sich das anfühlt, wenn man jemanden so aus der Ferne anhimmelt. Aber lass dir gesagt sein ...«

Anna unterbrach mich. »Nicht aus der Ferne. Wir gehen miteinander. Und wir haben uns schon geküsst. Peter ist nicht wie dein Carlo. Er ist nett.«

Ich war sprachlos. Anna hatte einen Freund. Einen netten Freund, der sie küsste. Plötzlich war sie mir ganz fremd. Ich hatte nur noch das Bedürfnis, das Gespräch so schnell wie möglich zu beenden. »Na, dann wünsche ich euch viel Glück«, sagte ich stocksteif.

»Jule, sei nicht so. Ich kann doch nichts dafür, dass du so eine schlechte Erfahrung gemacht hast. Du wirst sehen, für dich kommt auch noch der Richtige.«

»Darauf kann ich verzichten. Tut mir leid, Anna. Ich bin noch verabredet. Ich muss Schluss machen.«

Das war gelogen. Aber ich konnte das jetzt nicht länger ausdiskutieren. Cora hatte einen Freund. Anna hatte einen Freund. Und alle schienen ja so glücklich zu sein. Vielleicht lag das daran, dass sie nicht so unauffällig waren wie ich. Ich jedenfalls wollte gar keinen Freund. Ich wollte nur, dass Mechthild zurückkam. Mechthild reichte mir absolut aus.

Als Mechthild Sonntagabend zurückkam, rief sie mich sofort an. »Kann ich kommen?«

Klar konnte sie kommen.

Als es klingelte, stürmte ich zur Tür und nahm Mechthild ganz schnell in den Arm. Dass sie kommen wollte, war für mich Beweis genug, dass sie nicht mehr böse war. Sie war tatsächlich nicht mehr böse, denn sie blieb in meinen Armen liegen, als ich sie wieder loslassen wollte.

»Was ist los?«, fragte ich.

»Ich muss mit dir reden.«

Ich hörte ihrer Stimme an, dass es nichts Gutes zu bereden gab.

Wir setzten uns auf die Dachterrasse und schauten dem Sonnenuntergang zu, während Mechthild erzählte.

»Weißt du, Jule, dass mein Vater und ich jetzt zweimal zu meinen Großeltern gefahren sind, das hatte einen ganz bestimmten Grund.«

»Ja, das weiß ich. Aber du wolltest ihn mir ja nicht sagen.«

»Jetzt sag ich ihn dir.«

Mechthild machte eine lange Pause und ich wusste, dass ich sie nicht unterbrechen sollte.

»Meiner Mutter geht es immer schlechter. Sie wird nicht mehr bei uns wohnen bleiben.«

Ich wollte was sagen, aber Mechthild hielt mir den Finger vor den Mund. »Lass mich erst alles erzählen.«

Ich nickte.

»Sie wird in eine Klinik gehen. Für lange. Mein Vater geht nach Thailand, weil er da einen neuen Job gefunden hat. Wieder mal.« An dieser Stelle lachte Mechthild höhnisch auf. Dann schwieg sie wieder. In meinem Kopf explodierten die Gedanken. Mechthilds Mutter in eine Klinik, der Vater nach Thailand. Und Mechthild? Wohin ging dann Mechthild?

»Ich werde zu meinen Großeltern ziehen. Deshalb sind wir zweimal da hingefahren, um alles abzuklären. Mit der Schule und so. Ich denke, es ist das Beste so. Dann muss ich nicht mehr umziehen, wenn mein Vater nach Timbuktu oder sonst wohin geht.«

Ich war sprachlos. Mechthild hatte ihren Bericht beendet und starrte auf die Zacken des Kölner Doms in der Abenddämmerung. Sie hatte die ganze Sache so emotionslos erzählt, als handele es sich um eine Nacherzählung im Deutschunterricht.

In meinem Hals bildete sich ein riesiger Kloß. Ich wusste nicht, was ich tun sollte. Wie tröstete man seine beste Freundin, deren ganzes Leben in die Brüche ging? Und wie machte man das, wenn man zur selben Zeit selber am Boden zerstört war, weil die beste Freundin weggehen würde?

»Mechthild«, flüsterte ich. »Das ist ja schrecklich.«

Dann fing ich hemmungslos an zu weinen. Mechthild schaute mich einen Moment lang verdutzt an, als wären meine Tränen ein komisches Schauspiel, mit dem sie jetzt nicht gerechnet hätte. Aber dann veränderte sich ihr Gesichtsausdruck und es sammelte sich Wasser in ihren Augen. Sie wischte es unsanft weg. Ich nahm sie in den Arm, streichelte ihr den Kopf und den Rücken und presste sie ganz dicht an mich. Und dann brach es aus ihr heraus. Wie ein Springbrunnen, der jahrelang verstopft gewesen war, weinte Mechthild, bis es stockfinster war.

Als meine Mutter sich zu uns setzte und ich ihr leise flüsternd berichtete, was passiert war, legte sie uns beide zu sich auf den Schoß und kraulte uns die Nacken.

»Kann Mechthild denn nicht bei uns wohnen?«, fragte ich.

Mama seufzte. Und ich wusste, dass das Nein hieß.

Mechthilds Mutter wurde in eine Klinik gebracht, in der sie von ihrer Alkoholsucht geheilt werden sollte.

»Aber es geht nicht gut«, sagte Mechthild. »Es ist noch nie gut gegangen.«

Mechthild und ich verbrachten jede freie Minute miteinander.

»Was soll ich bloß ohne dich hier tun?«, fragte ich sie.

»Ich glaube, Ann-Sophie ist ganz nett. Triff dich mit ihr.« Mechthild versuchte, pragmatisch zu sein. »Und ich werde mir bei meinen Großeltern ein paar Dorftrampel zur Freundin machen.«

Wir mussten beide lachen. Dorftrampel. So hatte uns Helen genannt, als wir neu in die Schule gekommen waren. Es kam mir vor, als wären Jahre seitdem vergangen.

Den letzten Schultag vor den Ferien und die Zeugnisse bekamen wir kaum mit. Wir waren in Gedanken ganz woanders. Drei Ferientage blieben uns noch zusammen. Dann würde Mechthild von ihrem Vater zu den Großeltern gebracht werden.

Als Mechthild zum letzten Mal bei uns schlief, kochte meine Mutter ein Festmahl und wir feierten eine kleine Party. Marco und Cora waren da. Papa hielt eine kleine Rede und erinnerte uns daran, wie Mechthild gesprochen hatte, als wir sie kennengelernt hatten.

»Würdest du die reizende Liebenswürdigkeit besitzen, mir die Schüssel anzureichen?«

Es stimmte. Je länger Mechthild mit unserer Familie zu tun gehabt hatte, desto mehr hatte sich ihr skurriler Ton geändert. Es kam nur noch selten vor, dass Mechthild in ihrer altehrwürdigen Sprache sprach.

»Tja, der Seeger-Einfluss macht jeden platt!«, witzelte mein Vater. Dann erhob er das Glas. »Ich weiß, dass Jule dich schrecklich vermissen wird. Aber nicht nur Jule. Wir werden dich alle sehr vermissen. Du warst wie eine dritte Tochter in den letzten Monaten.«

Wir tranken darauf und jedem von uns, außer Marco, der mit der ganzen Sache ja nicht wirklich was zu tun hatte, lief mindestens eine Träne über die Wange.

Meine Mutter hatte Mechthilds Lieblingspizza gebacken, zum Nachtisch gab es einen Cremekuchen, auf den ich mit Schokolade »Mechthild, ich liebe dich« geschrieben hatte, und nachdem wir alle Erinnerungen noch mal ans Tageslicht geholt hatten, lagen Mechthild und ich schließlich ein letztes Mal zusammen in meinem viel zu engen Bett.

»Ach, Jule. Das werde ich vermissen«, seufzte Mechthild.

»Was?«

»Dass du mich im Schlaf trittst und fast aus dem Bett schmeißt. Dass du auf mich wartest, bevor die Schule anfängt. Dass wir Helen zusammen eins auswischen oder Alexander. Dass wir zusammen lachen. Und weinen.«

Ich war so gerührt, dass ich nur noch schlucken konnte. Wir schliefen lange nicht ein in dieser Nacht. Wir hielten uns an den Händen fest, als könnten wir so verhindern, dass man uns trennt.

Am Morgen kletterte Cora zu uns ins Bett und drückte Mechthild an sich. »Mach's gut, mein herzallerliebster Waldschrat«, sagte sie zärtlich.

»Kümmere dich um Jule«, sagte Mechthild gefasst. »Denk neben Marco auch mal an sie, o. k.?«

Cora nickte gehorsam.

Und dann war es so weit. Es klingelte. Mechthilds Vater stand unten vor der Tür, um sie abzuholen.

Wie begossene Pudel versammelten wir uns im Flur. Und dann gingen wir doch noch mit Mechthild die Treppen herunter. Ihr Vater staunte nicht schlecht, als er uns alle sah.

»Ich ...«, stotterte er. »Ich möchte mich bei Ihnen bedanken, dass ... ich habe mich nicht sehr um meine Tochter ge...«

Mama unterbrach ihn. »Sie brauchen sich nicht zu bedanken. Wir haben Mechthilds Anwesenheit immer sehr genossen. Ich wünsche Ihnen, dass sich in Ihrer Familie alles zum Guten wendet.«

Meine Mama. Sie war einfach klasse manchmal.

Ein letztes Mal drückte ich meine Mechthild an mich.

»Und denk an unseren Schwur«, sagte sie leise.

»Ja. Immer.«

· 14 ·

Cora war mit einer Jugendgruppe weggefahren und kümmerte sich irgendwo in Exjugoslawien um verwilderte Gärten. Mama und Papa hatten entschieden, dass wir erst in der zweiten Ferienhälfte unseren gemeinsamen Familienurlaub machen würden. Es sollte nach Elba gehen. Zwei Wochen Sonne, Meer und Calamaris. Ich freute mich sehr darauf, aber vorher musste ich irgendwie drei endlose Wochen ohne Mechthild in Köln verbringen.

Ich telefonierte fast jeden Tag mit ihr und sie erzählte mir, wie es ihr in der neuen Heimat ging.

»Es ist gar nicht so übel hier in Dorftrampelhausen. Meine Oma ist fast so eine gute Köchin wie deine Mama, es gibt hier einen wunderschönen Badesee und der Hund von meinem Opa hat sich gleich vom ersten Tag an in den Kopf gesetzt, in meinem Bett zu schlafen.«

Ich freute mich, dass es Mechthild so gut ging. Sie hatte eine neue Welt zu entdecken. Aber ich war einfach hier alleine zurückgeblieben. Jetzt konnte ich verstehen, wie es Anna gegangen war, als ich nach Köln gezogen war.

»Ich vermiss dich«, sagte ich Mechthild am Telefon.

»Ich dich auch«, antwortete Mechthild. »Ich wünschte, wir könnten das alles zusammen erleben.«

Von Telefonat zu Telefonat wurde Mechthild fröhlicher. Klar freute ich mich für sie. Aber warum wurde ich bloß von Mal zu Mal unglücklicher?

Meine Mutter sah mir meine schlechte Laune an der Nasenspitze an, als ich mich unausgelastet im Wohnzimmer herumdrückte und verdrossen an einer Cola nuckelte.

»Jule, was ist denn los? Du hast Ferien und machst ein Gesicht wie sieben Tage Regenwetter. Unternimm doch mal was.«

»Ich will aber nix unternehmen!«, motzte ich. »Wo steht denn bitte geschrieben, dass man in den Ferien etwas unternehmen muss? Vielleicht will ich mich ja auch einfach nur erholen und hier rumsitzen!«

Mama hockte sich zu mir auf die Couch. »Das glaubst du doch selbst nicht. Willst du mir nicht sagen, was dich bedrückt? Vielleicht tut es ja ganz gut, wenn du mal darüber sprichst. Auch wenn ich nur deine Mutter bin.«

Sie hatte mich überzeugt. »Mechthild wird immer glücklicher da in der Pampa. Sie vermisst mich gar nicht«, schoss es aus mir heraus. Sofort kullerten auch Tränen hinterher.

Mama nahm mich in den Arm. »Mauseeckchen. Ich glaube, da vertust du dich. Sie vermisst dich genauso sehr wie du sie. Ich glaube, dass Mechthild so glücklich klingt, liegt daran, dass sie seit Langem endlich mal das Gefühl hat, eine Familie zu haben.«

»Aber sie hatte doch mich!«

»Und du warst auch eine große Stütze für sie. Aber weder du noch wir konnten Mechthild ein Zuhause ersetzen. Und wie es sich anhört, hat sie das jetzt bei ihren Großeltern gefunden.«

Meine Mutter hatte es mal wieder auf den Punkt gebracht. Und eigentlich wusste ich es ja auch selber. Es war nur so schwer für mich, dass Mechthild auch ohne mich ganz gut zurechtkam, während ich ohne sie wie bestellt und nicht abgeholt herumsaß.

»Was soll ich denn jetzt machen?«

Mama streichelte mir die Tränen aus dem Gesicht. »Das ist ganz schön hart, was? Du musst noch mal so was wie von vorne anfangen, ohne Mechthild. Und das macht dir Angst.«

O ja. Genau das machte es mir. Angst. Eine Höllenangst! Ich schluchzte noch eine Weile meiner Mutter den Pulli nass und danach ging es mir schon ein bisschen besser.

»Weißt du was, Mama? Ich werde jetzt einfach bei Ann-Sophie anrufen und sie fragen, ob sie sich mit mir trifft!«

Meine Mutter war stolz auf mich. »Das ist mutig und genau die richtige Einstellung!«

Ich suchte Ann-Sophies Telefonnummer heraus und wählte. Was würde sie sagen? Hatte sie überhaupt Lust, sich mit mir zu verabreden? Hatte Helen am Ende ihren Einfluss zurückgewonnen, und Ann-Sophie würde mich eiskalt abblitzen lassen?

»Hi, hier ist Jule. Ich dachte … äh …« Weiter kam ich nicht.

»Mensch, Jule, das ist ja nett. Ich wollte dich auch schon anrufen. Wir wollen gleich mit ein paar Mädels zum Freibad fahren. Hast du nicht Lust mitzukommen?«

Klar hatte ich Lust.

»Ist Helen auch da?«, fragte ich misstrauisch.

Ann-Sophie lachte. »Nee, die ist seit gestern im Urlaub. Aber selbst wenn. Sie wurde immer zahmer in den letzten Tagen. Am Ende wird sie noch richtig nett.«

Wir mussten beide lachen und verabredeten uns für drei Uhr im Freibad.

Es war ein richtig schöner Nachmittag. Ich hatte meinen Kassettenrekorder mitgebracht und eine Backstreet-Boys-Kassette eingelegt. Ann-Sophie und die anderen Mädchen konnten so wie ich alle Texte mitsingen.

»In meiner alten Schule habe ich mit meiner Freundin Anna einen Backstreet-Boys-Fanclub gegründet«, erzählte ich. »Aber als ich weggezogen bin, mussten wir ihn auflösen.«

»Das ist doch eine super Idee!«, freute sich Ann-Sophie. »Wir können doch auch einen Fanclub gründen!«

»Au ja«, ereiferte sich Zwei-Meter-Pauline. »Wir gehen zusammen zum Konzert und malen vorher zusammen Plakate!«

Die Sache war abgemacht. Wir gründeten den Club, nannten uns »The Screaming Fans« und hatten gleich am ersten Tag die stattliche Mitgliederzahl von fünf Mädchen.

Dann wollte Ann-Sophie, dass ich noch einmal genau erzähle, wie die Sache mit Carlo und Helen und der Beichte auf dem Kassettenrekorder gelaufen war. Ich tat ihnen den Gefallen. Mit glänzenden Augen verfolgten die Mädchen meinen Bericht. Immer wenn der Name Mechthild fiel, sahen sie mich ganz mitleidig an, als hätten sie Angst, ich könnte jeden Moment anfangen zu heulen. Aber mir ging es an dem Nachmittag viel zu gut zum Heulen.

»Und dann haben Mechthild und ich uns geschworen, uns nie wieder zu verlieben.«

»Wow«, meinte Ann-Sophie.

Wir rannten alle zusammen zum Schwimmbecken und ließen uns mit lauten Platschern ins Wasser fallen. Ich kraulte den anderen bald davon.

»Mensch, Jule, du bist ja eine super Schwimmerin!«, sagte Pauline anerkennend. »Komm doch in unsere Schwimmstaffel. Wir könnten so eine wie dich gebrauchen!«

Irgendwie schien die Zeit zurückgedreht. An diesem Nachmittag kam es mir vor, als wäre ich gerade erst neu in die Stadt gezogen und würde die Mädchen aus meiner Klasse eben kennenlernen. Wie anders wären die letzten Monate verlaufen, wenn mein Start so gewesen wäre! Aber eigentlich, dachte ich, möchte ich die letzten Monate gar nicht missen. Ich hatte Mechthild zur Freundin gewonnen. Ich hatte mich verliebt. Ich hatte mich behauptet. Und ich hatte mich gerächt.

Ich war zufrieden mit mir, lag bewegungslos auf dem Wasser und dachte lächelnd an alles, was geschehen war, als ich plötzlich untergeduckt wurde. Ich verschluckte mich heftig und hatte einen Moment lang vor Panik die Orientierung verloren. Als ich mich wieder unter Kontrolle hatte, sah ich Alexander zum Beckenrand kraulen. Er hatte mich unter Wasser gedrückt. Feigling. Mistkerl, dachte ich. Männer machen nichts als Ärger!

Am nächsten Tag ging ich nachmittags mit Pauline zum Schwimmtraining. Der Trainer war ein netter Mann mit Halbglatze und freute sich sehr, ein neues Mitglied für die Schwimmstaffel begrüßen zu können. Ich hatte nichts verlernt und merkte erst jetzt, wie sehr mir das Schwimmen gefehlt hatte.

Nach dem Training trafen wir uns mit Ann-Sophie und den anderen im Eiscafé und schmiedeten neue Pläne für unseren Fanclub. Am Abend gingen wir in den neuen Johnny-Depp-Film ins Kino und teilten uns eine Jumboportion Popcorn.

Auch am nächsten Tag trafen wir uns wieder im Freibad und am Abend machten wir uns schick für die Disko im Jugendkeller.

Ich war so guter Dinge, dass ich nicht die geringsten Probleme hatte, ziemlich verrückt abzutanzen. Ich sah Carlo und grinste ihn frech an. Er war mir so was von egal. Ich traf Marco, der wie ein Schluck Wasser in der Kurve hing und mir eine halbe Stunde lang vorjammerte, wie sehr er Cora vermisste. Und ich dachte nur einmal kurz an Mechthild und fragte mich, was sie jetzt wohl gerade machte.

Erst nach drei Tagen kam ich dazu, mich wieder einmal bei Mechthild zu melden.

»Hallo. Ich bin es. Wie geht's?«

»Gut. Sehr gut«, antwortete Mechthild.

Irgendwas an ihrer Stimme war komisch. Ich dachte mir, dass sie vielleicht ein bisschen verhalten war, weil ich mich seit drei Tagen nicht gemeldet hatte, und beeilte mich, ihr von den neusten Entwicklungen zu berichten.

»Das freut mich sehr«, sagte sie.

Danach schwiegen wir. Irgendwas war zwischen uns anders als sonst.

»Mechthild? Ist was? Du bist so komisch.«

Mechthild räusperte sich, sagte aber nichts.

»Mechthild, bitte«, flehte ich. »Wenn ich irgendwas falsch gemacht habe, sag es mir bitte. Ist es, weil ich mich nicht so richtig freuen konnte, dass es dir so gut geht? Sei nicht böse. Es war doch nur, weil ...«

»Nein, Jule«, unterbrach mich Mechthild. »Ich bin nicht böse. Ich ... ich ...«

Mechthild hielt inne. Was um alles in der Welt konnte denn nur so schlimm sein, dass sie sich nicht traute, es mir zu sagen?

»Hast du Probleme mit deinen Großeltern? Ist was mit deiner Mama? Mit deinem Papa?«

»Nein, nein, nein«, antwortete Mechthild. »Ich ... ich habe unseren Schwur gebrochen. Ich ...«

Diesmal ließ ich Mechthild nicht ausreden. »Du hast was?« Ich war fassungslos.

»Ich habe mich verliebt.«

Ich hörte nur noch undeutlich, was Mechthild danach sagte.

»Er heißt Rolf und wohnt nebenan. Wir gehen jeden Tag zusammen zum See. Er ist nett und gestern Abend hat er meine Hand gehalten. Und ...«

»Wie kannst du nur!«, fuhr ich dazwischen.

Wie konnte sie nur? Sie war es doch gewesen, die mich die ganze Zeit vor den Männern gewarnt hatte. Sie war es doch gewesen, die gesagt hatte, Männer machen nix als Ärger. Wie konnte sie sich dann verlieben?

»Ist dir unser Schwur denn gar nichts wert?«, brüllte ich. »Kaum bist du weg, scherst du dich einen Dreck darum, was wir uns versprochen haben!«

Mechthild war ganz kleinlaut. »Jule. Es tut mir leid. Ich weiß, es ist unverzeihlich. Aber was soll ich denn machen? Ich kann gar nichts dagegen tun. Es ist einfach passiert. Ich wusste doch auch nicht, dass es einfach so passieren kann.«

Ich konnte sie nicht verstehen. Ich hatte auch keine Lust, sie zu verstehen. Sollte sie doch glücklich werden mit ihrem Rolf oder Ralf oder Rudolf. Sollte sie doch alles vergessen, was unsere Freundschaft ausgemacht hatte. Ich würde sie auch vergessen. Ich würde mit meinen neuen Freundinnen ins Freibad fahren, würde schwimmen und gewinnen und würde eben alleine meinem Schwur treu bleiben.

»Mach's gut, Mechthild«, sagte ich trocken.

»Jetzt warte doch mal, Jule. Lass uns doch reden!«

Ich wollte aber nicht mehr reden. Ich wollte meine Ruhe haben. »Ein anderes Mal.« Ich legte auf.

In dem Moment ging die Wohnungstür auf und meine Eltern kamen hereinspaziert, bepackt mit

Koffern und Taschen und gefolgt von Cora mit einem überglücklichen Marco im Schlepptau. Cora erzählte ohne Unterlass von ihrem Urlaub. Zwischendurch küsste sie Marco immer wieder auf die Wange und sonnte sich in seinem verliebten Blick. Ich saß mitten unter den anderen am Küchentisch und fühlte mich wie eine Bombe kurz vor der Explosion.

»Wie geht's denn Mechthild?«, fragte Cora plötzlich.

»Was weiß ich!«, brüllte ich und sprang vom Tisch auf.

»Was hat sie denn?«, hörte ich Cora noch fragen, als ich mir meine Jacke schnappte und die Wohnungstür hinter mir zupfefferte.

Ich wusste gar nicht so genau, was mich so wütend machte. Ich wusste nur, dass ich rennen musste. Wie der Teufel jagte ich durch die Straßen, rempelte Passanten an und merkte zu meiner Verwunderung, dass mir plötzlich die Tränen über die Wangen liefen. In meiner Not flüchtete ich mich in den kleinen Park, in dem ich seit dem Tag des Umzugs nie wieder gewesen war. Ich ließ mich auf die Bank fallen, zog die Knie an und schluchzte hemmungslos.

Ich wusste plötzlich gar nicht mehr, was stimmte. Waren wirklich alle Jungs doof? War das Verlieben wirklich so eine miese Sache? Oder lag es nur an mir, dass es bei mir in einem Fiasko enden musste? Jule Unauffällig, bei der nichts klappt!

Ich tat mir schrecklich leid und schmiedete wilde Pläne. Ich würde zurückgehen zu Anna. Aber Anna hatte Peter! Ich würde zu Mechthild fahren.

Aber Mechthild hatte Rolf oder Ralf oder Rudolf. Cora hatte Marco, und Mama hatte Papa. Nur ich. Ich hatte niemanden.

In dem Moment spürte ich etwas auf meiner Schulter. Es war ein ganz sanftes Streicheln. Jetzt hast du schon Halluzinationen, dachte ich mir. Aber das Streicheln hörte nicht auf.

»Was ist denn passiert?«

Oh, diese Stimme kannte ich. Diese Stimme kannte ich nur zu gut.

»Was geht dich das an, Alexander!«, schluchzte ich. »Du willst dich doch nur wieder über mich lustig machen. Heul doch! Heul doch!« Ich blitzte ihn böse an, aber im selben Moment sauste mir ein Gedanke durch den Kopf. Bitte nimm den Arm nicht weg!

Er nahm den Arm nicht weg. »Ich war gemein zu dir. Ich weiß.«

War das Alexander, der da sprach? War das eine Falle? Was hatte er vor?

»Es tut mir leid. Ich … ähm … ich weiß auch nicht. Aber du warst auch immer so blöd zu mir«, stammelte er.

»Wie bitte! Wer hat mich denn gleich zu Anfang mit Bonbons beworfen?«

»Das war doch nicht böse gemeint. Ich wollte dich ein bisschen ärgern, aber du hast gleich so empfindlich reagiert.«

Alexander reichte mir ein Taschentuch und ich schnäuzte mich kräftig.

»Und in der Schule ging es dann so weiter. Ich wollte dich gar nicht immer ärgern, aber du konntest mich nicht leiden und da hab ich einfach immer weiter meine Sprüche geklopft.«

Ich traute meinen Ohren nicht. Was Alexander da sagte, haute mich um. Nie im Leben hätte ich gedacht, dass er so vernünftiges Zeug sagen konnte.

»Du meinst, es war alles nur eine unglückliche Verkettung von Missverständnissen?«, fragte ich schwach.

»Ja, so in etwa.«

Wir saßen eine Weile schweigend beieinander und wussten nicht, was wir sagen sollten. Wir hatten uns immer nur gestritten und geärgert. Was sagte man, wenn plötzlich Frieden herrschte?

»Ich muss jetzt los«, sagte Alexander. »Zum Training. Aber … wenn du Lust hast, ähm … Wir könnten ja morgen zusammen ein Eis essen gehen oder so.«

Ich nickte. »O. k.«

Alexander strahlte. »Ich hol dich ab. Sagen wir um drei?«

»Cora, ich versteh das nicht«, seufzte ich, nachdem ich ihr von meinem Zusammentreffen mit Alexander erzählt hatte.

Cora gähnte. »Also, für mich ist die Sache glasklar! Alexander ist halt noch grün hinter den Ohren. Er ist in dich verschossen. Schon die ganze Zeit. Aber wie kleine Jungs halt so sind, konnte er das nicht zeigen. Und deshalb hat er dich gepiesackt. Du weißt doch, was sich liebt, das neckt sich!«

»Du meinst, er mag mich wirklich?«, fragte ich ungläubig.

»Aber ja. Deshalb hat er dich auch hängen lassen, als die Sache mit Carlo war. Er war eifersüchtig.«

»Und deshalb hat er Carlo in seiner Wut auch den Zettel gegeben?«

»Männer machen die verrücktesten Sachen, wenn ihre Hormone mit ihnen durchgehen.« Cora schaute mich fragend an. »Sag bloß, du findest ihn auch nett, Jule?«

Ich zuckte die Schultern. »Ach was. Nicht die Bohne.«

Ich wandte mich schnell ab und wechselte das Thema.

Um Punkt drei Uhr nachmittags klingelte es an der Tür. Ich hatte den ganzen Morgen damit zugebracht, mich zwischen meinem rosa Minirock und der Jeans zu entscheiden. Die Hose hatte gewonnen.

Alexander strahlte wie ein Honigkuchenpferd. Wir gingen ins Eiscafé und er bestellte mir einen Eisbecher Surprise. Ich war mir sicher, dass er dafür sein gesamtes Taschengeld auf den Tisch blätterte. Nachdem wir ein paar Minuten schweigend in unserem Eis gelöffelt hatten, erzählte Alexander mir von seinem Fußballclub. Und danach erzählte ich vom Schwimmen.

»Und dann hab ich mit Ann-Sophie und den anderen auch noch einen Backstreet-Boys-Fanclub gegründet«, sagte ich.

»Die finde ich auch ganz o. k.«, meinte Alexander.

Er war der erste Junge, von dem ich das hörte. Klasse!

Die Zeit verging wie im Flug. Wir plauderten

über zwei Stunden ununterbrochen. Es ist fast wie mit Mechthild, dachte ich kurz. Ich muss mir gar nicht überlegen, was ich sage, ob ich cool genug bin und was er wohl jetzt denkt.

Dann entschieden wir uns, zum Rhein zu fahren. Dort legten wir unsere Räder ins Gras und ließen uns auf den Boden fallen. Alexander erzählte einen Witz nach dem anderen und ich lachte mich kaputt. Wir steigerten uns so in einen Lachkrampf rein, dass wir beide kaum noch Luft bekamen.

»Guck mal. Der heißt Jule!« Alexander deutete auf einen riesigen Frachter, der sich den Rhein heraufquälte. Tatsächlich. Der Frachter hieß wie ich.

»Typisch Jule, immer gegen den Strom«, sagte Alexander lächelnd.

Ich war erstaunt. So sah Alexander mich? Fand er mich denn nicht unauffällig?

»Findest du, dass ich so bin?«

Alexander nickte. Dann waren wir beide ganz still und sahen dem Jule-Dampfer nach.

»Du, Jule … Ich … ich wollte dich fragen, ob …«

»Ja?«

Alexander legte seinen Arm um meine Schultern. »Ob du … ähm … mit mir … ähm …«

Ich legte ihm den Finger auf den Mund. »Ja!«

»Ja?«, fragte er ungläubig nach.

»Ja«, sagte ich noch mal.

Wir grinsten uns lange an.

»Du hast da was«, meinte Alexander irgendwann und zupfte mir mit den Fingern ganz sanft einen Käfer aus dem Haar.

Ich pustete ihn ins Gras. »Gute Reise.«

Alexander streichelte mir mit der Hand über die Wange. »Das ist ganz weich.«

Und dann ging alles wie von alleine. Ich dachte überhaupt nicht mehr nach. Unsere Köpfe kamen sich immer näher, ich schloss die Augen und dann berührte mein Mund seinen Mund. Auf seiner Oberlippe war ein zarter Flaum wie auf meinem Unterarm. Seine Lippen waren ganz weich und warm. Wir blieben einfach so da sitzen, die Lippen aneinandergedrückt und Nasenspitze an Nasenspitze. In meinem Herz klimperten jede Menge kleiner Glöckchen und ich war verdammt froh, dass ich nicht auf meinen wackeligen Beinen stehen musste.

»Das war schön«, sagte ich leise, als wir unsere Lippen voneinander gelöst hatten.

Alexander nickte. »Ich glaube, ich kann das noch besser«, sagte er.

Und dann küssten wir uns noch einmal. Und noch einmal. Und noch einmal. Und es wurde von Mal zu Mal schöner.

»Heißt er Rolf oder Ralf oder Rudolf?«, fragte ich, sobald Mechthild den Hörer abgenommen hatte.

»Rolf«, sagte Mechthild vorsichtig.

»Mechthild«, seufzte ich. »Ich war ein Riesenidiot.«

»Ich aber auch«, fügte Mechthild schnell hinzu.

»Wir waren beide Idioten. Dieser Schwur war idiotisch.«

Mechthild lachte. »Allerdings! Aber ich war idiotischer, weil ich damit angefangen habe.«

»Nee, ich war idiotischer, weil ich sauer auf dich

war, weil du den idiotischen Schwur gebrochen hast.«

»Du blöder Idiot!«, brüllte Mechthild gackernd in den Hörer.

»Du saublöder Megaidiot!«, kreischte ich zurück.

Und dann brachen wir in schallendes Gelächter aus.

»Du wirst nicht glauben, was ich dir jetzt erzähle!«, jaulte ich. »Du fasst es nicht!«

»Jule«, unterbrach mich Mechthild. »Was für idiotisches Zeug du mir auch erzählen magst, eins musst du wissen: Ich hab dich sehr lieb, und das wird auch immer so bleiben.«

Schwups. Da war wieder eine vorwitzige Träne in meinem Augenwinkel. Wann würde das endlich aufhören mit diesem Heulen auf Knopfdruck? Nach der Pubertät? Aber wann war das? Dauerte es noch lange? Und was musste ich noch alles durchmachen, bis es so weit war? Aber wann es auch immer sein würde, ich hatte zwei beste Freundinnen in meinem Rücken. Ich hatte eine Schwester, ich hatte Eltern und einen Backstreet-Boys-Fanclub. Und ich hatte Alexander. Was sollte da noch schiefgehen?